LUCIFER'S HAMMER ❶
루시퍼의 해머

루시퍼의 해머 1

ⓒ 래리 니븐 · 제리 퍼넬 2014

초판 1쇄 인쇄	2014년 7월 14일
초판 1쇄 발행	2014년 7월 17일

지은이	래리 니븐 · 제리 퍼넬
옮긴이	김찬별

펴낸이	박대일
편집	이문영 · 임유리 · 신지연
외주 편집	봉정하
마케팅	송재진
디자인	김은희
일러스트	Silvester Song

펴낸곳	새파란상상(파란미디어)
출판등록	2004년 9월 14일 제313−2004−00214호

주소	121−897 서울시 마포구 성지1길 32−36
전화	02−3141−5589(영업부) 070−4616−2011(편집부)
팩스	02−3141−5590
전자우편	paranbook@gmail.com
트위터	@paranmedia
카페	http://cafe.naver.com/paranmedia

ISBN 978−89−6371−158−4 (전 3권)
ISBN 978−89−6371−159−1 (04840)

LUCIFER'S HAMMER ❶

루시퍼의 해머

래리 니븐 · 제리 퍼넬 지음
김찬별 옮김

새파란상상

LUCIFER'S HAMMER

닐 암스트롱과 버즈 올드린,
다른 세상에 발을 디뎠던 최초의 사람들과
그것을 기다려준 마이클 콜린스를 위하여.
그 도전의 과정에서 운명을 달리한
거스 그리섬, 로저 채피, 에드 화이트, 게오르기 도브로볼스키,
빅토르 파자에프, 니콜라이 볼코프,
그리고 다른 모든 사람들을 위하여.

❖ 감사의 말 ❖

본문에 등장하는 삽입구는 다음의 저서 및 연설에서 인용되었으며, 저작권자와 출판권자의 사전 합의를 마쳤다.

기포드 강의, 1984, 에밀 브루너
로버트 하인라인의 연설
『순수하고 달콤한 문화Pure, Sweet, Culture』, 1977, 프랭크 가파릭
『어떻게 세계가 종말할 것인가How The World Will End』, 1973, 다니엘 코엔, 맥그로힐 출판사
『털 없는 원숭이』, 1967, 데즈먼드 모리스, 맥그로힐 출판사
『우주의 관계The Cosmic Connection』, 1973, 칼 세이건 · 제롬 에이젤, 더블데이 & 컴퍼니 출판사
『다가오는 암흑시대The Coming Dark Age』, 1973, 로베르토 바카, 더블데이 & 컴퍼니 출판사
『달과 행성: 행성학 입문Moons and Planets: An Introduction to Planetary Science』, 1972, 와즈워스 출판사
『군주Sovereignty』, 1957, 베르트랑 드 주브날, 시카고 대학 출판부
『폭풍우의 분노The Elements Rage』, 프랭크 W. 레인, 1965, 칠튼 출판
『씨발 독수리The Friggin Falcon』, 1966, 시어도어 R. 콕스웰

§ 주요 등장인물 §

§ **팀 햄너 및 주변 인물**

팀 햄너: 아마추어 천문 연구자

아일린 수잔 핸콕: 코리건 배관 자재회사의 부사장

해리 스팀스: 터헝가의 자동차 판매상

페넬로페 조이스 윌슨: 패션 디자이너

조 코리건: 코리건 배관자재회사의 사주

마티 로빈스: 팀 햄너의 조수

§ **하비 랜들과 주변 인물**

하비 랜들: NBS 텔레비전 방송국의 PD

로레타 랜들: 하비의 아내

앤디 랜들: 하비의 아들

마크 체스쿠: 하비의 친구, 바이커

조안나 맥퍼슨: 마크의 애인

프랭크 스토너: 바이커

고르디 밴스: 은행장, 하비의 이웃

마리 밴스: 고르디의 아내

§ **젤리슨 상원의원 및 실버밸리의 주변 인물**

아더 클레이 젤리슨: 캘리포니아 상원의원

모린 젤리슨: 젤리슨 상원의원의 딸

앨빈 하디: 젤리슨 상원의원의 수석 비서관

앨리스 콕스: 여학생, 승마가 특기

콕스 부인: 젤리슨 상원의원 소유 목장의 집사 부인

조지 크리스토퍼: 젤리슨 상원의원의 이웃, 목장주

해리 뉴컴: 우체국 소속 우편배달부

제이슨 질커디: 소설가

휴고 백: 시에라 지역 히피 공동체의 소유주

§JPL 및 우주비행사

댄 포레스터: JPL의 기술 스태프, 천체물리학자

찰스 샤프: JPL의 소장, 천체물리학자

조니 베이커: 미 공군 우주비행사

릭 델란티: 최초의 흑인 우주비행사

표트르 자코브: 준장, 우주 비행사

레오닐라 말리크: 의사 겸 우주비행사

§신혈맹

앨림 나소르: 흑인 갱단 리더

헨리 아미티지: 목사

토마스 후커: 하사관

제리 오웬: 환경론자

§기타

토머스 밤브리지: 장군, 전략공군지휘소 사령관

벤틀리 앨런: LA 시장

에릭 라슨: 버뱅크 시 경찰

조 해리스: 버뱅크 시 경찰 수사관

배리 프라이스: 샌호아킨 원자력 발전소 건설 현장 소장

돌로레스 먼슨: 배리의 비서

프레드 로렌: 성범죄 전과자

콜린 다르시: 은행 창구 직원, 프레드 로렌의 스토킹 대상

혜성 감시단: 남부 캘리포니아 종교단체

차 례

프롤로그 _11

1부 대장간

1월: 불길한 전조 _15

1월: 간주 _41

2월: 첫 번째 _54

2월: 두 번째 _72

3월: 첫 번째 _92

3월: 간주 _112

3월: 두 번째 _142

4월: 첫 번째 _152

4월: 간주 _171

4월: 두 번째 _192

5월 _212

6월: 첫 번째 _246

6월: 간주 _266

6월: 두 번째 _277

6월 : 세 번째 _295

6월 : 네 번째 _321

프롤로그

태양이 타오르기 전, 행성이 형성되기 전, 혼돈이 존재했고, 또 혜성이 존재했다.

성간에는 혼돈이라는 이름의 국지적 농축물이 존재했다. 이 농축물은 자신의 존재를 지탱할 수 있을 만큼 거대했고, 점점 더 걸쭉해졌다. 회오리가 형성됐다. 떠다니던 먼지와 얼음 입자가 접촉해 뭉쳤다. 그것들이 조금 더 큰 입자를 형성하면서 냉동된 기체를 배출시켰다. 긴 세월을 거치면서 지름 0.2광년 크기의 소용돌이 형태가 갖춰졌다. 소용돌이 중심부는 지속적으로 수축했고, 중심부의 작은 회오리들은 미친 듯 휘몰아치다가 붕괴를 일으키면서 행성을 형성했다.

소용돌이의 축에서 멀리 떨어진 곳에는 얼음 구름이 형성되었다. 얼음 구름은 새로운 얼음 입자를 받아들이면서 조금씩 부피를 키웠다. 천천히, 아주 천천히, 한 번에 분자 몇 개씩. 메탄, 암모니아, 이산화탄소⋯⋯ 때로는 바위나 철 등 밀노 높은 불실노 흡수했나. 열음 구름은 차츰 안징된 딩

어리가 되어갔다. 행성 간의 추위 속에서만 화학적 안정을 유지할 수 있지만 말이다.

'그것'의 지름이 오륙 킬로미터 정도가 됐을 때 재앙이 닥쳤다.

종말은 갑작스럽게 찾아왔다. 불과 50년, 형성되기까지의 긴 생애에 비교하면 눈 깜짝할 만큼 짧은 시간 만에, 소용돌이의 중심부가 붕괴되고 태양이 생겨났다. 새롭게 탄생한 태양은 무서울 정도로 환하게 불탔다. 지옥 같은 불길 때문에 무수한 혜성이 반짝이며 증발했다. 행성의 대기는 사라졌다. 광압이 거대한 바람을 일으켜 내행성들의 희박한 기체와 먼지를 모조리 날렸다.

아무도 알지 못했다. '그것'과 태양의 거리는 해왕성과의 거리보다 이백 배나 멀었다. 새로운 태양은 그냥 눈에 띄게 밝은 별 이상은 아니었다.

소용돌이 내부에서는 미친 듯한 활동이 있었다. 내행성들의 암반에서는 가스가 분출됐고, 세 번째 행성인 지구의 바다에서는 복잡한 화학 작용이 일어났다. 거대 행성 내부에서 끊임없이 가스가 분출되고 행성 표면을 거대한 허리케인이 휩쓸었다. 내행성계에는 결코 평화가 찾아오지 않았다.

성간 공간에서는 진정한 평화가 찾아왔다. 얇게 쪼개져 흩어진 수백만 개의 혜성들은 지구와 화성만큼의 거리를 두고 광륜 속에 평화롭게 흩어졌다. 그들은 춥고 컴컴한 진공 속을 끝없이 항해할 것이며 조용한 잠은 수십억 년 동안 계속될 것이다. 그러나 영원하지는 않을 것이다. 세상에 영원한 것은 없다.

1부
대장간

지루함은 신조차 견디지 못한다.

— 니체

1월: 불길한 전조

월계수 나무가 모조리 말라죽었고,
유성이 천국의 별자리를 침범했다.
창백한 달 표면이 핏빛으로 물들었고,
깡마른 예언자들은 두려운 변화의 임박을 속삭인다.
이 모든 것은 제왕의 죽음, 제왕의 몰락 징조다.

— 윌리엄 셰익스피어, 리처드 2세

파란색 메르세데스 벤츠가 정확히 여섯 시 오 분에 비벌리힐스의 어느 저택 진입로에 들어섰다. 저택에 있던 줄리아 서터는 깜짝 놀랐다.

"조지, 팀이 도착했어요! 정확한 시간에 말이에요!"

조지 서터는 줄리아의 말을 듣고 창가로 갔다. 팀이 끌고 온 차가 분명하군. 조지는 잠시 내다보다가 한숨을 쉬며 돌아섰다. 부인은 파티를 열 때마다 몇 주간 신경증에 걸릴 정도로 열심히 준비하고, 혹시 아무도 오지 않을까봐 두려워한다. 이 지역 사람들에게는 그리 드물지 않은 증세였다. 어쩌면 의학적 명칭도 있을 것 같다.

아무튼 팀이 제시간에 도착한 것은 조지가 보기에도 이상한 일이다. 팀 햄너는 조부에게 아주 큰돈을 물려받은, 서부 기준으로는 아주 유서 깊은 부자다. 그래서 팀은 꼭 오고 싶은 파티만

오고 싶은 시간에 나타나는 사람이다.

이 저택을 처음 건축한 사람은 콘크리트를 사랑했었는지, 저택 여기저기가 정사각의 벽으로 되어 있다. 반면 정원의 수영장은 부드러운 곡선을 그린다. 비벌리힐스에서는 드물지 않지만 동부 사람들이라면 깜짝 놀랄 것이다. 수영장 우측에는 흰색 치장벽토와 붉은 타일로 장식한 몬터레이 양식의 별채가 있고, 수영장 좌측으로 도로에서 멀찍하게 물러난 위치에는 캘리포니아까지 순간 이동해온 듯한 노르만 양식의 저택이 있었다. 저택의 대문으로 순환형 진입로가 이어져 있었고, 그 입구에는 주차 요원이 여덟 명 서 있었다. 모두가 붉은 재킷을 입은 빠릿빠릿한 젊은이들이었다.

팀은 시동을 끄지 않고 차에서 나왔다. 열쇠 경보장치가 요란하게 삑삑댔다. 평소였다면 욕설을 퍼부었겠지만 오늘 밤에는 경보음을 알아듣지도 못했다. 그는 몽롱한 눈빛으로 차에서 내려, 코트 주머니 속으로 손을 쑥 집어넣어 더듬었다. 곁에 있던 주차요원이 팁을 주는 줄 알고 당황하는 듯했다. 대개 팁은 차를 몰고 나갈 때 주는 것이기 때문이다. 하지만 팀은 팁을 주려던 것이 아니었으며, 주머니 속을 만지작거리며 몽롱한 눈으로 계속 걸어갔다. 주차 요원은 곧 차를 몰고 사라졌다.

누구든 천문학에 관심 있는 사람 없을까? 팀은 붉은 코트를 입은 젊은이들을 돌아봤다. 아마 UCLA나 로욜라 대학 학생들이겠지? 팀은 조금 아쉬운 듯 젊은이들을 보면서 주머니 속에 든 구겨진 전보를 만지작거리다가 마지못해 안으로 들어갔다.

팀이 안으로 들어가자 집 안으로 이어지는 넓은 내부 현관이 나왔다. 현관과 주거 공간은 붉은 벽돌로 테두리를 감싼 대형 아치가 구분했다. 마루에는 밝은 모자이크 패턴의 갈색 타일이 장식되어 있었다. 이백 명 이상의 손님을 예상했는데, 바 근처에 모인 사람은 열 명이 채 안 됐다. 그들의 대화는 밝고 유쾌했으며 필요 이상으로 시끄러웠다. 테이블보와 촛불로 장식된 대형 테이블 주위에 마치 고립된 것처럼 손님들이 서 있었다. 제복 차림의 웨이터와 손님의 수가 거의 비슷한 것 같다. 팀에게는 자랄 때부터 익숙한 상황이라서 특이할 것은 없었다.

손님들 사이에서 줄리아가 빠져나와서 팀에게 인사를 했다. 주름 제거 시술을 받은 듯, 얼굴과 눈가가 손보다 더 팽팽했다. 그녀는 팀의 뺨에 약간의 거리를 두고 키스하듯 인사했다.

"팀, 와줘서 반가워요!"

줄리아는 팀의 밝은 미소를 조금 늦게 깨달았다. 그녀는 한 발 물러서서 눈을 가늘게 뜨고, 짐짓 걱정하는 목소리로 진짜 걱정을 감추면서 물었다.

"세상에, 팀! 대체 뭘 피우다 온 거예요?"

팀은 키가 크고 홀쭉한데 배만 조금 나왔다. 그는 얼굴이 조금 길었고, 성공한 장례업자였던 외가 쪽 가문 이력을 드러내듯 늘 울상을 짓고 있었다. 하지만 오늘 밤 그는 얼굴이 찌그러질 정도로 환하게 웃고 있었고, 눈에는 이상한 광채가 감돌았다. 그가 말했다.

"햄너–브라운 혜성이오!"

줄리아가 빤히 쳐다봤다.

"뭐라고요?"

혜성을 피웠다고? 말이 안 된다. 줄리아는 팀의 말뜻을 고민하는 척하면서, 눈으로는 남편이 벌써 두 잔째 술잔을 비우는 모습을 걱정스럽게 바라봤다. 대체 다른 손님들은 언제쯤 올까? 분명히 손님들마다 따로 초대장을 보냈다. 중요한 손님들은 항상 일찍 왔다가 일찍 떠나지 않던가. 그리고…….

바깥에서 중형차의 묵직한 저음이 들렸다. 유리문의 좁은 틈으로 내다봤더니, 검은색 리무진에서 대여섯 명이 나오고 있었다. 줄리아는 팀의 어깨를 두드리더니 말했다.

"아주 멋지군요, 팀! 그럼 저는 잠시."

그녀는 미소를 짓고 잽싸게 사라졌다.

팀은 신경 쓰지 않았다. 이런 대접에 신경 쓸 생각이었다면 오지도 않았을 것이다. 팀은 천천히 카운터로 걸어갔다. 줄리아는 오늘의 주빈인 아더 젤리슨 상원의원 일행을 환영하러 나갔을 것이다. 상원의원은 언제나 가족뿐 아니라 비서관까지 모두 데리고 다니지. 팀 햄너는 카운터에서 환하게 미소를 지었다. 카운터에 서 있던 바텐더에게 말했다.

"좋은 저녁입니다."

"정말 좋은 저녁이오. 오늘 밤은 분홍빛 구름 위를 걷는 기분이오. 축하 좀 해줘요! 혜성에 내 이름을 붙이기로 했단 말이오."

바텐더는 잔을 정리하다가 한 박자를 놓쳤다.

"혜성 말씀입니까?"

"그렇소. 햄너-브라운 혜성이라는 이름이오. 지구에 접근 중이니까 6월쯤에는 당신도 볼 수 있을 거요. 몇 주 정도는 차이가 날 수도 있지만."

팀은 전보를 꺼내 펼쳤다. 바텐더가 웃으면서 말했다.

"로스앤젤레스에서는 매연 때문에 안 보일 것 같습니다만. 자, 오늘 밤에는 뭘로 하시겠습니까?"

"스카치 온더락으로 주시오. 혜성은 여기서도 잘 보일 거요. 핼리혜성만큼 거대할 테니까."

팀은 술을 받아들고 주변을 돌아본 후, 사람이 많이 모인 곳을 향해 자석처럼 끌려갔다. 팀은 한 손에는 전보를, 다른 손에 술잔을 들고 있었다. 그곳에서 줄리아는 새로 온 손님들을 소개시키는 중이었다. 아더 클레이 젤리슨 상원의원은 덩치가 크지만 과체중이라기보다 벽돌 같은 근육질에 가까운 활달한 남자였다. 그는 흰 머리가 소복해서 사진이 근사하게 나왔고, 덕택에 미국인의 절반 이상에게 얼굴이 알려져 있었다. 상원의원의 목소리는 텔레비전에서 듣던 것과 똑같이 중후하고 웅장하면서도 발음이 분명했기 때문에, 무슨 말을 하든 신비할 정도로 호소력이 있었다. 상원의원의 딸인 모린 젤리슨은 적갈색의 긴 머리에 투명할 정도로 창백한 피부의 미인이었다. 평범한 날이었다면 팀은 수줍어서 인사도 못 건넬 정도의 미모였다. 줄리아가 팀을 향해 돌아서더니 마침내 말을 걸었다.

"이 분은 아까 이야기했던……."

"햄너-브라운 혜성입니다!"

팀은 손에 전보를 꺼내들고 흔들었다.

"키트 피크 국립 천문대가 내 관측 결과를 승인해줬소! 진짜 혜성이었소! 내 소유의 혜성이나 마찬가지입니다. 내 이름을 붙인단 말이오!"

모린의 눈썹이 살짝 위로 올라갔다. 조지는 잔을 비운 뒤 누구든 궁금해할 만한 질문을 던졌다.

"브라운은 누구요?"

팀이 어깨를 으쓱했다. 잔에 들었던 술이 카펫 위로 조금 흘렀다. 줄리아가 눈살을 찌푸렸다.

"누군지는 나도 모릅니다. 천문대에서 동시 관측이라고 판정했으니까 말이오."

조지가 말했다.

"그러면 혜성의 절반만 당신 소유군요?"

팀이 아주 유쾌하게 웃었다.

"조지, 다른 절반이 당신 소유라면, 당신이 팔려고 애쓰던 채권을 내가 전부 사주겠소. 그리고 밤새도록 술도 사겠소."

그는 스카치 온더락을 두 모금에 비웠다. 주변을 살펴보니 청중이 흩어지고 있었다. 조지는 카운터로 돌아섰고, 줄리아는 상원의원을 다른 새로운 손님들에게 소개하기 위해 걸어가고 있으며, 상원의원의 비서는 그 뒤를 따랐다.

모린이 말했다.

"혜성의 절반만 소유한 것도 대단하지요."

팀은 모린이 아직 곁에 있다는 사실을 그제야 알아차렸다.

"이 스모그 속에서 어떻게 혜성을 관측할 수 있었는지 이야기해줘요."

팀은 모린의 목소리에 흥미가 담긴 것을 알아차렸다. 그녀의 시선에는 호기심이 담겨 있었다. 그녀는 상원의원의 뒤를 따라가지도 않았다. 스카치가 목젖과 위장에 뜨거운 흔적을 남겼다. 팀은 관측소에 대한 이야기를 시작했다. 내 소유의 관측소가 있는데, 위치는 윌슨 산에서 몇 킬로미터 떨어지지 않았지만 앤젤레스 산에서는 충분히 멀리 떨어져 있기 때문에 패서디나의 불빛에 영향을 받지 않는다, 식량도 비축해뒀고, 사람도 상주시켰다, 그곳에서 몇 달이고 하늘을 바라보면서 잘 알려진 행성과 위성의 궤적을 쫓고, 별자리와 그 영역을 익히고, 그 위치에 있지 않아야 할 무엇인가가 나타나는지를 끊임없이 지켜보다가, 비일상적인 것이 나타나면……. 모린 젤리슨의 눈빛이 멍해졌다. 익숙한 눈빛이었다. 팀이 말했다.

"지루하죠?"

모린이 즉시 사과했다.

"미안해요. 잠깐 생각을 좀 하느라고요."

"내가 가끔씩 혼자서 떠들기도 해요."

모린은 미소를 지으며 고개를 저었다. 진한 붉은색 머리칼이 춤을 추듯 찰랑거렸다.

"지루해서가 아니에요. 진짜로 잠시 생각을 한 거예요. 아버지가 지금 의회의 우주과학 예산 분과를 담당하고 있거든요. 아버지는 순수과학을 좋아하시고, 저는 이미지의 취향을 물려받았지만, 지금 하고 있는 일은……. 당신은 분명하게 하고 싶은 것이 있는 사람이에요. 그런 사람이 흔하지는 않죠."

갑자기 그녀가 아주 진지해졌다. 팀은 약간 당황하면서 웃었다. 그녀의 말은 분명 사실이었다.

"그러면 앙코르 공연은 뭘로 시작할까요?"

"그래요. 당신이 막 달에 첫 발을 딛는 순간 우주 사업이 취소된다면 어떻게 하겠어요?"

"글쎄, 잘 모르겠소. 가끔 문제가 있다는 말은 들었는데……."

모린이 말했다.

"걱정하지 말아요. 일단 지금은 달에 착륙한 거잖아요. 달 위에서 즐기세요."

✤

흔히 '산타 아나'라고 부르는 뜨겁고 건조한 바람이 로스앤젤레스를 휩쓸고 지나가면서 스모그를 걷어냈다. 갓 내린 어둠 속에서 빛이 춤추듯 반짝였다. 하비 랜들과 그의 부인 로레타 랜들은 1월에 찾아온 여름 날씨를 견디지 못해 녹색 올즈모빌 토로나도의 창을 활짝 열고 비벌리힐스까지 달려왔다. 하비는 붉은 재킷의 주차요원에게 차를 맡기고, 로레타가 표정을 가다듬기를 기다렸다가 저택 대문으로 들어섰다.

비벌리힐스의 일상적인 파티와 다를 바 없었다. 작은 테이블 여기저기에 백여 명이 흩어져 있고, 카운터 근처에는 백여 명이 모여 있었다. 한쪽 모퉁이에는 유쾌한 밴드가 멕시코 음악을 연주했고 곁에서 가수 하나가 마이크도 없이 큰 소리로 노래를 불렀다. 하비와 로레타는 줄리아와 인사를 나눈 후 서로 다른 곳을 향했다. 로레타는 다른 사람들의 대화에 끼어들었고, 하비는 사람들이 모인 카운터 앞에 앉아서, 진토닉을 받아들었다. 다른 사람들의 대화가 그의 귓전을 스치고 지나갔다.

"개를 흰색 카펫 위에 올라가지 못하게 했는데, 고양이를 쫓느라고 흰색 카펫 한가운데로 올라가는 바람에, 주변에서 지키고 있던……."

"……비행기 앞자리에 젊고 예쁜 여자가 있었소. 내 자리에서는 뒷모습만 보였는데, 뒷모습만으로도 정말 예뻤소. 그래서 어떻게 말을 걸지 고민하는데 여자가 뒤를 돌아보더니, 이렇게 말하는 거요. '피트 삼촌! 여기 웬일이에요?'"

"……정말 신세를 겼습니다. 제가 전화를 해서 '로빈스 위원이라고 합니다'라고만 말하면 모든 일이 술술 풀렸으니까 말이오. 시장님께서 저를 지명한 이후로는, 고객들이 좋은 기회를 놓치는 일이 없어졌습니다."

대화의 편린이 하비의 머릿속에 꽂혔다. 텔레비전 다큐멘터리 제작자인 하비는 남의 이야기를 듣는 것이 일종의 직업병이었다. 그에게는 항상 남의 이야기가 들렸다. 정말로 듣고 싶지 않았지만, 다른 사람들의 이야기는 항상 그를 매혹시켰다. 그는 자기도 모르게 타인의 마음속에 곁눈질을 하고 있었다.

하비는 로레타를 찾아봤지만 키가 작아서 군중 속에서 보이지 않았다. 하비는 대신에 아까 로레타와 대화하던 오렌지 빛 머리칼의 키 큰 여자를 찾아냈다. 그는 음료를 손에 든 사람들 사이를 조심스럽게 헤치면서 그 방향으로 이동했다.

"이백억 달러였소! 그 돈을 쓰고서 찾아낸 것이 고작 바윗덩어리라니. 커다랗기만 한 로켓들이 수백억 달러를 꿀꺽 삼켜버린 거요. 그 돈이면 할 수 있는 일이 얼마나 많은데……."

하비가 말했다.

"그건 헛소리인데?"

열변을 토하던 조지 서터가 놀라서 돌아봤다.

"오, 반갑소, 하비. 두고 보시오, 스페이스 셔틀도 뻔해요. 그렇게 줄줄 새어나가는 돈으로 차라리……."

"그건 사실이 아닌 것으로 밝혀지고 있는데요."

맑고 달콤하면서도 무시할 수 없는 전달력이 담긴 목소리가 조지의 열변을 자르고 들어왔다. 조지는 말을 멈췄다.

말을 한 것은 한쪽 어깨에 녹색 파티 가운을 걸친 빨간 머리 여자였다. 하비는 그 여자와 눈이 마주치자 먼저 슬쩍 눈을 피하고, 웃으면서 말했다.

"헛소리라는 말과 같은 뜻이오?"

"네. 하지만 제 말이 더 올바른 표현이죠."

그녀는 하비에게 웃음을 지었다. 하비도 웃음을 잃지 않도록 애썼다. 그녀의 어조가 공격적으로 바뀌었다.

"조지, 나사는 아폴로라는 기계 제작에 돈을 쓴 것이 아니라, 지식 연구에 투자한 거예요. 그 결과 우리는 기술을 습득했죠.

지식은 꿀꺽 삼켜 사라진 것이 아니에요. 스페이스 셔틀과 관련된 비용? 그건 배울 것이 있는 장소에 가는 비용이에요. 그걸 감안하면 투자액은……."

여자의 부드러운 가슴과 어깨가 하비의 팔을 유쾌하게 휘감았다. 로레타겠지? 돌아보니 역시 로레타다. 그는 로레타에게 술잔을 건넸다. 로레타가 뭐라고 말하려는 듯 입술을 달싹이자 하비는 평소보다 조금 거만하게 침묵하라는 손짓을 했다. 그리고 그녀의 항의하는 눈빛을 무시했다.

빨간 머리 여자는 똑똑했다. 논쟁의 승부를 가르는 이성과 논리 측면에서 이미 승리했다. 하지만 그뿐이 아니었다. 여자는 모든 남자들의 시선을 끌었고, 느린 남부 억양은 한 단어 한 단어 전달력을 높였다. 게다가 목소리가 맑고 억양이 음악처럼 매끄러워서 어떤 사람도 중간에 끼어들지 못했다.

전혀 평등하지 못한 논쟁은 조지가 술이 떨어졌다며 달아나듯 말을 끊는 것으로 끝났다. 여자는 승리의 미소를 지으며 하비에게 다가왔고, 하비는 축하의 목례를 보냈다.

"하비 랜들입니다. 집사람인 로레타고요."

"모린 젤리슨이에요. 반가워요."

그녀는 잠시 미간을 찡그렸다.

"아, 기억나요. 캄보디아의 마지막 미국 종군 기자였죠?"

그녀는 하비, 로레타와 정중히 악수했다.

"그때 당신이 탔던 뉴스용 헬리콥터가 격추되지 않았나요?"

로레타가 사랑스럽게 대답했다.

"두 번이나 그랬죠. 하비가 조종사를 데리고, 적진을 팔십 킬로미터나 뚫고 탈출했어요."

모린은 심각하게 고개를 끄떡였다. 모린은 하비 랜들 부부보다 열다섯 살은 어렸고, 매우 침착해 보였다.

"그래서 지금 여기 있는 거군요. 이곳 출신이세요?"

랜들이 대답했다.

"저는 이곳 출신이고요, 로레타는 디트로이트……."

로레타가 언제나처럼 끼어들었다.

"그로스포인트예요."

로레타는 언제나처럼 절반의 진실까지만 말했다.

"하지만 나는 LA 출신이오. 그리 흔하지 않은 이곳 출신 사람입니다."

모린이 물었다.

"그리고 지금은 어떤 일을 하시나요?"

하비가 대답했다.

"다큐멘터리 제작자입니다. 특집 뉴스 성격을 띠는 영상물을 주로 하지요."

로레타가 약간 경외심이 섞인 목소리로 말했다.

"나도 당신을 알아요. 방금 당신 아버지를 만났거든요. 젤리슨 상원의원요."

"맞아요."

모린은 고개를 끄떡였다가 활짝 웃으며 말했다.

"아, 특집 뉴스를 제작하신다면 꼭 만나야 할 사람이 있어요.

팀 햄너요."

하비가 인상을 썼다. 자주 듣던 이름인데 얼른 떠오르지가 않았다.

"왜 만나야 하죠?"

로레타가 낄낄대며 말했다.

"팀 햄너라고요? 그 끔찍하게 웃는 젊은 남자 말이죠? 지금 꽤 취했더군요. 남의 이야기를 들어줄 정신이 전혀 없을 거예요. 혜성의 절반을 소유했으니까요."

"바로 그 사람 맞아요."

모린이 대답하면서 씩 웃었다. 모린과 로레타가 음모를 공유하는 듯한 눈빛을 교환했다.

하비는 그제야 그가 누군지 기억났다.

"엄청난 양의 비누를 소유하기도 했지."

이번에는 모린이 모르겠다는 표정을 지었다.

하비가 말했다.

"그가 누군지 기억났어요. 그는 칼바 비누회사의 상속자예요."

모린이 말했다.

"그랬군요. 하지만 혜성에 대한 자부심이 훨씬 더 강하던데요. 그를 비난할 수는 없어요. 우리 아버지는 언젠가 대통령이 될지도 모르겠지만, 혜성은 절대 발견하지 못할 거예요."

그녀는 여기저기를 둘러보다가, 찾던 사람을 발견했다.

"저쪽의 슈트 차림에 밤색 조끼를 받쳐 입은 키 큰 남자예요. 웃는 표정만 봐도 알 수 있을 거예요. 그리고 근처에 가면, 그기 먼저 알아서 혜성 이야기를 시작할 거예요."

로레타가 자신의 팔을 잡아당기자 하비는 마지못해 모린에게 잠시 눈을 뗐다. 그 사이 다른 사람이 모린에게 말을 걸었다. 하비는 새로 술 두 잔을 받아 쥐었다.

✤

언제나처럼 하비는 과음을 했고, 도대체 왜 이런 파티에 왔는지 자문했다. 물론 답은 알고 있었다. 로레타는 이런 파티가 부부가 삶을 공유하는 방식이라고 생각하기 때문이었다. 로레타는 야외로 떠나는 여행을 싫어했다. 예전에 떠났던 가족 여행은 재앙에 가까웠다. 로레타는 항상 가장 좋은 호텔에 묵고 싶어 했고, 하비가 좋아하는 허름한 바에 의무감으로 함께 갈 때면 불만을 감추려고 애쓰는 것이 한눈에도 티가 났다.

로레타는 이런 파티를 정말 즐거워했다. 오늘 저녁은 특히 좋을 것이다. 심지어 젤리슨 상원의원과 직접 담소를 나눌 기회까지 잡았으니까. 하비는 그녀가 상원의원과 이야기하도록 남겨두고 술을 더 가지러 갔다.

"진을 좀 더 주시오."

바텐더는 미소를 짓고 말없이 진토닉을 내밀었다. 하비는 술을 들고 서 있었다. 팀은 작은 테이블에 혼자 앉아 있었다. 그의 시선은 하비를 향했지만 눈동자는 꿈꾸듯 멍했다. 그리고 멍한 미소. 하비는 팀의 맞은편 의자에 가서 앉았다.

"팀 햄너? 저는 하비 랜들이라고 합니다. 모린 젤리슨이 당신에게 '혜성'이라고 말해보라더군요."

팀의 얼굴이 환하게 밝아졌다. 그는 주머니에서 전보 한 장을 꺼내 흔들어 보였다.

"맞소! 내 관측 결과가 오늘 오후에 확정되었소. 햄너-브라운 혜성 말이오."

"너무 건너뛰었소."

"그녀에게 아무 이야기도 못 들었소? 좋아요! 나는 팀 햄너입니다. 천문학자요. 전문가는 아니지만, 장비는 전문가 수준으로 갖췄지요. 그리고 전문가처럼 작업합니다. 말하자면 아마추어 천문학자요. 일주일 전에 나는 해왕성 근처에서 원래 없었던 희미한 빛을 발견했소. 그 빛은 날마다 조금씩 이동하더군요. 새로운 혜성이라는 확신이 들 때까지 관측하다가 키트 피크 국립 천문대에 보고했고, 오늘 최종 승인을 받은 거요. 국제 천문학회에서 혜성에 내 이름을 붙여줬소. 브라운이라는 이름과 함께."

짧은 순간 하비의 얼굴에 번개처럼 부러움이 스쳤다. 하비는 방금 떠오른 부러움을 재빨리 마음속 깊숙하게 밀어 넣었다. 나중에 다시 꺼내 볼 수 있도록 말이다. 그는 그런 자신이 부끄러웠다. 만약 그런 부끄러움이 없었다면, 첫 질문을 조금 더 사려 깊게 선택했을 것이다.

"브라운은 누구죠?"

팀의 얼굴빛은 바뀌지 않았다.

"가빈 브라운. 이이오외주 센디빌에 살고, 거울을 갈아서 직접 망원경을 만들었다는 꼬마라더군요. 나와 같은 날 혜성 발견을 보고했고, 그래서 국제 천문학회에서 동시 관측으로 규정했소. 내가 확신이 설 때까지 기다리지만 않았어도…….”

팀은 어깨를 한 번 으쓱하고 말을 이었다.

“오늘 오후에 브라운에게 전화를 해서, 비행기 표를 보내줄 테니 한 번 만나자고 했소. 별로 오고 싶은 눈치가 아니기에, 윌슨 산에 있는 태양 관측 장비를 보여주겠다고 했더니 즉시 승낙하더군요. 그 꼬마의 관심은 흑점! 흑점뿐이오. 그가 혜성을 발견한 것은 우연일 뿐이었소!”

하비가 물었다.

“언제쯤 육안으로 혜성이 보일까요? 보이기는 할까요?”

“아직은 이른 질문이오. 한 달만 기다렸다가 뉴스를 보시오.”

“내 역할은 뉴스를 보는 것이 아니라, 뉴스를 제작하는 거죠. 지금 이 건은 뉴스가 될 만한 이야기니까, 좀 더 자세히 이야기해 주시죠.”

팀은 기꺼이 이야기를 했다. 그리고 하비는 활짝 웃으며 고개를 끄떡였다. 완벽해! 그 값비싼 장비로 뭘 하는지 다 알 수는 없지만, 다큐멘터리의 피사체로 아주 훌륭할 것이다. 그리고 그런 고가의 정교한 장비를 가진 백만장자가, 나뭇가지와 구부린 바늘로 직접 낚싯대를 만든 꼬마와 같은 크기의 물고기를 잡았다!

백만장자. 그는 백만장자다.

“이 혜성에 대한 이야기가 다큐멘터리로 제작할 가치가 있다고 생각한다면…….”

"물론 그렇소! 이 발견은 아주 중요한 거요! 아마추어 천문학자가 얼마나 중요한 역할을 하는지 보여주는……."

걸렸구나!

"내가 물어보려던 것은, 만약 혜성에 대한 다큐멘터리를 제작한다면, '칼바 비누'에서 제작 후원이 가능한지입니다."

팀의 표정이 미묘하지만 분명하게 변했다. 하비는 즉시 팀에 대한 평가를 수정했다. 그는 자신의 돈을 뒤쫓는 사람을 수없이 겪었고, 몽상가지만 바보는 아니다.

"하비, 혹시 당신이 알래스카 빙하에 대한 다큐멘터리를 만들었나요?"

"그렇습니다."

"아주 형편없었소."

"맞습니다. 그랬습니다."

하비가 그의 말에 동의했다.

"후원자가 제작에 관여하겠다고 했고, 실제로 관여했었소. 대개 그렇게 하죠. 나는 대기업을 상속받지 못했거든요."

그리고 당신도 마음대로 한 번 해봐, 혜성발견자 팀 햄너.

"그래요, 나는 대기업을 상속받았소. 헬스게이트의 댐에 대한 다큐멘터리도 당신이 제작했소?"

"맞습니다."

"그건 재밌더군요."

"나도 동의합니다."

딤이 고개를 몇 번 끄떡였다.

"좋아요. 이번 다큐멘터리는 후원할 가치가 있습니다. 혜성이 육안으로 보이지 않게 되더라도 말이오. 엄청난 돈을 들여서 누구도 보고 싶어 하지 않는 쓰레기 광고를 만들기도 하니까, 가치 있는 이야기를 하는 편이 훨씬 낫지. 하비, 당신 술이 없군요."

그들은 함께 바텐더를 향해 걸어갔다. 파티는 끝나는 분위기였다. 젤리슨 일행이 자리를 떠났다. 로레타는 다른 사람과 대화를 나누고 있었다. 대화 상대는 방송 진행자가 되고 싶어 하비를 쫓아다니는 시의원이었다. 그자는 로레타가 하비에게 영향력이 있다고 생각할 텐데, 그건 사실이다. 그리고 하비가 방송국에서 영향력이 있다고 생각할 텐데, 그건 웃고 말 일이다. 바텐더가 정신없이 바빠서, 그들은 바에 서서 기다렸다. 팀이 말했다.

"나는 혜성 연구에 필요한 모든 최신 장비를 다 갖추고 있소. 대형 궤도 망원경도 있는데, 코호텍 혜성*이 접근했을 때 딱 한 번밖에 안 썼소."

팀은 잠시 후 말을 이었다.

"이제 전 세계 과학자들은 혜성들이 어떻게 다른지, 코호텍과 햄너-브라운의 차이가 뭔지 궁금해할 거요. 이 지역에도 과학자가 많죠. 캘리포니아 공대, JPL**의 천체물리학자들 말입니다. 그들 모두가 햄너-브라운에 대해 더 자세히 알고 싶어 할 거요."

햄너-브라운이라는 발음이 공명했다. 팀은 그 발음의 느낌을

---

* 1973년 체코 천문학자가 발견해 세기의 혜성으로 화제가 됐으나 육안 관측 범위로 접근하지 않음.
** 제트추진연구소. NASA의 우주 프로젝트의 실행을 주도한 기관.

즐기는 듯했다.

"혜성은 단지 아름다운 물체가 아니라, 태양계를 형성한 거대 가스 구름의 잔여물이오. 만약 우주 탐사선을 쏘아 올려서 혜성을 자세히 연구한다면, 태양과 달과 행성을 형성했던 최초의 가스 구름에 대해 더 자세히 알게 되는 것이죠."

"당신, 하나도 안 취했군요."

하비가 이상하다는 듯이 말했다. 팀이 움찔하더니 웃었다.

"축하의 의미로 술을 마시려고 했는데, 술은 안 마시고 떠들기만 했던 모양이군요."

바텐더가 그들에게 술을 건넸다. 팀은 스카치 온더락스를 받아들고 건배했다. 하비가 말했다.

"당신 눈빛을 보고 취했다고 생각했어요. 아무튼 방금 이야기는 의미심장하군요. 우주 탐사선을 쏘게 될까요? 까짓것, 시도는 해볼 수 있겠죠. 하지만 그건 다큐멘터리 한 건을 제작하는 것보다 훨씬 큰 이야기예요. 과연 기회가 있을까? 그러니까, 우리가 혜성을 향해 우주 탐사선을 보낼 수 있을까요? 내가 항공우주업계에 아는 사람이 있는데……."

그리고 하비는 머릿속으로 생각을 이어갔다. 총괄 편집은 누구에게 시킬까? 촬영은 찰리 바스콤에게 맡기면 되고…….

팀이 말했다.

"젤리슨 상원의원이 있소. 상원의원도 이 문제에 관심이 있지. 하지만 하비, 나도 혜성에 대한 지식에 한계가 있소. 지금까지 말한 건 진부 추측追測입니다. 햄니-브라운이 근일점近日點에 도달하려면 아직 몇 달 남았소."

팀이 재빨리 덧붙였다.

"근일점이란 태양에 가장 가까운 지점을 말해요. 지구에서 가장 가깝다는 의미는 아니죠."

"얼마나 가까워지겠소?"

팀은 어깨를 으쓱했다.

"아직 궤도분석은 안 해봤지만 꽤 가까워질 거요. 하지만 명왕성 너머에서 오랫동안 날아와야 할 것이고, 태양 주변에서는 속도가 더 빨라질 겁니다. 아시겠지만 내가 궤도를 계산할 수는 없습니다. 전문가들을 기다려야죠. 당신의 다큐멘터리 제작을 기다리듯 말이오."

하비는 고개를 끄떡였다. 그들은 술을 한 모금씩 마셨다.

팀이 말했다.

"하지만 그 생각은 좋은 것 같소. 햄너-브라운을 과학적으로 연구하도록 압박을 넣는다. 여론을 빌린다면 그다지 힘들지 않을 거요. 괜찮은 생각인 것 같소."

하비가 조심스럽게 말을 이었다.

"그렇죠. 본격적인 추진 전에 후원 문제를 확실히 해야 합니다. 칼바 비누의 후원 의사는 확실합니까? 다큐멘터리가 인기를 끌 수도 있지만, 그러지 못할 수도 있어요."

팀이 고개를 끄떡였다.

"예전에도 사람들이 코호텍 혜성에 헛되게 열광했었지. 사람들은 실망을 반복하고 싶지 않을 거요."

"그렇죠."

"그래요. 하지만 칼바 비누는 후원을 결심했소. 혜성을 육안으로 보지 못한다 해도, 그것을 연구하는 것이 왜 중요한지에 대해 이야기합시다. 나는 후원은 약속하겠지만 혜성의 육안 관측이 가능하다는 것을 약속할 수는 없소. 전혀 보이지 않을 수도 있어요. 그러니 사람들에게는 그 이상을 이야기하지 마십시오."

"나는 늘 사실을 그대로 이야기한다는 평을 받는 사람이죠."

"후원자가 간섭하지 않을 때만 그런 것 아니오?"

"그런 때에도, 나는 최대한 사실을 솔직하게 이야기합니다."

"좋소. 하지만 현재로는 사실이라고 부를 만한 것이 없소. 햄너–브라운은 매우 큰 혜성일 겁니다. 그건 틀림없소. 그렇지 않다면 이렇게 멀리서도 보일 리가 없으니까. 그리고 태양에 매우 가깝게 접근할 가능성이 높소. 굉장히 멋진 장관을 연출하겠죠. 하지만 장담은 못합니다. 꼬리가 아주 길게 늘어질 수도 있고, 그냥 조용히 사라질지도 모릅니다. 모든 것은 혜성 마음대로요."

"맞습니다. 그런데 혹시 코호텍 때문에 명성을 잃은 기자를 기억합니까?"

하비의 질문에 팀이 곰곰이 생각했지만 답을 하지 못했다.

"그렇죠. 아무도 없습니다. 대중은 천문학자를 비난했을 뿐, 기자를 비난한 사람은 아무도 없습니다."

"왜죠? 기자들이 천문학자를 인용해서 그런 거요?"

"절반은 그렇죠. 하지만 기자는 항상 흥미로운 이야기만 인용합니다. 두 가지 다른 의견이 있다고 칩시다. 한 사람은 코호덱

이 크리스마스를 축하하는 아름다운 혜성이 될 것이라고 했고, 다른 사람은 쌍안경 없이 보기는 힘들다고 했어요. 뉴스에 어느 쪽이 방영될까요?"

팀이 웃었다. 그가 잔을 마저 비우려는데 줄리아 서터가 들어왔다.

"팀, 바빠요?"

그녀는 질문을 던진 뒤, 대답을 기다리지 않고 급하게 말을 이었다.

"당신 사촌 배리가 술에 취해서 부엌에서 바보짓을 하고 있어요. 집에 좀 데려다 줄래요?"

하비는 그녀를 증오했다. 팀 햄너가 술에 취하지는 않았겠지? 내일 아침에 오늘 일을 모두 잊지는 않겠지? 젠장.

"금방 가겠소, 줄리아."

팀은 하비를 돌아봤다.

"분명히 기억하시오. 햄너−브라운에 대한 다큐멘터리는 아주 정직해야 합니다. 나쁜 평가를 받더라도 말이오. 칼바 비누가 그 정도는 감당할 수 있소. 시작은 언제 할 거요?"

그래도 세상이 아주 망가지지는 않았구나.

"즉시 시작하겠어요, 팀. 우선은 당신과 가빈 브라운이 윌슨 산의 관측소에 있는 장면, 그리고 브라운이 당신의 장비를 처음 보는 장면부터 시작하죠."

팀이 미소를 지었다. 마음에 드는 표정이었다.

"좋소. 내일 전화합시다."

로레타는 다른 침대에 조용히 잠들어 있었다. 하비는 천장을 오랫동안 바라봤다. 차라리 그냥 일어나자. 하비는 침대에서 일어나서 큰 머그잔에 코코아를 가득 만들어 서재로 들고 갔다. 애견 키플링이 꼬리를 털면서 그를 반겼다. 그는 키플링의 귀를 가볍게 문지르면서 커튼을 걷었다. 아래로 어둠 속의 로스앤젤레스가 보였다. '산타 아나'가 스모그를 날려 보냈다. 늦은 시간이지만 고속도로에는 불빛이 강물처럼 흐르고 있었다. 주황색 불빛이 격자처럼 엉켜서 반짝이는 모습은 새롭게 느껴졌다. 저 불빛 때문에 팀은 별자리 관측이 어렵다고 투덜거렸지.

도시는 끝없이 길게 이어져 있었다. 가까이로는 몇 채의 아파트와, 푸른빛을 뿜는 사각형의 수영장이 보였다. 자동차와 순찰 중인 경찰 헬기가 불빛을 반짝였다. 그는 책상으로 돌아와서 책을 꺼내어 펼쳤다. 그리고 키플링의 귀를 한 번 더 긁어줬다. 그리고 조심스럽게 코코아를 책상 위에 올려놓았다.

산으로 캠핑을 다닐 때는 잠자는 것에 문제가 전혀 없다. 어두워지면 바로 침낭 안으로 들어가고, 그러면 밤새 깨지 않고 잔다. 불면증은 도시에 있을 때만 겪는다. 옛날에는 침대에 똑바로 드러누워 밤새도록 불면증과 싸웠다. 요즘은 일어나서 졸릴 때까지 기다렸다. 오직 수요일에만 별다른 곤란이 없다.

수요일에는 로레타와 섹스를 한다. 이 습관을 바꿔보려던 시도는 벌써 여러 해 전에 끝났다. 로레타가 월요일 밤에 그의 침대로 올 때도 있지만 자주 그러지는 않는다. 그리고 바깥이 환한 오후에는 절대 하지 않는다. 화요일이나 토요일보다 수요일이 좋다. 수요일은 그들이 예상하고 있고, 준비되어 있다. 이제는 콘크리트처럼 단단하게 굳어진 습관이었다.

하비는 잡념을 떨쳐버리고 새로 찾아온 행운에 대해 생각했다. 팀이 확실하게 이야기했으니 다큐멘터리는 제작될 것이다. 어떤 어려움이 있을까? 저조도 환경의 촬영 전문가가 필요하겠지. 혜성을 촬영할 때는 간헐 촬영 기법을 써야 할 테지. 이번 건은 재미있을 것 같다. 팀을 소개시켜준 모린 젤리슨에게도 고맙다는 인사를 해야겠다. 좋은 여자였어. 싱그러웠다. 지금까지 만났던 그 어떤 여자보다도 싱그러웠다. 로레타가 곁에 있지만 않았더라면. 그는 의식하지 못하는 사이 자신의 생각을 접었다. 오래전부터 몸에 익은 습관이었다.

하비는 실제로는 부인을 싫어하지 않으면서 말만 요란한 사람을 많이 알았다. 예전에 아버지는 '남의 담장의 잔디가 더 예뻐 보이기 마련이다'라는 격언을 하셨다. 하비의 아버지는 건축가였다. 그는 항상 할리우드 주변에서 일했지만, 큰돈을 안겨주는 큰 계약을 따본 일은 한 번도 없었다. 대신 숱하게 많은 할리우드의 파티에 참석했다. 그리고 함께 등산을 하다가, 항상 버는 것보다 쓰는 것이 많은, 결코 만족하지 못하는 삶을 사는 인기 스타와 작가와 감독에 대해 이야기했다.

"그들은 절대 행복할 수 없단다. 항상 남의 부인이 파티에서 돋보이고 침대에서도 뛰어날 거라고 생각하며 되뇌다보면 어느 순간 그 생각을 믿어버리지. 이 빌어먹을 도시의 사람들은 홍보 대행사에서 해주는 거짓말을 자기 스스로도 믿고 있어. 그런 꿈에 기대면 제대로 살 수가 없지."

그 말은 사실이었다. 꿈은 위험하다. 가진 것을 굳게 지키는 것이 오히려 더 좋은 방법이다. 나는 이미 많은 것을 가졌다. 좋은 직업, 큰 집, 수영장……. 그중에 진정한 보상은 없잖아? 그리고 직장에서는 정작 하고 싶은 일을 할 수가 없어. 머릿속에서 진심의 목소리가 울려왔다. 하비는 자신의 생각을 무시했다.

*
**

혜성은 자유로운 존재가 아니다.

거대한 폭풍의 중심, 가스 소용돌이가 마침내 붕괴되며 형성한 태양과 인접한 곳에서, 국지적인 먼지의 소용돌이가 응축되어 행성이 되었다. 새로 생긴 행성은 강력한 열기로 가스층을 분출시켰고 바위와 쇠가 녹아 엉긴 덩어리만 남았다. 태양으로부터 멀리 떨어진 곳의 외행성들은 거대한 가스 구체로 그대로 남았고, 수십억 년 후 인간들은 그 구체에 자신들이 믿는 신의 이름을 붙였다. 그리고 태양으로부터 매우 멀리 떨어진 곳에도 국지적 먼지의 소용돌이가 존재했다.

이 중 토성만 한 크기의 거대 행성, '블랙 자이언트'도 형성되고 있었다. 광대하고 아름다운 고리를 가진 블랙 자이언트는 계속해서 덩어리를 끌어모았고, 핵이 붕괴되면서 에너지를 계속 방출해 미친 듯 뜨거워졌고, 그 때문에 폭풍이 표면을 휩쓸었다. 블랙 자이언트의 공전 궤도는 태양계의 평면 궤도에 대해 거의 수직이었고, 혜성의 궤도를 가로지르는 위풍당당한 궤도가 형성되기까지 수십만 년이 걸렸다.

가끔 혜성이 길을 벗어나 블랙 자이언트에게 접근했다가 행성의 고리나 수천 킬로미터 두께의 대기에 흡수되기도 했다. 블랙 자이언트의 강한 중력은 때로는 혜성을 정상 궤도로부터 쏙 잡아 뽑아서 행성 간의 광대한 공간에 내던져 우주의 미아로 만들기도 했고, 때로는 혜성을 궤도 밖으로 끌어당겨 태양계 내부 지옥불의 소용돌이 한가운데로 집어던지기도 했다.

태양의 불길에서 살아남은 혜성의 잔존물은 느리고 안정적으로 궤도를 따라 움직인다. 하지만 블랙 자이언트 곁을 지나고 나면 궤도가 혼란스러워진다. 블랙 자이언트의 소용돌이 한가운데에 빠지면 반쯤 증발하고 간신히 빠져나오다가 다시 소용돌이 속으로 빨려들기를 반복하다가, 돌덩이만 남고 사라지는 것도 있다. 하지만 더 많은 수는 아예 빠져나오지도 못한다.

1월: 간주

지역 주민 여러분, 모두 힘을 합쳐 노스이스트 전력망을 날려버립시다!

'이스트 빌리지 아더*'는 1970년 8월 19일 수요일 오후 세 시를 '제1회 늑대 인간의 날' 연례 행사일로 선포합니다. 참여 방법을 다시 한 번 알려드립니다. 손에 잡히는 모든 전자제품은 전원을 켜주십시오. 모든 발전회사와 송전회사의 이익 개선에 확실히 도움을 줄 만큼 화끈하게 스위치를 높여 봅시다. 조금이라도 전기를 더 쓸 방법은 없는지 잘 찾아봅시다. 특히 히터, 토스터, 에어컨, 기타 전력 소모가 큰 기계는 빠뜨리면 안 됩니다. 냉장고를 최대로 가동하고 문을 열어 놓아, 실내 온도를 재미나게 낮춰 봅시다. 오후 내내 화끈하게 전기를 쓰고, 달이 떴을 때 센트럴 파크에서 만납시다.

준비하시고! 전원 꽂으시고! 날려봅시다!

병원 및 각종 긴급 구조대는 본 경고를 참조하여, 사전에 대비하시기 바랍니다.

— 이스트 빌리지 아더, 1970년 7월

맑은 날에는 시계가 끝없이 넓어진다. 샌호아킨 원자력발전소 건설 현장 사무소의 가장 높은 층에 있는 현장 소장 배리 프라이스의 사무실에서는 한때 내륙해였으나 이제 캘리포니아 농업의 중심지가 된 마름모꼴의 평원지대가 한눈에 보였다. 샌호아킨밸리는 북쪽으로 삼백 킬로미터, 남쪽으로 팔십 킬로미터 더 이어진다.

---

* 1960년대 뉴욕의 시하 신문.

아직 완성되지 않은 원자력발전소 현장은 완전 평지인 주변 지대보다 육 미터가량 높은 구릉에 위치했다. 그곳은 시야에 들어오는 곳 중에서는 가장 고지대다.

아주 이른 새벽이지만 벌써 현장은 소란스러웠다. 건설 인부들은 삼교대로 야간과 주말까지 계속 일했다. 할 수만 있다면 배리는 크리스마스와 신년까지 일을 시켰을 것이다. 최근 집중적인 작업을 거쳐 원자로 1호기가 완공됐고 2호기 공사도 진행됐다. 3호, 4호기 건설을 위한 기반 공사도 착수됐다. 하지만 순조롭지 않은 일이 있었다. 1호기는 이미 완공됐지만 법원에서 시운전을 허락하지 않은 것이다.

배리의 책상은 서류에 파묻혀 있었다.

그는 머리칼이 아주 짧았고, 구레나룻을 면도날만큼 날카롭게 다듬었다. 카키색 바지, 견장이 잔뜩 달린 카키색 셔츠, 견장이 더 많이 달린 카키색 재킷 옷을 입고, 벨트에는 전자계산기를 매달았다. 머리카락이 아직 갈색이던 시절에는 계산자를 달고 다녔었지만 말이다. 가슴 주머니에는 연필, 재킷 주머니에는 공책을 넣었다. 전 부인이 '기술자 제복'이라고 부르던 차림이었다. 최근에는 법원 출석, 로스앤젤레스 시장 및 전력 국장에게 추진 경과 보고, 의회, 원자력 규제 위원회 회의, 의회 출석 등 억지로 정장을 입어야 하는 상황이 많아지고 있었다. 그때마다 마지못해 회색 플란넬 슈트를 입고 넥타이를 맸지만, 용무를 마치면 즉시 작업복으로 갈아입었다. 상황 때문에 정장을 입는 것은 정말 짜증 났다.

그의 커피 컵이 비었다. 완전히 비었다. 마지막 핑곗거리도 사라졌다.

배리는 인터폰을 누르고 말했다.

"돌로레스, 소방서 손님들을 들여보내 줘."

돌로레스가 대답했다.

"아직 도착하지 않았어요."

형벌 집행이 잠시 연기됐군. 그는 다시 서류 더미로 눈을 돌렸다. 한심했다. 그는 서류를 보면서 투덜거렸다.

"나는 엔지니어잖아. 제기랄. 하루 종일 법조문을 뒤적이면서 법원에 앉아 있고 싶었다면 차라리 변호사가 됐겠지. 아니면 대량학살자가 됐든지."

이번 일을 맡은 것에 조금씩 회의를 느끼고 있었다. 그는 능력이 검증된 탁월한 발전 시스템 엔지니어였다. 펜실베이니아의 에디슨에서 가장 젊은 현장 소장이 되었고, 밀퍼드의 원자력발전소 운영 효율을 극대화시키고 미국의 최고 안전 운전 기록을 갱신했다. 그리고 자원해서 이곳 샌호아킨 원자력발전소 건설을 맡았다. 이제 곧 4천 메가와트의 청정에너지를 얻게 된다.

하지만 그의 직무는 건설과 운영이지 행정 사무가 아니었다. 배리는 기계와 함께할 때 가장 편안했다. 건설 인부나 발전소 직원, 전력 설비공, 스위치야드 인부들과 있을 때가 즐거웠다. 그의 원자력에 대한 열정은 전염병처럼 부하 직원들에게 퍼져갔다.

그래서?

지금은 씁쓸하다. 요즘은 하루 종일 시류 작업뿐이다.

돌로레스는 즉시 응답해야 하는 긴급 서류를 잔뜩 들고 왔다. 대부분 대민 홍보와 관련된 것이다. 그리고 협조를 요청한 사람들 대부분은 현장 소장에게 당당히 시간 할애를 요구할 수 있는 위치에 있는 중요한 사람들이다. 배리는 돌로레스가 '미결' 함에 쌓아올린 서류 뭉치를 쳐다봤다.

"저것들 다 쓰레기들이잖아. 좀 보라고. 전부 정치가들이 보냈겠지."

그녀가 눈을 찡긋했다.

"일레지티미 논 카보런덤*."

배리가 눈을 찡긋해 대꾸했다.

"쉽지 않군. 저녁 식사 어때?"

"좋죠."

그녀가 재빠르게 미소를 지었다.

배리는 가볍게 웃었다. 배리 프라이스가 그의 비서와 잔다더라! 그 사실을 알게 되면 주 정부 전력 부서에서 뒤집어지겠지. 젠장, 그런 건 될 대로 되라지.

이곳은 너무 조용했다. 이곳에는 터빈의 미미한 진동과 울림, 로스앤젤레스의 가정과 산업 시설로 메가와트의 전기가 분배되는 소리와 느낌이 있어야 한다. 그런데 아무것도 없다. 사무실 아래에는 정사각형의 건물이 있고 그 건물 안에는 아름다운 터빈이 있다. 무게가 수천 톤이나 되지만 0.01그램의 오차도 없는 정

---

* Illegitimi non carborundum. 나쁜 자식들에게 눌려 좌절하지 마세요. 1960년대에 유행한 라틴어 모사 속담.

교한 기계, 미친 속도로 회전하지만 거의 진동을 발생시키지 않는 정밀한 기계가 인간의 천재성을 찬양할 수 있는데, 어째서 사람들은 이해하지 못할까? 어째서 정교한 기계의 아름다움과 위대함을 감상하지 못할까?

돌로레스가 그의 생각을 읽고 말했다.

"힘내세요. 지금 직원들이 일하고 있어요. 이번에는 조용히 끝날 거예요."

배리가 말했다.

"뉴스거리가 생기는 건 원하지 않아. 대중에게는 홍보가 덜 되는 편이 차라리 좋거든. 멍청하게도 말이야."

돌로레스는 고개를 끄떡이고 창가로 갔다. 그녀는 오십 킬로미터가량 떨어진 템블로 레인지 지역을 바라봤다.

"스모그가 생겼어요. 요즘은……."

"그래."

스모그를 생각하면 유쾌해진다. 남부 캘리포니아에는 전력 설비가 있어야 한다. 천연가스가 부족한 이 지역에 가용한 에너지원은 석탄과 원자력이다. 그리고 석탄을 태운다면 매연과 공해가 발생할 수밖에 없다. 배리가 말했다.

"우리 선택은 한 가지뿐이야. 그리고 주민 투표를 실시해도 늘 우리가 이겼지. 법원이나 정치가도 상황을 깨닫게 될 거야."

그는 이미 개종한 사람에게 전도하고 있다는 사실을 알고 있었다. 하지만 자신을 이해하고 동정하는 사람에게 이야기를 하면 기분이 좋아졌다.

외부 손님을 알리는 표시등이 켜지자 돌로레스는 손님을 맞이하러 나가기 전에 얼굴 표정을 가다듬었다. 배리에게는 긴 하루가 될 것이다.

✤

로스앤젤레스의 오전은 교통체증이다. 끊임없이 움직이는 차량의 물결. 어젯밤 산타 아나가 불었지만 도시에는 매연과 스모그가 깔려 있었다. 해변에서 밀려온 아침 안개는 내륙의 더운 바람에 곧 흩어졌다.

출근 시간의 고속도로는 항상 붐비지만, 늘 차를 끌고 나오는 사람들을 멍청하다고 할 수는 없었다. 대부분은 날마다 같은 시간에 같은 길을 지났기 때문에 요령이 있었다. 진출 차선에서 허둥지둥 차선을 바꾸는 차도 없고, 진입 차선에서도 줄을 서듯 차례차례 잘 움직였다.

아일린은 이미 그 사실을 잘 알고 있었다. 캘리포니아의 운전자를 세계적인 농담거리로 만든 코미디언도 있었지만, 사실 고속도로에서 그들의 운전 솜씨는 다른 지역보다 나았다. 그래서 반쯤 딴전을 피우면서도 운전을 할 수 있었다.

날마다 거의 똑같았다. 고속도로에 오르기 오 분쯤 전에 커피를 마저 마신다. J.C. 휘트니에서 구입한 수납함에 컵을 세우고 오 분간 머리를 빗는다. 이때쯤이면 잠이 완전히 깬다. 그녀의 근무지인 버뱅크 소재 코리건 배관자재회사까지는 삼십 분 정도가 더 걸릴 것이다.

그녀는 차 안에서 녹음기를 켠다. 이 녹음기로 많은 일을 한다. 이 습관은 운전에도 도움이 된다. 녹음기가 없다면 가속과 감속만 반복해야 하는 교통체증의 긴장감 때문에 크게 스트레스를 받을 것이다.

녹음기를 켜자 자신의 목소리가 흘러나왔다.

"화요일. 필터 때문에 클레임이 접수됐다. 필터가 빠진 상태로 납품받은 고객이 두 명 있었다."

아일린은 고개를 끄떡였다. 이 문제는 이미 해결했다. 바지선처럼 덩치 큰 사람이 강하게 항의를 해서 부드럽게 달래줬는데 알고 보니 이 지역 최대의 시행사 쪽 사람이었다. 단품을 매매하는 작은 거래라도 절대 대충하면 안 된다는 것을 확인한 셈이다. 그녀는 되감기 버튼을 누른 후 녹음을 시작했다.

"목요일. 창고 직원들에게 재고품의 필터 유무를 확인시킬 것. 너트 부품도 찾아보고, 제조사에 항의 편지를 보내야겠다."

아일린 수잔 핸콕은 서른네 살이었다. 그녀는 뛰어난 미인이었지만 조금 마른 편이었다. 아마도 언제나 뭔가를 하면서 바쁘게 움직이기 때문일 것이다. 그리고 매우 아름답게 미소를 짓지만 그 미소는 마치 전구처럼 반짝인 다음 갑자기 사라졌다.

그녀는 다른 사람을 버려두는 경향이 있었다. 예전 누군가가 그녀에게, 그녀는 다른 사람을 육체적으로 뿐만 아니라 감정적으로도 '버려둔다'고 표현했던 적이 있었다. 그다지 지적으로 세련된 표현은 아니었다. 민약 세련된 표현이었더면 이일린이 그 말을 믿지 않았겠지. 하지만 그 지적은 옳았다. 그녀는 여성 권익 운동이 일어나기 훨씬 전부터 비서 이상의 무엇인가가 되고 싶었다. 그리고 남동생을 키우는 의무를 다하면서도 그럭저럭 자신의 목표를 달성해갔다.

그 이야기를 늘어놓자면 하도 진부해서 그녀 스스로도 우스웠다. 남동생은 대학에 진학시켰지만 누나 본인은 대학을 가지 못했다. 남동생의 결혼은 도왔지만 스스로는 결혼하지 못했다.

이렇게만 말하면 오해의 소지가 있다. 그녀는 대학교에 가기 싫었다. 아무에게도 말한 적은 없지만, 가끔 아주 좋은 대학교를 꿈꿔본 적은 있다. 학생 스스로 생각하게 만드는 학교라면 충분히 다닐 만할 것이다. 하지만 교실에서 이미 읽은 책에 대해 강의를 들으며, 이미 알고 있는 것 이외에는 아무것도 배우지 못하면서 시간을 때우고 싶지는 않았다. 그녀가 학교를 그만둔 이유는 돈 때문은 아니었다.

결혼도 그렇다. 아직은 함께 살고 싶은 사람이 나타나지 않았다. 언젠가 경찰 경위와 잠시 동거한 적이 있는데, 시청의 결혼 증명 없이 함께 사는 것을 어찌나 불안해하던지! 동거는 한 달 만에 끝이 났다. 또 다른 남자는 부인이 있었는데, 부인을 버리려고 하지 않았다. 그리고 세 번째 남자는 삼 개월 계획으로 동부 출장을 떠나더니, 사 년이 지나도록 돌아오지 않았다. 그리고…….

그리고 이런 잡념이 생길 때면 아일린은 스스로에게 말했다. 나는 지금 잘 살고 있다.

남자들은 어휘력이나 교육 수준에 따라 그녀를 '갑상선 기능 항진증적 감정 과잉' 아니면 '신경질적'이라고 표현했다. 그리고 대개는 그녀와 보조를 맞추지 못했다. 그녀는 종종 지나치게 날카로운 위트를 발휘했다. 그녀는 지루한 대화를 싫어했고, 말이 너무 빨랐다. 그렇지만 않다면 그녀의 목소리에 애연가 특유의 살짝 목이 쉰 듯한 유쾌함이 담겼을 텐데 말이다.

이 도로를 운전한 것은 팔 년이나 됐다. 이제는 네 개의 도로가 얽힌 인터체인지에서도 별로 긴장하지 않았다. 몇 년 전 언젠가, 도로 바깥으로 차를 몰고 나갔다가, 콘크리트로 만든 스파게티 같은 도로를 내려다보고 시선을 빼앗긴 적이 있다. 도무지 눈을 뗄 수 없는 모습이라 얼빠진 관광객처럼 그것만 바라보았다.

그녀는 다시 재생 버튼을 눌렀다. 녹음기에서 목소리가 흘러나왔다.

"수요일. 로빈이 마리나 계약 건을 검토 예정이다. 만약 이번 건이 성사된다면 나는 총괄 부사장으로 진급한다. 만약 그가 계약하지 않으면 기회는 없다. 문제는……."

아일린의 귀와 목이 붉어졌고, 운전대 위에서 손이 오그라들었다. 하지만 그녀는 수요일에 녹음했던 자신의 목소리를 끝까지 들었다.

"그가 나와 자고 싶어 한다. 괜히 던져본 말은 확실히 아니다. 거절하면 계약을 날려버리겠지? 계약을 따오려면 그와 함께 침대에 올라가야 하나? 아니면 다른 중요한 요인이 또 있을까?"

"제기랄."

아일린이 작게 말했다. 그녀는 테이프를 거꾸로 감은 후, 그 위치부터 다시 녹음했다.

"로빈의 저녁 식사 초대를 받아들일지는 아직 결정하지 못했다. 그리고. 좀 더 깨끗한 내용으로 녹음할 것. 만약 누가 녹음기를 훔쳐 간다고 해서 그 사람 귀를 불태우고 싶지는 않거든. 닉슨에게 일어났던 일이 일어날지도?"

아일린은 녹음기의 종료 버튼을 꾹 눌렀다.

하지만 문제는 여전히 그대로 있다. 그리고 이런 문제를 고민해야 하는 세상에 살고 있다는 사실 자체도 화가 났다. 필터 부품의 점검도 하지 않고 납품한 망할 제조업자에게 항의 공문을 보내면서 마음껏 들볶을 일을 생각하자 기분이 조금 나아졌다.

시베리아는 늦은 저녁이었다.

레오닐라 말리크 박사는 소련 북부 황무지의 하루 일과를 마쳤다. 마지막 환자는 우주개발센터에서 근무하는 기술자의 네 살짜리 어린 딸이었다.

겨울이 한창이었고 북쪽에서 찬바람이 불었다. 병원 바깥에는 눈이 쌓였고, 병원 내부도 추웠다. 레오닐라는 추위가 싫었다. 레닌그라드에서 태어난 그녀에게 추위는 낯설지 않았다. 그러나 그녀는 로켓 기지가 있는 남쪽의 바이쿤야르나 카푸스틴야르로 이주를 희망했다. 누군가의 자식을 치료해주는 사람으로 남기 싫었지만, 그녀 자신에게는 결정 권한이 없었다. 이 나라에는 소아 의학 전공자가 많지 않았다.

하지만 여전히 자신의 재능이 낭비되고 있다. 그녀는 우주 비행 훈련도 받았다. 레오닐라는 우주 임무를 맡고 싶었다. 조만간 실현될지도 모른다. 미국이 여성 우주비행사를 훈련시킨다는 소문도 있다. 만약 미국이 우주에 여성을 보낸다면, 소련 또한 그렇게 할 것이다. 소련의 지난번 여성 우주비행 임무는 실패로 끝났다.

하지만 그것이 그 여자의 잘못일까? 레오닐라는 최초의 여자 우주인 발렌티나 테레슈코바와 그녀의 남편인 남자 우주비행사 모두와 안면이 있었다. 하지만 그들은 왜 당시 소련이 역사 최초의 우주 도킹 기회를 실패했는지에 대해서는 결코 입을 열지 않았다.

물론 발렌티나는 그녀보다 나이가 훨씬 많았다. 당시는 지금과 비교하면 원시 시대나 다름없다. 아무튼 지금은 상황이 전혀 다르다. 우주비행사는 큰 역할이 없다. 중요한 의사결정은 지상 기지에서 이루어진다. 아주 멍청한 설계이고, 동료 우주비행사들—물론 모두 남자다—도 같은 생각이었지만 공개적으로는 이야기를 하지는 않았다.

레오닐라는 사용했던 의료 기구를 살균함 안에 넣고 가방을 챙겼다. 우주비행사든 아니든 외과의사이기 때문에 항상 기본적인 의료 도구는 챙겨 다녔다. 그녀는 털모자를 쓰고 두꺼운 가죽 고트를 입었다. 바깥의 바람 소리를 듣자 몸서리가 쳐졌다. 잎

사무실에서 라디오 뉴스가 들렸는데, 단어 하나를 듣는 순간 그녀는 멈춰 서서 귀를 쫑긋 세웠다.

혜성. 새로운 혜성이다.

혜성 탐사 계획이 있을까?

레오닐라는 한숨을 내쉬었다. 만약 혜성 탐사 계획이 수립되더라도 그녀가 초빙되지는 않을 것이다. 그녀의 직무가 아니었다. 그녀의 직무는 조종사, 외과의사, '생명 유지 기술자'일 뿐이다. 천문학자는 아니다. 천문학 전문가는 표트르나 바질이나 세르게이다.

아, 정말 안타깝다. 하지만 정말 흥미롭다. 새로운 혜성이라니.

*
**

지상에는 역병이 돌았다. 지구라는 행성이 탄생한 지 삼십억 년이 지났을 때 태양빛을 직접 에너지로 활용할 수 있는 새로운 돌연변이 생명체가 탄생했다. 에너지의 원천에서 더 많은 에너지가 발산될수록 녹색 돌연변이는 더욱 번창하면서 무시무시한 생명력을 뽐냈다.

곧 이 돌연변이는 전 지구로 퍼져나갔다. 그 생명체는 다량의 산소를 내뿜어 공기를 오염시켰다. 산소는 다른 생물의 조직을 마비시켜 죽음에 이르게 했고, 사체는 다시 돌연변이의 자양분이 됐다.

혜성의 입장에서도 이 무렵은 재앙의 시간이었다. 처음으로 블랙 자이언트와 궤도가 겹쳐졌기 때문이다.

블랙 자이언트의 형성 과정에서 막대한 열기가 생성됐다. 아마 앞으로

십억 년가량 그 별은 열기를 뿜을 것이다. 엄청난 양의 적외선 때문에 혜성의 수소와 헬륨이 끓어올랐다. 블랙 자이언트와 혜성은 그대로 지나쳤고, 침묵이 돌아왔다. 혜성은 예전보다 조금 밝아졌다. 혜성의 궤도는 약간 수정되었고, 그 궤도를 따라 차갑고 어두운 침묵 속을 유영해 나갔다.

2월: 첫 번째

한편, 노동자들의 사회를 건설할 때는 노동자가 거대하고 비인간적인 기계의 부속품에 불과하다는 두려움을 심어주는 사회 구조를 만들면 안 된다. 어떤 직업이든 그것이 신과 사회를 위한 봉사이며 인간 자긍심의 표현이라는 개념의 확신을 주는 것이야말로 진실한 해답이다.

– 에밀 브루너, 기포드 강연, 1948년

웨스트우드 대로는 NBS 방송국과 비벌리글렌에 있는 하비의 집 양쪽에서 멀리 떨어져 있기 때문에 하비는 그 거리의 술집을 좋아했다. 방송국 고위직을 마주치고 싶지도 않았고, 로레타의 친구들 눈에 띄고 싶지도 않기 때문이다. 웨스트우드 대로에는 각양각색의 학생들이 어슬렁거렸다. 구레나룻을 기르고 청바지를 입거나, 값비싼 옷을 깔끔하게 차려입거나, 의식적으로 이상한 옷차림, 젊지만 고루한 보수적인 옷차림, 별 특징 없는 복장까지. 하비는 그 사람들 사이를 걸었다.

특이한 서점 몇을 지나쳤다. 한 곳은 게이를 위한 도서를 판매했다. 또 다른 서점은 이름이 '남성용 성인서점'이었고, 파는 물건도 이름에 걸맞았다. SF소설 마니아를 위한 서점도 있었다. 나중에 거기에는 한번 가봐야겠다. 그 서점이라면 혜성과 천문학에 대한 일반 교양서적을 충분히 갖추고 있을 것이다. 그런 교양서를 먼저 읽고 나중에 UCLA의 대학 서점에서 전문 도서를 구해 읽으면 될 것이다. 여성들이 좋아할 만한 판유리로 된 쇼윈도는 그냥 지나쳤다. 고딕체로 쓰인 '국가 기밀'이라는 큰 간판이 있는 바가 나타났다. 안에는 스툴 의자와 세 개의 작은 테이블, 네 개의 부스, 핀볼 머신, 주크박스가 있었다. 벽에는 손님 마음대로 낙서할 수 있도록 유성 매직이 준비되어 있었고, 주기적으로 흰색으로 덧칠해 두었다. 여기저기에 페인트가 벗겨져 몇 년 전의 낙서가 보였다. 일종의 대중문화의 고고학이었다.

하비는 지친 노인처럼 어두운 곳으로 들어갔다. 눈이 어둠에 적응되자 스툴에 앉아 있는 마크 체스쿠가 금방 보였다. 그는 마크의 옆자리에 앉아 카운터에 몸을 숙였다.

마크는 서른 살 남짓이지만 나이에 별 의미를 두지 않고 항상 다른 일을 하는, 언제나 젊게 사는 사람이었다. 하비가 알기로 마크는 해군에 4년 복무하고 대학 시험을 몇 번 치른 뒤, UCLA에서 학업을 시작했다가 몇 개의 지역 전문대학을 전전했다. 그가 스스로를 학생이라고 말하던 때도 있었지만, 누구도 그가 학교를 졸업할 것이라고는 생각하지 않았다. 그는 오토바이용 부츠를 신었고, 낡은 청바지와 티셔츠, 그리고 오스트레일리아 광부들이나 쓸 만한 구겨진 모자를 썼다. 검은 머리칼과 검은 구레나룻을 덥수룩하게 길렀고, 분명히 깨끗하게 씻은 것 같지만, 손톱 밑에는 흙이 끼어 있고 청바지에는 기름때가 묻어 있었다. 그에게는 분홍색으로 될 때까지 씻어 문질러야 한다는 강박관념이 없었다. 마크는 맥주 덕택에 아랫배가 불룩했지만 여전히 웃지 않을 때는 위험해 보이는 사내였다. 그는 아주 많이 웃었지만, 때로는 아주 심각해질 때가 있었고, 또 아주 거친 사내들과 함께 다닐 때도 있었다. 이 모든 것이 그의 이미지의 일부였다. 아마 마음만 먹으면 진짜 폭주족들과 함께 다닐 수도 있지만, 본인은 그것을 원치 않았다. 지금은 조금 근심이 있는 듯한 표정이었다.

마크가 먼저 말했다.

"기분이 안 좋아 보이는군요?"

하비가 대답했다.

"누구 하나 죽여버리고 싶거든."

마크가 말했다.

"그렇군요? 사람 좀 구해줘요?"

하비가 고개를 저었다.

"아니, 내 상사들이야. 상사라는 것들은 다 똑같아. 망할 인간들 같으니라고."

하비는 맥주 피처 하나와 컵 두 개를 주문했고, 마크의 제안은 무시했다. 마크라면 진짜 청부 살인업자를 구해줄지 모른다. 마크는 어떤 주제에 대해서든 하비보다 지식이 풍부하다는 인상을 준다. 그것이 하비를 종종 즐겁게 했지만, 지금은 놀 기분은 아니었다.

"상사들에게 검토를 요청한 제작 건이 하나 있어. 상사들도 프로그램 제작에 흔쾌히 동의해야 정상이지. 그런데 대체 왜 그러는 거야? 심지어 내가 후원자까지 찾아서 데려왔다고. 그런데도 왜 나를 괴롭히는 거지? 하지만 만약 상사 중 하나를 내일 발코니에서 굴러 떨어뜨리기라도 한다면, 그 역할을 할 다른 상사를 찾는 데에만 한 달을 더 기다려야 하겠지. 그럴 시간이 없거든."

마크와 함께 웃고 떠들 때는 마음이 무겁지 않았다. 이 사내는 쓸모가 많고, 재미도 있다. 마크가 물었다.

"그래요? 뭘 제작하기로 한 거요?"

"혜성이지. 나는 새로 나타날 혜성에 대해 연작 다큐멘터리를 만들 거야. 우연하게도 그 혜성을 발견한 사람이 다큐멘터리를 후원하는 회사의 지분 70퍼센트를 가지고 있지."

마크가 킬킬거렸다. 하비가 고개를 끄떡였다.

"아주 멋지게 판이 짜졌어. 내가 정말 만들고 싶은 다큐멘터리를 만들 기회야. 배울 것도 많아. 지난번 종말론자들을 인터뷰하고 다니던 것과는 다르겠지. 제기랄, 지구 종말에 대해 개인적 비전을 가진 인간을 수십 명이나 순서대로 만나다 보니까 촬영을 마치기 전에 내 목을 찔러버리고 싶었으니까."

"그런데. 문제가 뭐요?"

하비가 한숨을 내쉬고 맥주를 더 마셨다. 그리고 말했다.

"그러니까 내게 더 열심히 일을 하라든지 차라리 노는 편이 낫겠다고 잔소리를 하는 인간이 네 명이나 있다는 거야. 하지만 그건 말이 안 돼. 뉴욕 본사의 사람들은 후원자까지 확보한 프로그램 제작 기회를 날리는 것을 절대 참아주지 않을 거야. 하지만, '아니'라고 말할 권한을 가진 사람이 넷이나 있다는 사실은 모르겠지. 그들은 내게 예산 추정치니 추진 일정이니 하는 아무 짝에도 쓸모없는 거짓말을 요구하고 있어. '의사결정을 위한 기초 자료'가 있어야 한다는 거야. 실제 권력을 가진 이들이 그 작자들이 니 어떻게 하겠어. 좋아. 그건 참는다고 쳐. '비니의 시간*'의 재 방송을 막지는 못하지만 자기 영향력 과시는 하고 싶은 사람이 스무 명도 넘어. 거부권을 서로에게 과시하려고 무조건 반대 의 견을 내는 사람들이지. 후원자가 가장 중요한 것 아닌가? 칼바 비누 회사를 화나게 만들고 싶지는 않겠지? 제기랄. 아무튼 그것 도 내가 참아야 해."

하비는 자신의 이야기가 어떻게 들릴지를 갑자기 깨달았다.

"이봐, 딴 이야기 하자."

"좋소. 이 술집 이름 봤소?"

"국가 기밀이었지. 귀여워. 코미디언 조지 칼린에게서 훔쳐온 아이디어겠지."

"맞소! 이제 어쩌면 다른 사람들도 그 아이디어를 빌려 쓸 거 요. 크레이지 에디의 광고는 봤소?"

"물론이지! 매드맨 문츠에게서 차를 훔쳐왔잖나.**"

하비는 뻣뻣하게 결리던 목과 어깨가 어느새 풀린 것을 깨달 았다. 그는 맥주를 더 마셨고, 몸을 기댈 수 있는 부스로 자리를 옮겼다. 마크가 그의 맞은편에 앉았다.

"하비. 언제 한번 또 달려야죠? 오토바이 아직 잘 굴러가요?"

"그럼."

<hr />

* 1950년대 인기 어린이물.
** 전자제품 양판점 '크레이지 에디'의 캐릭터는 차량 딜러 겸 카피라이터인 매드맨 문츠에게 서 콘셉트를 빌려옴.

일 년 전, 아니, 젠장, 이 년이 더 됐을지도 모르겠다. 하비는 마크와 함께 내키는 대로 해안을 달리고, 작은 바에서 술을 마시고, 다른 떠돌이들과 이야기를 나누고, 발 닿는 곳에서 캠핑을 했었다. 마크가 앞장서고 돈은 하비가 냈는데, 그리 많이 들지도 않았다. 정말 아무 걱정 없이 즐겼다.

"오토바이는 잘 구르지. 하지만 당분간은 시간이 없을 거야. 이번 다큐멘터리를 시작하면 아주 바빠질 테니까."

"혹시 내가 할 만한 일도 있어요?"

마크가 묻자, 하비가 어깨를 으쓱했다.

"왜 없겠어? 가끔씩 입만 닫고 있어준다면 말이야."

마크는 종종 하비의 작업에 참여했다. 카메라와 클립보드를 운반하거나 현장을 정리하거나 하는 잡일을 맡으면서 말이다.

"물론이죠."

바에 사람이 많아졌다. 주크박스에서 마침 노래가 끝나자, 마크가 일어났다.

"들려줄 노래가 있어요."

그는 바의 뒤편에서 12줄 기타를 꺼내 앞으로 나갔다. 마크가 종종 하는 행동 중 하나였다. 마크는 술집에서 술과 음식 값을 내는 대신 노래를 부르기도 했다. 해안을 질주하던 때 마크는 로스앤젤레스와 카멜 사이의 술집 중 절반 이상에서 공짜 스테이크를 얻어먹었다. 전업 가수로도 충분한 실력이지만, 그는 그렇게 규칙적인 생활을 하지 않았다. 정기적인 연주 기회를 얻더라도 일주일 이상은 가지 않았다. 꾸준히 돈을 버는 것은 마크가 배우지 못하는 마법 같은 기술이었다.

마크는 줄을 고르고 코드를 몇 번 튕겨본 후 연주를 시작했다. 오래된 카우보이의 노래인 '차고 깨끗한 물'의 곡조였다.

날마다 텔레비전에서 쓰레기를 만나네
문화는 흔적도 없어, 순수한 문화는
하루 온종일 아침 드라마. 끝없이 이어지는 경품 쇼
그리고 당신을 유혹하네
문화로부터
순수하고 …… 달콤한 …… 문화

하비는 웃음을 터뜨렸다. 바에 앉아 있던 뚱뚱한 남자가 맥주 큰 잔 하나를 보냈고, 마크가 가볍게 고개를 끄떡여 인사했다.

해는 지고, 마을에서는 문화를 찾아 울부짖는 소리가 들려
달콤한 문화
변호사가 미소 짓고, 경찰이 앞장서서 나섰네
문화의 최악을 처단하겠노라고
문화. 순수한 …… 문화

마크가 기타 줄을 한 번 할퀴자 연주가 잠시 멈췄다. 코드가 깨진 듯한 소리가 났다. 명백히 잘못 친 소리인데, 명백히 맞는 소리 같기도 했다. 마크는 마치 결코 찾지 못하는 것을 탐색하는 듯했다.

채널 고정하라고, 친구, 최신 유행 따라가야지
그리고 당신도 유혹되기 시작했어
마침내 당신도 낚일 거야
문화와 함께. 문화. 순수한 문화
친구여, 안 보이니, 너와 나의 자유로운 영혼을 위해
너와 나를 위한 유료 방송
그리고 문화. 문화. 순수하고 …… 달콤한 …… 문화

기타를 멈추고 마크는 아무렇게나 읊조리듯 말했다.
"옛날 험프리 보가트의 영화에서 보았던 그 풍부한."

문화, 달콤한, 문화

"이제 레너드 번스타인이 런던 심포니 오케스트라와 롤링스톤
즈를 지휘하겠습니다, 그것이 바로 화려한……."

문화, 순수하고 …… 달콤한, 문화

"여러분, 오늘 밤 전미 목장노동자 연합회원들과 도살장 식칼
로 무장한 스물두 명의 배고파서 돌아가시기 직전인 주부의 대토
론을 시청하시겠습니다. 그것이 바로……."

문. 화. 순. 수. 하. 고. 달. 콤. 한. 문. 화.

저 노래를 녹음했다가 방송국 임원 회의에 틀어주면 얼마나 좋을까. 하비는 뒤로 기대 앉아 노래를 즐겼다. 이제 곧 집으로 돌아가서 저녁 식사를 해야 할 것이다. 하비는 자신의 집과, 가족들인 로레타, 앤디, 키플링 모두를 사랑하지만, 그 대가는 너무도 비싸다.

산타 아나의 열풍이 여전히 로스앤젤레스 저지대에 뜨겁고 건조한 공기를 불어넣었다. 하비는 창문을 열고 운전했다. 코트를 옆 좌석에 벗어 놓고 넥타이도 벗은 후 창문을 연 채 운전했다. 전조등 불빛으로 고목과 야자나무 사이 녹색 언덕이 보였다. 2월이지만 캘리포니아의 밤은 한여름 같았다. 특별히 이상한 일은 아니었다. 그는 운전하면서 마크가 불렀던 노래를 계속 흥얼거렸다. 언젠가는, 언젠가는 상점용 음악송출 시스템에 마크의 노래 테이프를 집어넣어서, 로스앤젤레스와 비벌리힐스의 사람들 중 사 분의 삼이 그 노래를 강제로 듣게 만들어야지.

앞쪽의 차들이 갑자기 속도를 줄이고 파도처럼 브레이크 등이 켜지면서 백일몽이 중단됐다. 언덕 꼭대기에서 그는 멀홀랜드 방향으로 우회전했다가, 다시 베네딕트 캐년 쪽으로 좌회전해서 내리막을 약간 지난 후 우회전했다. 이 길은 짧은 커브가 끝없이 이어지고 양쪽으로 십오 년 된 주택들이 늘어서 있었다. 그중 한 채가 패서디나 저축은행 덕택에 마련한 하비의 집이었다. 여기서 베네딕트 캐년 쪽으로 더 가면 시엘로로 연결되는데, 그곳에서 찰리 맨슨은 문명 세계가 영원하지도 안전하지도 않다는 사실을 증명했다. 1969년의 공포의 일요일 아침, 찰리 맨슨은 사교 집단 맨슨 패밀리를 이끌고 영화배우 샤론 테이트 등 다섯 명을 살해했다. 그 후 한동안 비벌리힐스에서 총이나 경비견은 가지고 싶어도 구할 수 없는 물건이었다. 산탄총은 주문이 밀려 배송까지 몇 주일이나 걸렸다. 그리고 하비는 권총과 산탄총, 경비견을 모두 가지고 있었지만 로레타는 이사를 가고 싶어 했다. 그녀는 더 안전한 곳을 원했다. 집. 녹색 지붕을 얹은 커다란 흰색 집. 전면에는 잘 다듬은 잔디가 있고, 큰 나무와, 작은 현관이 있는 집. 아마 꽤 좋은 값에 팔 수 있을 것이다. 왜냐하면 이 블럭에서 그나마 싼 집이기 때문이다. 물론 상대적으로 덜 비싸다는 뜻이지만. 그의 집에는 전형적인 진입로가 있었다. 길 건너편 저택들처럼 대형 순환식 도로는 아니었다. 그는 모퉁이를 솜씨 좋게 돌아 진입로에서 속도를 줄인 후 무선 차고 개폐 스위치를 눌렀다. 하비가 차고 앞에 도착하기 직전에 차고 문이 열렸다. 완벽한 타이밍! 하비는 기분이 조금 좋아졌다. 곧 차고 문이 닫혔다. 하비는 어둠 속에서 잠시 앉아 있었다. 하비는 출퇴근 혼잡 시간대에 운전하는 것을 좋아하지 않았지만, 매일 두 번씩 혼잡 시간대에 차를 몰아야 하는 삶을 살고 있다. 이제 샤워할 시간이군. 그는 차에서 나와 뒷문을 향해 걸어갔다.

굵고 나직한 목소리가 말을 걸었다.

"어이, 하비?"

"여어."

하비가 대답했나. 하비의 집 왼편에 이웃힌 고르디 벤스기 같퀴 달린 잔디 깎기 기계를 앞세우고 걸어왔다. 그는 울타리에 몸을 기댔고, 하비도 같이 몸을 기댔다. 만화 속에서는 부인들이 항상 이런 식으로 자세를 잡고 수다를 떨지. 다만 로레타는 고르디의 부인인 마리 밴스를 좋아하지 않았고, 또 울타리에 기댄 모습은 보이고 싶어 하지도 않을 것이다.

"여, 고르디. 은행은 잘 되어가고 있나?"

고르디의 미소가 살짝 흔들렸다.

"그럭저럭. 인플레이션 강의를 듣고 싶지도 않으면서 그런 질문은 왜 하나? 그런데, 주말에 다른 계획 있나? 보이스카우트 아이들에게 눈길 등산을 시켜줬으면 하는데."

"좋은 생각이군."

깨끗한 눈. 여기는 겨울밤인데도 달랑 셔츠 한 장 차림이지만, 불과 한 시간 거리의 앤젤레스 포레스트 산에는 침엽수 사이로 눈보라가 몰아쳤다. 믿기 어렵지만 사실이었다.

"하지만 시간이 나지 않을 것 같아. 곧 바빠질 거라서. 내 일정은 기대하지 않는 편이 좋겠군."

제기랄, 곧 바빠지면 좋겠는데.

"그러면 자네 아들 앤디는? 녀석을 이번 여행에서 보이스카우트 리더로 삼고 싶은데."

"리더를 하기는 조금 어린데……."

"그렇지도 않아. 경험도 많고. 등산이 처음인 아이들이 많으니까, 충분히 잘 이끌 수 있을 거야."

"그러지. 어디 갈 생각인가?"

"클라우드버스트 봉."

하비가 웃었다. 팀 햄너의 관측소와 멀지 않은 곳이다. 등산을 하면서 그 관측소를 십여 번은 지나쳤을 것 같았다. 눈으로 보지는 못했지만 말이다.

그들은 구체적인 등산 계획에 대한 이야기를 나눴다. 산타 아나가 계속 불어와서 산 정상 이외에서는 눈이 녹고 있겠지만, 북쪽 경사면에는 아직도 눈이 쌓여 있을 것이다. 십여 명의 보이스카우트와 고르디가 떠난다. 재미있을 것 같다. 예전에도 재미있었다. 하비는 고개를 설레설레 저었다.

"내가 어릴 때는 클라우드버스트 봉까지 걸어가는 데만 일주일이 꼬박 걸렸지. 길도 없었고. 이제는 차로 한 시간이면 충분하잖나. 정말 큰 진보야."

"그렇지. 그건 진보가 맞아. 회사를 그만두지 않고도 그 산을 갈 수 있잖나."

"젠장. 나도 가고 싶군."

한 시간 동안 차로 달린 후 등산로를 올라가, 배낭에서 여행 장비를 꺼내고, 텐트를 치고, 축축한 나무를 모아 불을 피운다. 냉동 건조된 산악용 비상식량은 언제나 신화 속 암브로시아처럼 맛있다. 그리고 깊은 밤중에 숙소에서 요란한 바람 소리를 들으며 마시는 커피 맛. 그러나 그 모든 것은 혜성 다큐멘터리만큼 가치가 있지는 않다.

"미안하네."

"괜찮아. 좋아. 앤니에게는 내가 이야기하지. 앤디 징비는 좀 챙겨 주겠나?"

"물론이지."

고르디의 말뜻은 따로 있을 거다. '로레타가 짐을 챙기지 않도록 해줘. 그녀가 쓸데없는 물건을 주섬주섬 챙겨 넣지 않더라도 그 고도에서 산을 타는 것은 아주 힘들거든. 지난번에는 보온병, 담요 여러 개, 심지어 큼직한 알람시계를 넣은 적도 있다네'쯤 되겠지. 하비는 차고로 돌아가 차에서 재킷과 타이를 꺼낸 후, 뒤쪽 정원으로 나왔다. 원래 처음에 고르디에게 은행 이름을 '고르디의 은행 겸 동네 경로당'이라고 바꾸면 어떨까라고 농담을 하려 했다. 그런데 은행을 언급할 때 고르디의 표정이 어두워지는 바람에 농담을 던지지 못했다. 뭔가 문제가 있는 모양이었다. 은밀한 문제 말이다.

앤디는 뒤뜰 수영장 건너편에서 혼자 농구를 하고 있었다. 하비는 조용히 그를 쳐다봤다. 불쑥 자란 모습이다. 눈 깜짝할 사이에, 아니, 일주일 만에 실제로는 아마 일 년쯤 전의 모습과 비교하면, 소년에서 갑자기 길쭉한 막대기가 된 듯했다. 팔과 다리와, 손, 길쭉한 뼈대. 앤디는 아주 조심스럽게 공을 던졌고, 떨어지는 공을 받기 위해 춤을 추듯 뛰었고, 드리블을 했고, 다시 숨을 골라 슛을 던져 정확히 골인시켰다. 앤디는 미소 짓지 않고, 대신 만족의 의미로 고개를 끄덕였다. 훌륭하게 자라고 있군.

앤디는 새 바지를 입었지만, 발목까지도 오지 않았다. 이제 내년 9월이면 열다섯 살이 되어 고등학교에 입학하게 된다. 선택의 여지 없이 로스앤젤레스 최고인 하버드 남자 고등학교에 보내게 될 것이다. 다만 학교는 큰돈을 요구할 것이고, 이미 수천 달러를 요구하고 있는 치과의사 또한 요구하는 금액이 더 커질 것이다. 수영장 펌프 쪽에서 잡음이 울렸다. 앤디가 지금은 전자제품 클럽에 가입해 활동하지만, 조만간 아이는 마이크로컴퓨터를 갖고 싶어 할 것이다. 그건 비난할 일이 아니다. 그리고, 하비는 조용히 들어갔다. 다행히 앤디는 그를 알아차리지 못했다.

십대의 남자는 가정의 자산이던 시절이 있었다. 그 시절에 아이들은 밭에서 일을 하고, 소를 몰고, 심지어는 트랙터도 조작할 수 있었다. 가장이 어깨에 지는 짐을 나눌 수 있는 존재였다.

부엌 쓰레기통에는 포장지가 있었다. 로레타가 또 뭔가를 사댄 모양이다. 크리스마스의 외상 거래 청구서도 아직 자신의 책상에 둥지를 틀고 있었다. 아까 라디오 뉴스로 증시 소식을 들었다. 증시는 불황이었다.

로레타는 근처에 없었다. 하비는 화장실 맞은편 옷 방에서 옷을 벗고 샤워를 했다. 뜨거운 물이 목덜미를 두드려 긴장을 풀어줬다. 그는 잡념을 지웠다. 내가 수압으로 움직이는 고깃덩어리라면 어떨까. 만약에. 만약에 정말로 잡념을 지울 수 있다면 그렇게 되겠지?

앤디는 선량한 아이다. 아이에게 죄의식을 가지도록 만든 적은 없었다. 물론 규율은 가르쳤다. 구석에 세워두거나 엉덩이를 때리며 처벌한 적은 있지만, 벌을 받은 후에도 죄의식을 가지게 한 적은 없었다…….

하지만 앤디는 죄가 뭔지는 안다. 만약 앤디가 자신에게 들어가는 하비의 노력을 돈으로, 또는 시간으로 환산해서 알게 된다면? 지금의 삶을 유지하기 위해 내가 살아야만 하는 방식, 망할 직업을 잃지 않기 위해, 보너스를 받기 위해 참고 견디는 방식을 모두 알게 된다면…….

그 모든 것을 알게 되면 앤디는 어떻게 할까? 도망갈까? 내게 빚을 갚기 위해 샌프란시스코로 가서 청소부로 취직할까? 그러나 절대 그렇게까지는 되지 않을 것이다.

물소리가 요란한 가운데 사람 목소리가 들렸다. 응? 하비는 공상의 세계에서 빠져나왔다. 로레타가 샤워실 창 밖에서 미소를 짓고 있었다. 그녀의 입모양은, '안녕? 이번 일은 잘 되어가요?' 정도 되는 것 같았다.

하비는 손을 흔들었다. 로레타는 그것을 초대라고 받아들였다. 그녀는 천천히 옷을 벗더니 물이 밖으로 튀지 않게 재빨리 샤워실 안으로 들어왔다. 하지만 오늘은 수요일이 아니다. 하비는 그녀를 팔에 안았다. 물이 그들을 두드렸고, 두 사람은 키스를 했다. 하지만 오늘은 수요일이 아니다. 그녀가 물었다.

"이번 일은 잘 돼가요?"

하비는 이미 그녀의 입모양을 읽어냈지만 모른 척했었다. 하지만 이번에는 대답을 해줘야 한다.

"응, 아마 진행될 것 같아."

"안 할 이유가 없잖아요. 안 한다면 말이 안 돼요. 그랬다가 CBS가 먼저 채갈 수도 있잖아요."

"맞아."

샤워기가 그에게 선사했던 마법이 사라지려고 했다.

"그들이 얼마나 멍청하게 굴고 있는지 알려줄 방법 없어요?"

"없어."

하비는 샤워 꼭지를 조작했다. 물이 스프레이처럼 넓게 퍼져 나갔다.

"왜 없어요?"

"왜냐하면 그들도 이미 알고 있거든. 그들은 우리와는 다른 게 임을 하고 있는 중이야."

"전부 당신한테 달렸어요. 당신의 논리를 계속 주장해가면, 결 국에는……."

로레타의 머리칼이 샤워기 아래에서 검고 축축하게 젖었다. 그녀는 하비의 얼굴을 두 팔로 잡고 눈을 들여다봤다. 방금 그에 게 목적의식과 확신을 부여해줬으니, 이제 그의 남편은 원칙을 떳떳하게 주장해서 상급자들의 실수를 논리적으로 설득할 것이 라고 믿는 듯한 표정이었다.

"그래, 나한테 달린 게 맞지. 만약 뭔가 잘못된다면 그 표적도 명확히 나일 테니까 말이야. 돌아서 봐, 등 닦아줄게."

그녀는 뒤로 돌아섰다. 하비는 비누를 주워 들고, 굳은 얼굴 근육을 그제야 이완시켰다. 그의 비누칠한 손이 로레타의 등에 매끄럽게 반복적인 등고선을 그렸다. 천천히, 애무하듯이. 하지 만 머릿속으로는 다른 생각을 했다. 그들이 내게 무슨 짓을 할지 몰라? 나를 해고하지는 않겠지만, 어느 날 갑자기 내 사무실에다 빗자루를 보관하기 시작하고, 그 다음 날에는 카펫이 사라지고,

전화기가 작동을 멈추겠지. 내가 회사를 그만두는 날, 이 업계에서 사람들은 나라는 존재 자체를 잊을 거야. 그래도 우리 가족은 내가 벌어온 돈을 최후의 한 푼까지 모두 쓰겠지.

하비는 언제나 로레타의 등을 사랑했다. 그는 마음속에 성욕이 생겼는지를 자문해보았다. 아무것도 느낄 수 없었다.

로레타는 처음부터 이 삶을 함께 시작했다. 이 삶은 그녀의 삶이기도 했다. 그녀에게 아무 이야기도 해주지 않는 것은 불합리하다. 하지만 그녀는 도무지 이해하지 못한다. 마크에게는 무슨 주제든 이야기할 수 있다! 그는 내 맥주를 마셔버리지만, 내가 충분히 이야기를 쏟아 붓게 해주고, 딴 이야기도 하도록 해준다. 하지만 로레타에게는 그렇게 이야기할 수가 없다. 한잔 술이 필요하다.

로레타가 그의 등을 닦아줬고, 이어서 그들은 큰 타월로 서로를 닦아줬다. 그녀는 아직도 방송국에서 이 상황을 해결할 방법을 설명하려 애쓰고 있었다. 그녀는 뭔가 잘못됐다는 사실을 알고 있었고, 평소와 마찬가지로 그것을 캐내고, 이해하고, 도우려고 애쓰고 있었다.

*
**

무수히 여러 차례의 궤도를 도는 동안 다시 혜성과 블랙 자이언트가 조우했다. 인류가 빙하기에 시달리면서도 세계 곳곳으로 퍼져나가던 그 무렵의 일이다.

혜성은 이제 더 커졌다. 십억 년의 세월 동안 눈송이와 얼음가루가 뭉쳐진 결과 지금은 지름 칠 킬로미터 크기로 자라났다. 하지만 지금 그 표면은 적외선의 열기를 쬐어 따뜻해졌다. 수소와 헬륨이 기화되어 혜성 내부의 지각에 침투했다. 하늘의 삼분의 일을 가린 블랙 자이언트가 뿜어댄 열기 때문이다.

그리고 혜성은 지나쳤고, 다시 고요가 찾아왔다.

혜성은 방금 전의 조우를 통해 체력을 회복했다. 몇백 년, 몇백만 년, 혜성이 그렇게 기다려온 시간이었다. 시간은 마침내 이 혜성에게도 찾아왔다. 블랙 자이언트를 지난 혜성은 다시 궤도 속에서 차갑게 굳었다.

태양의 중력에 의한 희미한 인력 때문에, 혜성은 다시 천천히 소용돌이를 향해 이동하기 시작했다.

2월: 두 번째

태양에 가까이 위치한 화성, 수성, 달 등 지구형 행성들은 생성된 이래 끊임
없이 충돌에 의한 폭발을 겪고 있는 것으로 생각된다. 초소형 유성부터, 달
표면에 '폭풍우의 바다'라고 이름 붙인 거대한 저지대를 만들 만큼 거대한
물체까지 끊임없이 많은 물체와 충돌한 것이다.

처음에는 화성이 소행성대의 외곽에 있기 때문에 더 많은 소행성 충돌에 노
출됐을 것으로 생각했으나, 수성 표면의 탐사 결과 화성이 특별히 예외적이
지 않으며, 태양계 내행성들의 소행성 충돌 확률은 거의 동일한 것으로 조
사됐다.

― 마리너 예비 보고서

'트래블―올'은 장비를 가득 실었다. 카메라, 테이프 레코더, 조
명과 반사판, 배터리 등등. 텔레비전 인터뷰를 진행하려면 필요
한 갖은 잡동사니들이다. 카메라 담당인 찰리 바스콤과 음향 담
당 마누엘 아길레즈는 뒷좌석에 탑승했다. 앞좌석에 마크가 탑승
했다는 것만 빼면 모든 것이 평소와 똑같았다.

하비는 마크에게 손짓했다. 그들은 스튜디오를 가로질러 임원
주차 공간인 '벤츠 전용 라인'을 통과했다. 하비가 말했다.

"자네 공식 직책은 '제작 지원'이야. 이론적으로 말하면 관리직
이지. 노동조합의 규정상 그렇다는 이야기야."

"아싸."

"하지만 당신은 관리직이 아니라 조수일 뿐이야."

마크는 짐짓 상처받은 척했다.

"닥치고 있죠, 뭐."

"화내지 말고, 이해해야 해. 우리 스태프들은 오랫동안 나와 함께 일했어. 그 친구들은 이 일을 알아. 하지만 자네는 이 바닥을 잘 모르지."

"그건 맞죠."

"좋아. 자네도 큰 도움이 될 거야. 하지만 기억해둬. 절대 하지 말아야 할 건······."

"다른 사람에게 일하는 방법을 가르치겠다고 설치는 것. 맞죠?"

그는 히죽거리며 말했다.

"하비, 같이 일하게 돼서 기쁘고, 이 기회를 망치지 않겠어요."

"좋아."

마크의 표정을 보니 비꼬는 것이 아니다. 하비는 기분이 조금 나아졌다. 그는 마크가 면접을 통과할지 조금 걱정했었다. 동료 중 하나는 마크가 정글 같은 사람이라서, 계속 잘라내지 않으면 조만간 마구 자라나 그를 완전히 뒤덮어버릴 것이라고 했다.

트래블-올은 곧 출발했다. 하비는 이 차와 함께 오랜 시간을 보냈다. 알래스카의 파이프라인이나 바하 캘리포니아, 즉 캘리 포니아 반도 남단 끝을 다녀온 적도 있고, 중앙아메리카를 다녀 온 적도 있었다. 트래블-올과 하비는 오래된 친구였다. 트래블-올은 농업장비 전문 기업인 인터내셔널 하베스터에서 나온 좌석이 셋 달린 사륜구동 차량이있다. 트럭 엔신을 날고 있고, 죄스러울 정도로 추하지만 끝내주게 튼튼했다. 그는 벤추라 고속도로를 달리다가 패서디나를 향해 방향을 돌렸다. 교통량은 많지 않았다.

하비가 말했다.

"우리는 늘 세상이 엉망이라고 불평하며 살지만, 꼭 그렇지도 않아. 지금 인터뷰를 위해 팔십 킬로미터를 이동하는 데, 한 시간이면 도착할 거야. 내가 어렸을 때 팔십 킬로미터면 아침 일찍 도시락을 싸서 출발해도 어두워지기 전에 도착하기 힘들었지."

찰리가 물었다.

"뭘 타고 다녔소? 말?"

"아니, LA에 고속도로가 없었을 뿐이야."

"헐."

그들은 글렌데일을 지나 린다비스타에서 북쪽으로 선회한 후 로즈볼을 지나쳤다. 찰리와 마누엘은 몇 주 전 했던 내기에 대해 이야기했다. 찰리가 말했다.

"나는 JPL이 캘리포니아 공대 소유라고 생각했소."

마크가 대답했다.

"그건 맞는데요?"

"그런데 패서디나에서 그렇게 먼 곳에 있는 이유가 뭐요?"

마크가 말했다.

"제트 엔진을 가끔 시운전해야 하니까 그렇지. JPL의 원래 이름이 제트추진연구소Jet Propulsion Laboratories잖소. 모두들 제트 엔진이 대폭발을 일으킬지도 모른다고 해서 캘리포니아 공과대학은 연구소를 사막의 협곡에 내놓은 거요."

그는 바깥의 주택가를 가리키며 말했다.

"덕택에 이 주변, LA 변두리에 엄청나게 비싼 거주지가 생겨난 거지."

그는 바깥의 집들을 가리켰다. 경비원은 그들이 도착하기를 기다리며 빌딩 곁에 서 있다가 차를 보고 손을 흔들었다. 협곡에는 JPL이 지은 건물이 여러 채나 있었다. 중앙에는 철과 유리로 지은 거대한 탑이 서 있었다. 20년 전 공군의 '임시' 구조물 기준으로 세워진 다른 건물 사이에서 아주 유별나 보였다.

안에서는 홍보 담당자가 그들의 방문을 기다리고 있다가 방문 절차를 안내했다. 서명을 하고, 배지를 달고……. 건물 내부는 일반 사무실과 비슷해 보였으나, 복도 여기저기에 IBM 컴퓨터용 천공카드가 쌓여 있고, 정장과 넥타이를 착용한 사람은 거의 없었다. 그들은 구석에서 먼지를 먹고 있는 삼 미터 크기의 화성 모형을 지났다. 하비나 방송국 직원에게 관심을 보이는 사람은 아무도 없었다. 방송국 직원을 보는 일이 드물지 않을 것이다. 우주 위성인 파이오니어와 마리너를 제작했고, 화성에 바이킹 호를 착륙시킨 연구소니까 말이다.

"다 왔어요."

홍보 담당자가 말했다. 사무실은 좋아 보였다. 벽에는 책이 가득했고, 칠판에는 이해할 수 없는 수식이 적혀 있었다. 평평한 면에는 모두 책이 있었고, 값비싼 티크 목재 책상 위에는 컴퓨터 이 출력물이 가득했다.

"샤프 박사님, 방송국에서 오셨습니다."

홍보 담당자가 인사를 시켰다. 찰스 샤프 박사는 모든 시야각을 가리는 둥근 안경을 끼고 있었다. 가늘고 긴 얼굴 위에 고글 같은 안경을 낀 모습은 매우 모던했지만 어딘지 곤충을 연상하게 했다. 그는 짧게 깎은 검은 직모였고, 손은 잠시도 쉬지 않고 고무 손잡이가 붙은 펜을 만지작거리거나 주머니 속에서 꼼지락거렸다. 얼핏 보면 서른 살 정도로 보였지만, 실제 나이는 그보다 훨씬 많을 것 같았다. 그는 캐주얼 재킷에 넥타이를 맸다.

샤프가 말했다.

"바로 본론을 이야기합시다. 혜성에 대한 강의를 요청했다던데, 당신에게 필요한 겁니까, 아니면 대중을 위한 겁니까?"

"둘 다입니다. 촬영을 할 텐데, 제가 이해할 수 있을 만큼이라고 생각하시면 됩니다. 너무 어려운 부탁이 아니라면요."

샤프가 웃었다.

"어려운 부탁이 아니라면? 어떻게 그게 어려운 부탁이겠습니까? 당신 방송국은 나사에게 우주 다큐멘터리를 찍겠다고 공문을 보냈고, 나사에서는 우리에게 긴급 신호용 빨간 로켓을 쐈소. 그렇지, 샬렌?"

홍보 담당자인 샬렌이 고개를 끄떡였다.

"우리에게 협조 요청을 했죠."

샤프가 요란하게 웃었다.

"협조 요청을 받았다는군요. 예산 획득에 도움이 된다면 나는 불타는 고리도 뛰어넘을 수 있소. 언제 시작할까요?"

"지금 하시죠. 잠시 잡담을 나누는 동안에, 저희 직원들이 촬영 준비를 할 겁니다. 박사님이 이곳의 혜성 전문가라고 들었는데요."

"그렇다고 해두죠. 사실 나는 소행성에 관심이 있습니다. 하지만 혜성을 연구하는 사람도 있어야 하니까요. 햄너—브라운 혜성에 관심이 있다고 들은 것 같은데요?"

"맞습니다."

찰리가 하비에게 손짓을 했다. 준비를 마친 모양이다. 하비는 가볍게 고개를 끄떡였다. 마누엘은 귀를 기울이면서 표시자를 보다가 말했다.

"갑시다."

마크가 카메라 전면으로 나섰다.

"샤프 박사 인터뷰. 1번."

이어서 칠판을 합치자 요란하게 찰칵 소리가 났다. 샤프가 깜짝 놀라 움찔 놀랐다. 처음에는 누구나 다 그런다. 카메라맨은 카메라를 바쁘게 조작해서 샤프 쪽으로 향했다. 하비가 질문하는 장면은 나중에 샤프가 없을 때 따로 찍을 예정이다.

"박사님. 햄너—브라운 혜성이 육안으로 보일까요?"

샤프가 컴퓨터 출력물에다 네스호의 괴물 두 마리가 짝짓기를 하는 듯한 이상한 그림을 그리면서 말했다.

"아직 모릅니다. 아마 한 달가량 지나면 훨씬 더 구체적으로 알 것 같습니다. 혜성은 아마도 금성만큼 태양에 접근할 것으로 예측됩니다만."

그는 말을 멈추고 카메라를 바라보고는 질문을 던졌다.

"어떤 수준으로 설명하면 되는 거요?"

하비가 대답했다.

"하고 싶은 대로 하세요. 저를 이해시킨다고 생각하세요. 대중에게 어떻게 전달할지는 저희가 결정할 테니."

샤프가 어깨를 으쓱했다. 그는 벽에 걸린 태양계의 행성과 그 궤도를 표현한 대형 차트를 가리켰다.

"좋습니다. 자, 여기 태양계가 있소. 행성과 달은 언제든 정해진 장소에만 존재합니다. 그것들은 서로 매우 복잡한 춤을 춥니다. 모든 행성과, 모든 위성과, 심지어 소행성 군의 조그만 바위조차 뉴턴의 중력 법칙을 노래하며 움직이죠. 그런데 수성이 조금씩 궤도를 벗어나고 있기 때문에, 우리는 우주에 대한 가설을 수정해야 합니다."

"그게 무슨 이야기입니까?"

하비가 물었다. 그리고 사실 미사여구는 내 역할인데, 그런데 대체 왜 당신이…….

"수성의 공전 궤도 말이오. 궤도가 해마다 조금씩 바뀌고 있어요. 큰 변경은 아니지만. 뉴턴의 이론으로 설명할 수 있는 범위를 벗어났습니다. 그에 대해서는 아인슈타인이라는 사람이 좋은 설명을 제시했고, 덕택에 우주는 예전보다 훨씬 이상한 장소가 되었소."

"혜성을 이해하기 위해서 상대성 이론까지 알아야 하는 건 아니죠?"

"네, 아닙니다. 하지만 혜성의 궤도 결정에는 중력 이상의 것이 있다니, 놀랍지 않소?"

"놀랍습니다. 그래서 이제 우주에 대한 가설을 한 번 더 수정해야 합니까?"

"뭐라고요? 아니오. 그보다는 훨씬 간단해요. 보시죠."

샤프는 벌떡 일어서서 칠판 앞에 섰다. 그는 분필을 찾으면서 뭐라고 중얼거렸다. 마크가 주머니에서 분필을 꺼내 건넸다.

"여기 있습니다."

"고맙소."

샤프는 흰색 구체와 포물선을 그렸다.

"자, 이것이 혜성입니다. 이것을 행성 안으로 넣어봅시다."

그는 두 개의 원을 그렸다.

"자, 지구와 금성입니다."

"행성들은 타원형 궤도를 따라 움직인다고 알고 있었는데요."

"맞습니다. 하지만 우리가 그릴 수 있는 크기로 축소해서 그릴 때는 어떻게 그리든 별 차이가 없어요. 자, 혜성의 궤도를 보시오. 커브의 양쪽 끝이 모두 같아 보이죠? 진입선과 진출선 말입니다. 교과서적인 포물선이오."

"맞습니다."

"하지만 혜성이 태양에서 멀어질 때의 실제 모습을 볼까요? 미세 먼지와 가스가 높은 밀도로 모여 코마를 이룬 상태입니다."

그는 다시 그림을 그렸다.

"디러운 가스 증기기 대양 방향으로 분출되죠. 혜성은 앞으로 전진합니다. 그리고 꼬리를 남깁니다. 때로는 일억 킬로미터나 되는 긴 꼬리도 있소. 하지만 꼬리는 거의 진공에 가깝습니다. 그럴 수밖에 없죠. 밀도가 높으면 그렇게 넓은 공간을 채울 수 없으니까요."

"네, 알겠습니다."

"그러면 다시 교과서로 돌아가 봅시다. 혜성의 핵에서 끓어 나온 물질이 코마를 형성합니다. 코마는 밀도가 낮은 가스와 미세 물질인데, 워낙 작고 가볍기 때문에 태양 광선의 복사압에 의해서 밀려 다닙니다. 그래서 항상 혜성 꼬리가 태양 반대방향을 향하는 것이오. 이해됩니까? 그러므로 혜성이 진입할 때는 꼬리가 뒤를 따라 들어가고, 나올 때 먼저 나오죠. 그러나 기화 과정은 균질적이지 않습니다. 혜성이 처음 태양계로 진입할 때, 그것은 단단한 고체일 것입니다. 이후의 관측 결과를 설명할 수 있는 몇 가지 모델이 있는데, 내가 지지하는 것은 '더러운 눈덩이' 모델입니다. 혜성은 돌과 먼지가 얼음이나 냉동 가스와 결합한 것입니다. 물이 변한 얼음도 조금 있고, 메탄, 이산화탄소의 드라이아이스도 있겠죠. 시아노겐, 질소, 기타 다른 물질들도 있을 겁니다. 이 가스 뭉치가 녹아서 한 방향으로 분출되죠. 제트 분출과 마찬가지로 말이오. 그리고 이 분출이 궤도를 임의로 변경시킵니다."

샤프는 분필을 옆에 들고 열심히 설명했다. 그가 설명을 마쳤을 때 진입 포물선은 울퉁불퉁하게 흔들리고 있었고, 진출 포물선은 혜성 꼬리처럼 넓고 흐린 색깔이 덧칠해져 있었다.

"그래서 우리는 혜성이 지구에 얼마나 근접할지 모르는 것입니다."

"그렇군요. 꼬리가 얼마나 커질지도 미리 알 수 없겠군요."

"그렇습니다. 하지만 이번 혜성은 신참인 것 같소. 이전까지는 태양에 근접한 일이 없는 것 같아요. 핼리혜성은 칠십 년에 한 번 지구를 찾아오고 매번 조금씩 작아지는데, 그것과는 양상이 많이 다르죠. 혜성은 태양 근처를 지날 때마다 조금씩 수명이 단축됩니다. 꼬리의 구성 물질을 영구히 상실하니까요. 혜성은 조금씩 꼬리가 작아지다가 마침내 핵만 남는데, 핵은 한 줌의 바윗덩어리에 불과해요. 그리고 유성우란 오래된 혜성 조각들이 지구로 떨어지는 걸 말하죠."

"그런데 이번 혜성은 신참이라고요?"

"맞소. 그래서 꼬리가 아주 장대할 겁니다."

"그런데 코호텍 혜성 때도 비슷한 말을 들은 기억이 납니다."

"그리고 나는 그들이 틀렸다는 기억이 나는군요. 혹시 코호텍 혜성의 외관을 정확히 묘사하는 기념 메달을 파는 곳은 없었죠? 혜성의 외관을 정확하게 알 방법이 없다는 것은 이제 아실 겁니다. 하지만 내가 추측하기로는 햄너-브라운은 장관이 될 거요. 그리고 지구를 꽤 근접해서 지날 것입니다."

샤프는 혜성의 진출로를 그린 흐린 포물선 위에 점을 몇 개 찍었다.

"이곳이 지구가 위치할 장소입니다. 물론 혜성이 지구를 지나기 전에는 거의 관측이 불가능합니다. 혜성을 보려고 하면 태양을 똑바로 봐야 하니까요. 일단 혜성이 지구를 지난 후에는 아주 장관일 겁니다. 꼬리가 하늘을 절반쯤 덮는 혜성도 있었죠. 대낮에도 보일 정도로. 이번 세기에도 큰 혜성이 올 때가 됐소."

그때 마크가 말했다.

"박사님, 지구가 혜성의 경로 상에 있다는 거죠? 우리와 충돌할 수도 있나요?"

하비는 고개를 돌리고 마크를 노려봤다. 샤프가 웃었다.

"그럴 확률은 엄청나게 낮아요. 칠판에 내가 지구를 점으로 찍어뒀죠? 사실 이 그림을 축적에 맞게 그린다면 지구는 눈에 보이지도 않을 만큼 작아요. 혜성의 핵도 마찬가지죠. 바늘만큼 작은 점 두 개가 만날 확률이 얼마나 되겠어요?"

샤프는 칠판을 쳐다보다가 말했다.

"물론, 우리 궤도에 혜성의 꼬리가 잔존할 확률은 있죠. 우리가 그 속에서 몇 주간 보낼 수는 있습니다."

하비가 물었다.

"그게 무슨 이야기입니까?"

마크가 말했다.

"우리는 이미 핼리혜성의 꼬리를 관통했었소. 아무 사고도 없었죠. 예쁜 빛의 커튼 속에서 말입니다."

하비는 그만 좀 하지, 하는 표정으로 마크를 노려봤다.

샤프가 말했다.

"당신 친구 말이 맞소."

나도 알고 있소. 몰라서 말을 안 하는 건 아니라고요. 하비가 물었다.

"샤프 박사님, 왜 천문학자들이 햄너−브라운에 열광을 하는 겁니까?"

"왜냐고요? 혜성을 통해 많은 것을 연구할 수 있기 때문이죠. 예를 들면 태양계의 근원 같은 것 말입니다. 혜성은 지구보다 오래됐습니다. 태고의 물질로 이루어져 있소. 이 혜성은 수십억 년 전부터 명왕성 너머에 있었을 겁니다. 우주 이론에서 태양계는 먼지와 가스가 성간 회오리에 의해 농축된 것이라고 하죠. 그 대부분의 물질은 태양이 불타기 시작할 때 사라졌다고 하지만, 그중 상당수는 혜성에 포함되어 있습니다. 혜성의 꼬리를 분석하면 그 물질을 알아낼 수 있어요. 코호텍 때도 같은 작업을 했었고, 천문학자들은 전혀 실망하지 않았습니다. 전혀 가져보지 못했던 도구로 분석을 할 수 있었죠. 스카이랩*과, 그 이외의 많은 것들 말입니다."

하비가 물었다.

"얻은 것이 있었습니까?"

"뭘 얻었냐고요? 정말 대단했습니다. 다시 한 번 그런 연구를 해야 합니다!"

샤프가 극적인 제스처를 취하며 손짓을 했다. 하비는 그의 스태프들을 재빠르게 쳐다봤다. 카메라는 돌고 있었고 마누엘은 음향 장치가 제대로 작동될 때의 특유의 만족스러운 표정을 짓고

---

* 1973년 발사되어 코호텍의 꼬리를 관측한 미국 유인 위성.

있었다.

"스카이랩 같은 기계를 이번에도 시간 맞춰서 준비할 수 있을까요?"

"스카이랩요? 그건 안 될 거요. 하지만 로크웰사의 아폴로 캡슐이라면 가능하겠죠. 여기 연구소에도 쓸 만한 장비가 있습니다. 펜타곤이 사용하지 않는 군용 초대형 추진체들 말이오. 지금 준비를 시작한다면 가능할 겁니다. 우리가 이 일에 문외한도 아니니까요."

샤프가 고개를 숙였다.

"하지만 진행되기는 힘들 겁니다. 아주 불행하게도 말이오. 진행만 한다면 햄너─브라운에 대해서 연구할 것이 정말 많은데 말이죠."

촬영이 끝나자 카메라와 음향 장치가 먼저 철수하고, 촬영 스태프와 홍보 직원도 밖으로 나갔다. 하비가 샤프에게 작별 인사를 하려고 하자 샤프가 말했다.

"하비, 커피 한잔 하겠소? 바쁠 것 없잖아요."

"네, 좋습니다."

샤프가 인터폰 콘솔의 버튼을 눌렀다.

"커피 좀 부탁해요."

그는 다시 하비를 향해 돌아 앉아 입을 열었다.

"정말 내가 짜증나는 것이 뭔지 아시오? 이 나라는 기술에 의지하고 있소. 만약 기술의 수레바퀴가 이틀만 멈춘다면, 아니, 식사 두 끼 할 시간이면 어디서든 폭동이 일어날 수 있소. 로스앤젤레스나 뉴욕에 전기가 사라진다고 생각해봐요. 장기적으로 비료 공장의 작동이 멈춘다면? 더 장기적으로, 향후 십 년간 신기술이 나오지 않는다면. 우리 삶의 기준이 어떻게 바뀌겠소?"

"그러게요. 우리는 굉장히 기술 의존도가 높은……."

샤프가 단호한 목소리로 말했다. 결론을 내리려는 것 같았다.

"하지만 이 멍청이들은 과학기술에 하루 십 분도 관심을 기울이지 않소. 자기가 뭘 하고 있는지 아는 사람이 얼마나 될까요? 이 카펫은 어디서 오는 걸까요? 자기가 입고 있는 옷은? 카뷰레터는 어디에 쓰는 물건일까요? 참깨는 어떻게 자라나죠? 아십니까? 서른 명 중 한 명은 알까요? 사람들은 자기 생존을 지켜주는 기술에 대해 하루 십 분도 생각하지 않아요. 연구 예산이 한 푼도 할당되지 않는 것이 이상한 일도 아니오. 하지만 언젠가 대가를 치를 거요. 언젠가는, 몇 년 전에 개발이 완료돼야 했지만 끝내 개발되지 못한, 그런 기술을 급히 필요로 하는 날이 올 겁니다."

샤프는 잠시 말을 멈추었다.

"자, 하비, 오늘 촬영한 TV 프로그램은 인기를 끌겠소? 아니면 일반 과학 프로그램만큼의 시청률만 내겠소?"

하비가 대답했다.

"황금시간대에 방송될 겁니다. 햄너-브라운의 가치, 그리고 어쩌면 과학의 가치에 대해 이야기하는 연작이 되겠죠. 물론 사람들이 '아이 러브 루시'* 재방송으로 채널을 돌리지 않는다는 보

---

* 1960년대 CBS의 히트 시트콤. 국내에서는 70년대에 MBC에서 '왈가닥 루시'라는 타이틀로 방영된 바 있다.

장은 못 합니다."

"그렇겠죠. 아, 고마워요, 커피는 여기로 놔주시오."

하비는 스티로폼 컵에 담긴 인스턴트커피를 예상했다. 하지만 샤프의 비서는 반짝이는 보온 주전자와 은제 스푼, 설탕과 크림을 담은 용기를 티크 나무 쟁반에 받쳐 들고 왔다.

"자, 드세요, 하비. 좋은 커피입니다. 모카 자바 맞지?"

비서가 대답했다.

"맞습니다."

"좋아."

샤프가 손짓을 하자 비서가 나갔다.

"하비, 그런데 방송국이 왜 갑자기 이런 일을 하는 겁니까?"

하비가 어깨를 으쓱했다.

"후원자가 강력히 주장했죠. 후원자는 우연히도 칼바 비누입니다. 그리고 우연히도 그 회사의 소유자는 팀 햄너이고, 그분이 우연하게도 발견한 것이……."

샤프의 웃음소리가 하비의 말을 끊었다. 샤프가 호리호리한 얼굴 가득 웃음을 담았다.

"아주 좋아요!"

그러다가 샤프가 생각에 잠겼다.

"연작이라고 했죠. 어디 봅시다, 하비. 만약 정치인이 이 연구를 지원한다면, 전폭 지원한다면, 그 정치인도 등장시킬 수 있겠소? 대중의 지지를 얻는 방향으로 말이오."

"물론입니다. 팀이 바로 그것을 주장하고 있소. 나도 딱히 반대하지는······."

"아주 좋아요."

샤프가 커피 컵을 들어 올렸다.

"자, 건배합시다. 좋아요, 하비. 아주 고맙습니다. 자주 만나게 되겠군요."

샤프는 하비가 건물에서 떠나기를 기다리며, 평소와 달리 아주 침착하게 앉아 있었지만 사실은 위장이 떨릴 만큼 흥분하고 있었다. 잘될 것이다. 아마 그럴 것이다. 그는 한참 후 인터폰으로 비서를 연결했다.

"워싱턴에 있는 아더 젤리슨 상원의원을 연결해줘요."

그는 초조하게 기다렸다. 잠시 후 비서가 말했다.

"상원의원께서 통화하시겠답니다."

샤프가 전화기를 들었다.

"샤프입니다."

그러자 전화 건너편에서도 비서가 상원의원을 연결하느라 잠시 기다려야 했다.

"샤프 박사?"

"네, 접니다, 젤리슨 상원의원님. 제안할 것이 있습니다. 혜성에 관한 것입니다."

"혜성이라고? 아, 혜성 말이오. 당신에게 그 말을 들으니 재밌군요. 안 그래도 얼마 전에 혜성을 발견했다는 사람을 만났었는데. 그가 혜성 발견에 꽤 주요한 공헌을 했디딘데, 하시만 처음

보는 사람이었소."

샤프가 말했다.

"잠깐만요, 중요한 문제입니다. 세기의 기회인데……."

"코호텍 때에도 비슷한 이야기를 했었죠."

"코호텍 이야기는 그만하시고요! 상원의원님, 우주 탐사선 관련 예산을 따낼 수 있을까요?"

"얼마나 필요한 거요?"

"음. 두 가지 경우가 있습니다. 두 번째 좋은 안은, 조금이라도 받기만 하면 됩니다. 연구소는 토르 델타*를 이용해 무인 블랙박스를 발사할 수 있을 겁니다."

젤리슨이 대답했다.

"문제없소. 그렇게 해 드릴 수 있습니다."

"하지만 그건 두 번째로 좋은 안입니다. 정말 좋은 안은 유인 우주선입니다. 아폴로 우주선에 두 사람을 태우고, 세 번째 사람 대신 장비를 탑재하면 되겠죠. 혜성은 아주 근접할 거예요. 우주에서 직접 촬영한다면 아주 훌륭한 사진을 얻을 수 있을 겁니다. 혜성 꼬리나 코마가 아닌, 핵을 촬영할 수 있다고요. 그게 무슨 의미인지 아십니까?"

"잘은 모르겠소. 하지만 당신이 내게 중요하다는 이야기는 해 줬죠."

젤리슨은 잠시 후 말을 이었다.

---

* 1960년대 탄도 미사일 기술을 응용한 발사체.

"미안합니다. 정말 미안하지만, 그 예산을 확보할 가능성은 없소. 전혀 없소. 만약 예산이 있더라도 아폴로를 다시 쏘는 것은 불가능해요."

"아니, 쏠 수 있습니다. 로크웰 사에 확인했습니다. 나사의 기준보다 위험도가 높기는 하지만, 그래도 진행은 가능합니다. 장비도 보유했고⋯⋯."

"아무래도 좋소. 예산 확보는 불가능합니다."

샤프가 전화기를 보며 인상을 찌푸렸다. 배 속에서 흥분이 울렁거렸다. 그는 젤리슨과 오랜 친구였고, 이렇게까지 하고 싶지는 않다. 그러나⋯⋯.

"소련이 소유즈 호를 쏜다고 해도 안 됩니까?"

"뭐라고요? 하지만 그들이 쏠 리가⋯⋯."

샤프가 말을 끊었다.

"물론 쏩니다. 당연하지요."

거짓말은 아니다. 다만 예상이다.

"증명할 수 있소?"

"며칠 안에요. 자, 그들은 우주 공간에서 햄너−브라운을 관측할 겁니다."

"젠장, 이게 무슨 개똥같은 소리요."

"뭐라고 하셨죠, 의원님?"

"이게 무슨 개똥같은 소리냐고 했소."

"오."

젤리슨이 말했다.

"나와 지금 장난치는 거요, 샤프 박사?"

"아닙니다. 상원의원님, 이건 중요한 일입니다. 어쨌든 유인 우주선 프로젝트를 추진해야 합니다. 우주에 대한 관심을 유지하기 위해서라도 말이에요. 유인 비행도 추진한 경험이 있잖아요?"

"그렇소, 하지만 성공하지는 못했소."

좀 더 긴 침묵이 이어졌다.

젤리슨이 혼잣말하듯 말했다.

"그래서. 소련이 추진 중이다. 의심할 여지없이 이번 일을 중요하게 받아들이고 있다."

"확실합니다."

다시 침묵이 이어졌다. 찰리 샤프는 거의 숨을 멈췄다. 젤리슨이 말했다.

"좋소. 일단 의회의 분위기를 보겠소. 하지만 내게는 솔직하게 이야기하는 편이 좋을 겁니다."

"상원의원님, 이번 주 내에 완벽한 증거를 드리겠습니다."

"좋소. 한번 진행해보겠소. 다른 건도 있습니까?"

"현재는 없습니다."

"좋소. 팁을 줘서 고맙소, 샤프 박사."

전화가 끊겼다.

퉁명스럽군. 샤프는 생각했다. 그는 가벼운 미소를 머금다가, 다시 인터폰으로 비서를 불렀다.

"모스크바의 세르게이 화데예프 박사에게 전화를 연결해줘. 그래, 거기가 몇 신지는 나도 아니까, 연결해줘."

　지구 동편의 비옥한 초승달 지역 전역에서 후대에 길가메시의 전설이라 불릴 일련의 민담이 퍼져나갔다. 혜성은 거의 변하지 않았다. 그것은 여전히 소용돌이의 외부에 있었다. 명왕성이라고 불리는 행성은 궤도 바깥으로 나갈지 말지를 망설이고 있는 듯한 모습이었다. 태양은 불편할 정도로 환한 광점이었고 블랙 자이언트의 열기에 비해서는 훨씬 약하지만 지속적으로 열을 뿜었다. 혜성 표면은 이제 대부분 물 얼음이었다. 얼음은 대부분의 열기를 다른 별에게 반사했다.

　그리고 시간은 흘러갔다.

　화성의 물은 길고 포악한 날씨 변화 속에 사라져갔다. 인류는 지구상에 널리 퍼져서 웃거나 싸웠다. 그리고 혜성은 계속 접근했다. 태양풍과 고속의 양자가 혜성의 표면을 흐트러뜨렸다. 혜성 표면 조직의 수소와 헬륨 대부분이 느리게 새어나갔다. 혜성은 소용돌이에 근접했다.

3월: 첫 번째

그리고 신께서는 무지개로 징표를 삼으셨네.
다음은 물이 아니라 불의 차례가 되리오.

– 복음 송가

마크는 그 집을 보고서 헉 하고 놀랐다. 거대한 원목 기둥을 양쪽에서 뾰족하게 세워 붙이고 황백색 치장 벽토로 장식한 튜더 양식의 저택이었다. 진짜 원목으로 지은 것이 분명하다. 글렌데일 같은 일반 주택가라면 합판으로 만든 모조품으로 겉모양만 흉내 냈겠지만, 벨에어 같은 부촌에서 그랬을 리가 없다.

그 집은 넓은 대지 위에 넓게 지어져 있었다. 마크는 정문의 초인종을 눌렀다. 긴 머리에 연필처럼 가느다란 구레나룻의 젊은이가 문을 열었다. 그는 마크의 오토바이용 가죽 바지와 부츠, 그리고 현관에 내려놓은 큰 갈색 상자를 보더니 말했다.

"아무것도 안 삽니다."

"물건 파는 사람이 아니오. NBS 방송국에서 나온 마크라고 합니다."

"아, 미안합니다. 잡상인이 워낙 많이 찾아와서요. 안으로 들어오시죠. 저는 조지입니다. 이 집의 관리인이오."

그는 마크의 상자 하나를 들어 올리며 말했다.

"무겁네요."

"그렇죠?"

마크가 주변을 바쁘게 두리번거렸다. 거실에는 그림, 망원경, 지구와 화성과 달의 모형, 유리 조각상, 스튜벤 크리스털*, 완구 등 여러 가지 물건이 있었다. 영상 파티를 즐기기 위해 텔레비전 앞에 소파를 배치했다. 마크가 말했다.

"저 물건들 움직이느라 땀깨나 흘렸겠소."

"그랬죠. 그 물건은 여기 내려두시오. 이상한 물건은 없죠?"

"물론 없소. 비디오 레코더가 뭔지는 아시겠지?"

"알아야 정상이죠. UCLA 연극영화과 학생이니까 말입니다. 하지만 아직 그 과정을 이수하지 못했어요. 한번 봐도 될까요?"

"오늘 밤에 당신이 기계를 작동할 거요?"

"아뇨. 한번 만져보고 싶어서요. 재밌는 일은 팀 햄너가 나중에 직접 할 테니까 말이오."

"그에게 직접 보여주겠소."

"그러면 한참 기다려야 될 거요. 아직 집에 오지 않았으니까요. 맥주 마시겠소?"

"그거 좋죠."

마크는 조지를 따라 부엌으로 갔다. 부엌에는 장식용 크롬과

---

* 고가의 유리 장식품 브랜드.

포마이카가 여기저기서 반짝였고, 싱크대, 오븐, 가스레인지가 각각 두 개씩 놓여 있었다. 넓은 카운터에는 랩을 씌운 카나페 쟁반이 놓여 있었다. 곁에는 책상과 책꽂이가 있고 책꽂이에는 요리책과 트래비스 맥기의 최신 스릴러 소설, 그리고 스타니슬라브스키의 『배우훈련』이 꽂혀 있었다. 스릴러 소설과 스타니슬라브스키의 책만 읽은 흔적이 있었다.

"팀이 자기 스스로를 천문학도라고 생각하는 줄 알았는데."

조지가 맥주를 꺼내며 말했다.

"지난번에 여기서 일하던 친구는 팀과 엄청 싸웠죠."

"그래서 팀이 그를 해고했소?"

"아뇨. 팀이 그를 산 정상의 관측소 관리인으로 보냈죠. 팀은 논쟁을 좋아하지만, 집에서까지 논쟁을 하고 싶어 하지는 않으니까 말이오. 팀은 고용주로 모시기는 편한 사람이에요. 그리고 내 방에 컬러텔레비전도 있고, 수영장과 사우나를 써도 된다는 허락도 해줬으니까."

마크가 맥주를 한 모금 마셨다.

"얻기 힘든 것들이지. 그럼 이 집은 파티나 벌이는 곳이오?"

조지가 웃었다.

"그럴 리가요. 내가 연극영화과 친구들을 데리고 와야 파티가 열리죠. 아니면 오늘 밤처럼 친척들이 모이던가요."

마크가 조지를 조심스럽게 쳐다봤다. 연필처럼 가는 구레나룻, 배우답게 잘생긴 이목구비. 이런 젠장.

"팀이 혹시 게이요?"

조지가 대답했다.

"이런, 아니오. 그냥 비활동적일 뿐이에요. 지난번에는 내가 우리 극단의 조연 여배우와 엮어준 적이 있어요. 시애틀 출신의 괜찮은 여자애였는데, 두어 번 만나는 것 같더니 그냥 끝났다더 군요. 그녀 말로는 팀이 점잖고 완벽한 신사였다가 둘만 남겨진 순간 갑자기 들이대더라더군요."

"그녀도 함께 들이댔어야지."

"나도 그렇게 말했죠. 하지만 그녀는 생각이 달랐나 봐요."

조지는 귀를 기울이더니 말했다.

"팀이 옵니다. 차 엔진 소리가 나는군요."

팀은 옆문을 통해 작은 별채로 들어갔다. 이 집 전체를 소유하고 있지만 정말로 편하게 느끼는 공간은 이곳 정도였다. 팀은 이 집을 썩 좋아하지 않았다. 예전에 가족의 자산 관리인이 재판매 가치를 감안해서 선택한 집인데, 확실히 되팔면 비싸게 받을 수 있고 수집품을 전시할 공간도 충분하지만, 집이라는 느낌이 들지 않았다.

그는 작은 잔에 스카치 한 잔을 따라 마시고 안락의자에 몸을 던졌다. 그리고 발걸이 위에 발을 올렸다. 편안했다. 오늘의 의무를 마쳤다. 그는 이사회에 참석해서 숱한 보고를 다 들어줬고, 사장의 분기 실적 달성을 축하해줬다. 본심으로는 경영이나 사산

운용 따위는 알아서 하라고 풀어놓고 싶었지만, 그러다가 가진 돈을 모두 날린 사촌이 하나 있었다. 돈을 관리하는 사람들에게 자신이 감시당한다는 사실을 알려주는 것은 그리 어렵지 않은 일이다.

이사회를 생각하자 사무실의 여비서가 떠올랐다. 이사회 시작 전에 유쾌하게 잡담을 나눈 뒤 내일 저녁 식사나 하자고 했더니 데이트가 있다고 했다. 어쩌면 진짜로 데이트가 있었을지도 모르겠다. 아주 정중했지만, 아무튼 그를 거절했다. 차라리 이번 금요일에 저녁을 먹자고 할 걸 그랬나? 아니면 다음 주 언젠가로. 하지만 그때도 거부당한다면, 거부의 이유에 의심의 여지가 없어지는 것이다.

그는 나른하게 의자에 앉아, 거실에서 조지가 누군가와 대화를 나누는 것을 들었다. 대화 상대가 누굴까? 자신이 건너가기 전까지는 조지가 그를 방해하지 않을 것이다. 별채는 온전하게 그의 공간이었다.

뒤늦게 NBS 방송국에서 사람이 나온다는 것이 떠올랐다. 팀이 좋아했지만 방송에는 방영되지 못했던 편집본을 가지고서 말이다. 그는 흥분에 들떠 일어나서, 급히 옷을 갈아입었다.

❧

페넬로페 윌슨은 여섯 시쯤에 도착했다. 그녀는 '페니'라는 별명으로 부르면 절대 대꾸하지 않았지. 팀은 창문 너머로 그녀를 처다보다가, 문득 그녀가 '페넬로페'라는 이름도 쓰지 않기로 했다는 사실을 기억했다. 가운데 이름을 사용하겠다고 했는데, 그 이름이 뭐였지? 용감해지자! 그는 문을 활짝 열고 나가면서, 조금 고민스러운 표정으로 말했다.

"일찍 왔군! 뭐라고 불러야 하더라?"

"조이스야. 안녕, 팀? 내가 첫 손님이야?"

"그래. 오늘 우아하군."

팀은 그녀의 코트를 받아들었다. 그는 아주 오래전, 초등학교 때부터 그녀를 알았다. 페넬로페 조이스는 팀의 누이들과 같은 사립 여자 초등학교를 다녔다. 옛날부터 그녀는 편안한 성격이었고, 입이 크고 턱이 뾰족하며 체격이 큰 편이었다. 그러더니 대학교에 들어간 후 미모가 물이 올랐다.

그리고 오늘 밤에는 정말로 우아했다. 긴 머리카락은 우아하고 화려하게 물결치듯 세팅되어 있었고, 드레스는 단정한 라인에 색깔과 질감이 부드러워 보였다. 팀은 그 드레스를 만져보고 싶었다. 그는 누이들과 함께 자랐기 때문에 이런 치장이 얼마나 오래 걸리는지를 잘 알았다. 물론 치장 방법은 전혀 몰랐지만.

팀은 자신도 모르게 그녀에게 인정받기를 원하고 있었다. 그녀가 거실을 살펴보는 것을 가만히 기다리면서, 왜 이제까지 한 번도 그녀를 초청하지 않았는지를 자문했다. 마침내 그녀가 고등학교 졸업 후 한 번도 보지 못했던 표정, 마치 심판관 같은 표정으로 입을 열었다.

"좋은 집이네."

그녀에게 인정을 받았다. 그녀가 깔깔 웃었다. 그 바람에 인정을 받은 느낌이 사라져버렸다.

"좋아해주니 다행이군. 정말 다행이야."

"정말로? 내 의견이 그렇게 중요해?"

그녀는 유년 시절과 같은 표정으로 그를 놀리고 있었다.

"그래. 우리 가족 전체가 몰려 올 텐데, 모두 이 방을 처음 보거든. 넌 가족들과 사고방식이 비슷하니까, 네가 좋아했다면 다른 사람도 다 좋아할 거야."

"흠. 내가 그만큼 중요한 사람이라 그런 줄 알았지."

"내 말은 그런 뜻이 아니라……."

그녀가 다시 팀을 쳐다보며 깔깔 웃었다. 팀은 조이스에게 마실 것 한 잔을 준 후 자리에 앉았다.

그녀가 회상했다.

"마지막으로 만난 것이 벌써 이 년쯤 전이지? 오늘 밤에 나를 초청한 이유가 뭐야?"

그녀는 언제나 직설적이었다. 팀은 질문에 대한 대답을 미리 준비했고, 솔직하게 말하기로 했다.

"오늘 밤에 이 자리에 누구를 부르면 좋을지 고민했지. 잘난 척을 하고 싶어서 그럴까? 오늘 내가 발견한 혜성에 대한 방송을 보여줄 거야. 학창시절에 항상 반에서 일등을 하던 질 워터스와 우리 가족, 그리고 네가 떠올랐어. 내가 떠올린 바로 그 사람들에게 이 순간을 자랑하고 싶어."

"나도?"

"맞아. 우리 옛날에는 종종 이야기를 나눴지, 기억해? 나는 한 번도 내가 하고 싶은 것이 뭔지 말하지 못했어. 함께 자란 친척들은 모두 하고 싶은 것이 분명했지. 돈을 벌거나, 미술품을 수집하거나, 자동차 경주에 출전하거나. 나는, 그냥 하늘만 바라보고 싶었어."

그녀는 미소를 지었다.

"정말 오늘 우아해 보여. 직접 차려입었어?"

"응. 고마워. 아부가 아주 훌륭한데."

그녀는 여전히 대화하기 편하다. 그 사실을 다시 상기할 때 초인종이 울렸다. 다른 가족들이 도착한 모양이었다.

아주 유쾌한 저녁이었고, 훌륭한 음식이 계속 제공되었다. 팀으로서도 만족스러운 저녁이었다. 그들 모두가 팀에게 귀를 기울였다.

전에는 이런 적이 없었다. 그들은 팀의 설명을 경청했다. 추웠던 밤, 어두운 하늘을 쳐다보고 별들의 패턴을 연구하고 흔적을 분석하던 시간들. 사진 속에서 보내던 끝없는 시간들. 우주를 알아간다는 것 이외에는 아무 결과도 내지 못하던 시간들. 그들은 모두 경청했다. 심지어 돈에 대해 관심을 두지 않는 부자를 노골적으로 경멸하던 그렉마저 그의 이야기에는 귀를 기울였다.

가족끼리 모였을 뿐인데도 팀은 기뻤고, 불안했고, 조심스러웠다. 그는 가족의 표정을 살폈다. 배리가 미소를 지으며 고개를 저었다. 배리가 무슨 생각을 하는지는 알겠다. 인생을 즐기는 얼마나 훌륭한 방법인가! 그는 나를 부러워하고 있을 것이고, 그 생각만 해도 달콤했다. 누이인 질은 흥미로운 듯, 즐거운 표정으로 팀을 쳐다보았다. 그녀는 언제나 팀의 생각을 읽을 수 있었고, 그래서 가족 중 가장 친했다.

하지만 지금은 형인 패트가 그를 카운터 뒤에 가두고 이야기를 하고 싶어 했다.

그가 말했다.

"여기 좋은데. 그런데 어머니는 대체 뭘 할지 모르시겠나봐."

그의 어머니는 방을 돌아다니며 이런저런 물건을 보고 있었다. 지금은 만화경 속의 무작위로 발생하는 무늬에 빠져 있었다.

"어머니가 무슨 생각하는지 나는 알겠어. 너는?"

"뭐요?"

"여자를 데려와라. 좀 더 화끈한 파티를 해라."

"그건 형이 신경 쓰지 않아도 된다고요."

패트는 어깨를 으쓱했다.

"그건 아니지. 나도 종종 말하고 싶었는데, 넌 정말 때를 놓치면 안 된다니까. 영원히 살 수 있는 것도 아니잖아. 어머니는 어머니의 인생을 살아야 하고."

"물론이오."

팀은 대답했다. 대체 왜 형이 이 문제를 꺼내지? 이 밤이 가기 전에 어머니가 꺼낼 이야기를.

'대체 너는 왜 아직 결혼을 안 하는 거냐.'

언젠가는 대답하겠지. 내가 같이 살고 싶은 여자를 찾아 데려올 때마다 어머니가 입이 바짝 마르도록 겁을 줘서 쫓았잖아요. 그래서 내가 혼자라고요.

페넬로페 조이스가 말했다.

"나 지금도 배가 고파."

질이 조이스의 배를 두드리며 말했다.

"세상에. 대체 그 음식을 다 어디 집어넣었니? 비밀이 뭐야? 그 비밀이 설마 옷 속이라고는 제발 하지 말아줘. 네 창의력이 감당하기 힘들 정도라는 소문은 이미 들었으니까."

페넬로페는 팀의 손을 잡아당겼다.

"팝콘이 어디 있는지 알려줘. 내가 섞을 테니까 그릇 좀 가져오고."

"하지만……."

"딴 사람들은 알아서 음식을 찾아 먹을 거야."

그녀는 팀을 끌고 부엌으로 갔다.

"자, 네가 여기 있는 동안, 사람들이 네 이야기를 하도록 놔두자. 넌 존중받아 마땅해. 오늘의 스타니까 말이야."

팀은 그녀의 눈을 쳐다봤다.

"그렇게 생각해? 칭찬인지 농담인지 구분을 못하겠어."

"그거 다행이네. 버터 어디 있어?"

텔레비전 관람회는 아주 훌륭했다. 가족들은 모두 텔레비전에 몰입했다. 곧 텔레비전 속에서 자신의 모습도 등장할 것이다.

진행자인 하비는 이곳저곳을 돌아다니며 하늘을 주시하는 아마추어 천문학자를 소개했다. 하비가 말했다.

"대부분의 혜성은 아마추어 천문학자들이 발견합니다. 대중은 아마추어 천문학자들이 대형 관측소에게 얼마나 큰 도움을 주는지를 거의 실감하지 못하죠. 물론, 일부 아마추어는 전혀 아마추어가 아닙니다."

화면이 바뀌더니 팀이 등장했다. 그는 자기 소유의 관측소와 조수인 마티를 소개하고, 각종 관측 장비를 시연했다. 팀은 이 장면이 너무 짧다고 생각했지만, 지금 가족들이 텔레비전 속의 자신을 조금 더 보고 싶어 하는 표정을 보면서 하비가 옳다는 것을 깨달았다. 사람들이 약간 모자라다고 느껴야 좋다.

하비의 목소리가 이어졌다.

"그리고, 일부 아마추어는 다른 사람보다 훨씬 더 아마추어입니다."

화면에는 망원경을 들고 미소 짓는 십대 소년 하나가 클로즈업됐다. 그가 손에 든 망원경은 쓸 수는 있어 보였지만 분명 집에서 만든 것이었다.

"아이오와주의 센터빌에 사는 가빈 브라운입니다. 가빈 군, 혜성이 지나는 시간과 장소에 맞춰 정확히 하늘을 관측한 비결이 뭐지요?"

브라운이 그다지 유쾌하지 않은 목소리로 대답했다.

"아뇨, 그렇게 관측한 것이 아니에요."

그는 어리고 수줍음을 타는데 목소리는 너무 컸다.

"낮에 수성을 관찰하고 싶어서 망원경을 조작하던 중이었어요. 수성은 태양에 가깝기 때문에, 낮에 수성을 보려면 모든 설정을 완벽하게 해야 해서요."

하비가 물었다.

"그러니까 햄너―브라운 혜성은 우연히 찾아냈군요?"

그렉이 웃음을 터뜨리자, 질은 그녀의 남편을 날카롭게 노려봤다.

하비는 계속 말했다.

"팀보다 한참 후에 이 혜성을 발견했지만, 국제 천문학회 보고는 거의 동시에 했습니다. 그러면 그 혜성이 새로운 물체라는 사실은 어떻게 알았죠?"

"거기에 있지 말아야 하는 것이기 때문이죠."

"거기에 있는 것을 모두 안다는 의미인가요?"

문답이 오가는 사이, 화면에서는 햄너―브라운 인근의 천체를 보여주었다. 우주에는 별이 가득했다.

"물론이죠. 남들도 다 알지 않나요?"

팀이 말했다.

"그는 정말 다 알아. 여기에 한 주일 머물다 갔는데, 천체 지도를 외워서 그릴 수 있더군."

팀의 어머니가 물었다.

"저 아이가 여기 머물다 갔니?"

"예. 남는 방에요."

팀의 어머니가 한동안 텔레비전을 뚫어지게 쳐다봤다. 광고로 화면이 전환됐다. 실이 물었다.

"오늘 조지는 어디 갔어? 또 데이트하러 갔나? 엄마, 팀의 집사로 일하는 조지 있잖아요, 걔가 린다 질레이와 사귄데요."

페넬로페 조이스가 말했다.

"팝콘 좀 줘요. 그래서, 가빈 브라운은 지금 어디 있어, 팀?"

"아이오와로 돌아갔지."

그렉이 텔레비전을 가리키며 물었다.

"저 광고가 비누 매출에 도움이 되나?"

팀이 대답했다.

"칼바 비누는 잘 운영되고 있소. 작년도 시장 점유율 26.4퍼센트에……."

그렉이 말했다.

"생각보다 훨씬 훌륭하군. 광고 책임자가 누구야?"

그때 다시 프로그램이 시작됐다. 팀에 대한 이야기는 더 이상 나오지 않았다. 일단 발견된 이상 햄너–브라운 혜성은 전 세계의 소유였다. 이제 초점은 샤프 박사에게 맞춰졌다. 그는 혜성과 태양과 행성과 별들에 대한 지식의 중요성을 이야기했다. 팀은 실망하지 않았지만, 다른 사람들은 실망할 것이라고 생각했다. 패트는 제외하고. 패트는 샤프의 인터뷰를 보면서 연신 고개를 끄떡였다. 패트는 잠시 고개를 들더니 말했다.

"내가 대학 다닐 때 저런 과학 교수님이 있었다면, 나도 혜성을 발견했을지 몰라. 저 박사는 잘 아는 분이야?"

"샤프 박사? 아니, 한 번도 만난 적이 없어요. 하지만 그의 인터뷰 비디오테이프는 더 있어요. 그 테이프에는 내 촬영분도 더 있고."

그렉은 시계를 보더니 말했다.

"내일은 아침 다섯 시까지는 출근해야겠다. 안 그래도 증시가 미쳐 돌아가는데, 저 방송 때문에 더 나빠질 테니."

팀이 인상을 찌푸렸다.

"뭐라고요? 그건 또 무슨 이야기요?"

그렉이 말했다.

"혜성은 하늘의 징조야. 나쁜 변화의 징조지. 그런 징조를 심각하게 받아들이는 투자자가 얼마나 많은지 알면 깜짝 놀랄걸? 저 박사가 그린 그림은 말할 것도 없고. 혜성이 지구에 충돌하는 그림을 그리고 있잖아."

그러자 패트가 말했다.

"하지만 그럴 리는 없어."

그의 어머니가 물었다.

"팀, 그럴 수도 있니?"

"물론 아니죠! 방송 못 들었어요? 샤프 박사는 몇십 억 분의 일의 확률이라고 했어요."

그렉이 말했다.

"나도 봤어. 그리고 혜성이 가끔 지구에 부딪히기도 한다고 했지. 이번 혜성이 가까이 접근할 거라는 말도 했고."

팀이 항의했다.

"그가 그런 뜻으로 한 말은 아니잖소."

그렉이 어깨를 으쓱했다.

"주식 시장은 내가 전문가야. 내일 전광판이 열리면 사무실은 아수라장이 될 거야."

그때 전화가 울렸다. 팀의 표정이 복잡해졌다. 질이 먼저 전화를 받았다. 그녀는 한참 듣더니, 고개를 갸웃거리며 전화기를 건넸다.

"뉴욕에서 온 전화를 연결할지 말지 물어보는데?"

"뭐라고?"

팀이 일어나서 전화기를 들었다. 그는 잠시 듣기만 했다. 텔레비전에서는 나사의 연구원 한 명이, 만약에라도, 정말 만약에라도 혜성 연구를 위한 탐사선을 발사한다면, 그 원리가 무엇인지를 설명하고 있었다. 팀은 전화기를 내려놓았다.

페넬로페 조이스가 말했다.

"너 놀란 표정이구나."

"놀란 것 맞아. 방송국 사람이야. 〈투나이트쇼〉에 게스트로 출연해 달래. 샤프 박사와 함께 말이야. 패트 형, 나 이제 곧 샤프 박사도 만나겠네요."

팀의 어머니가 말했다.

"〈투나이트쇼〉는 밤마다 본단다."

그녀의 목소리에 선망이 담겨 있었다. 그녀가 아는 〈투나이트쇼〉에 출연하는 사람들은 중요한 사람들이다.

하비의 다큐멘터리는 스카이랩에서 촬영한 태양과 별이 번쩍이는 사진을 보여주고 햄너-브라운 혜성을 위한 유인 탐사선 발사 열망을 환기시키며 끝이 났다. 그리고 광고가 시작되자 팀의 손님들이 자리에서 일어났다. 팀은 새삼스럽게 그들과 얼마나 다른지 깨달았다. 사실 그는 자산관리 회사의 사장이나 타운하우스 건축업자와 그다지 나눌 이야기가 없었다. 그들이 설사 매형이나 친형제라 해도 말이다. 어느 순간부터 그는 자신과 페넬로페—조이스!—를 위해서만 음료를 만들고 있었다.

팀이 말했다.

"나쁜 영화의 개봉 전야제 같은 느낌이군."

"은유로 가득한 보스턴에서, 슈리너 가족은 모두 마을에!"

조이스가 놀리자 팀도 웃음을 터뜨렸다.

"하하. '라이트 업 더 스카이'* 본 지도 오래됐구나. 네가 여름 연극반 했던 때가 마지막이었어. 그리고 네 말이 맞아. 딱 오늘 같은 분위기였지."

"응가 같은 소리야."

"응가 같은 소리?"

"응가 같은 소리라니까. 넌 언제나 아무 이유도 없이 스스로를 깎아내려. 아무 이유도 없이. 지금도 아무 이유 없지? 오늘은 자랑스러워해도 돼, 팀. 이제 다음 목표는 뭐야? 다른 혜성이야?"

"아니, 그건 아니야."

팀은 라임을 그녀의 진토닉에 짜 넣고 흔든 다음 조이스에게 건넸다.

---

* 주인공이 슈리너 가족인 코미디 연극.

"나도 잘 모르겠어. 내가 원하는 것이 뭔지 정확히 알 만큼 천문학 이론을 잘 아는 것도 아니고."

"그럼 이론을 공부해."

팀은 다가와서는 그녀의 곁에 앉았다.

"그것도 괜찮겠지. 아무튼 난 역사책에 이름을 올렸어. 건배."

그녀는 함께 잔을 들고 건배를 했다. 이번에는 그를 놀리지 않았다.

팀은 술 한 모금을 마셨다.

"지금 하던 일은 당분간 계속할 거야. 하비가 계속 다큐멘터리를 만들고 싶어 하니까 함께 하면 되겠지. 이번 편의 평가가 너무 나쁘지만 않다면."

"평가? 평가를 걱정했어?"

"또 놀리는구나."

"이번에는 아냐."

"흠. 좋아. 곧 새로운 다큐멘터리를 만들 거야. 내가 하고 싶기 때문이지. 목적은 유인 탐사선이야. 유인 탐사선을 발사할 수 있도록 충분한 대중적 지지를 얻을 거야. 그러면 샤프 박사 같은 사람이 혜성에 대해 더 많이 이해하게 될 거야. 고마워."

그녀는 팀의 어깨에 손을 얹었다.

"천만에. 잘 해봐, 팀. 아까 이 자리에 왔던 사람 중에 하고 싶은 일을 절반 이상 한 사람은 아무도 없어. 하지만 너는 벌써 사분의 삼은 했어. 그리고 텔레비전에도 나왔지."

그는 조이스를 보며 생각에 잠겼다. 만약 이 여자와 결혼한다면, 어머니는 안도의 한숨을 쉬겠지. 아무튼 특수 계층의 여자니까. 이 여자들은 모두 누이인 질과 공통점이 있다. 동부의 대학에 진학해 방학 동안에는 뉴욕에서 지냈으며, 그들 중 누구도 자신의 어머니를 두려워하지 않았고, 아름다웠으며, 무시무시했다. 십대 소년의 성욕은 때로는 너무 강력하면서도 쉽게 왜곡되고 억압되어, 젊은 여인의 아름다움을 불덩이처럼 느끼기도 한다. 불덩이일 뿐만 아니라 자신감에 가득 차 당당한 질의 친구들은 너무도 두려운 존재였다. 스스로를 믿어본 적이 없는 소년에게는 더더욱 그렇다. 하지만 조이스는 두렵지 않았다. 그만큼 아름답지는 않았으니까.

조이스가 인상을 찌푸렸다.

"무슨 생각해?"

오, 젠장. 생각했던 대로 대답할 수는 없다.

"이런저런 떠오르는 일이 많아."

지금 조이스는 자발적으로 나와 단 둘이서 남아 있을까? 그녀가 다른 사람들이 떠난 뒤 남아 있는 것은 확실하다. 만약 지금 뭔가 시도한다면…….

하지만 팀은 용기가 없었다. 아니면 스스로 친절함을 지키려고 하고 있었다. 그녀는 우아하지만, 스튜벤의 우아한 크리스털 화병과 함께 침대에 가지는 않는다. 그는 자리에서 일어나 비디오 레코더를 향해 걸어갔다.

"다른 비디오 편집본도 더 볼래?"

잠시 그녀는 망설였다. 조심스럽게 그를 쳐다보다가, 손에 쥔

잔을 비우고, 그것을 커피 테이블 위에 올려두며 말했다.

"고마워, 팀. 하지만 이제 좀 자러 가야겠어. 내일은 고객들을 만나야 하거든."

그녀는 떠날 때까지 미소를 잃지 않았다. 조금은 억지로 짓는 것 같았다. 아니면, 그냥 나 혼자 공상을 하고 있는 걸까?

*
**

소용돌이 속은 견디기 힘들 만큼 북적였다. 크고 작은 덩어리들이 무섭게 서로의 주변을 회전하고 그러면서 끊임없이 변하는 복잡한 위상 공간이었다. 태양계의 행성과 위성은 모두 표면에 상처를 입었다. 지구와 금성에는 거대한 분화구가 생겼다가 대기에서 마찰되며 차츰 닳아갔고, 화성, 수성, 달에서는 마그마가 분출해서 표면으로 퍼지다가 내벽에 닿아 굳었다.

탈출의 기회가 있을 가능성도 있었다. 토성과 목성 주변의 중력장을 잘 타기만 했다면 혜성은 차갑고 어두운 우주로 튀어나갈 수도 있었다. 하지만 토성과 목성의 위치가 적절하지 않았다. 혜성은 기회를 얻지 못하고 끊임없이 태양계 내부를 향해 접근하면서 가속도를 더하며, 끓어올랐다.

끓어올랐다! 휘발성 화학물질이 분출하고 먼지와 얼음 결정이 함께 뿜어졌다. 이제 혜성의 주변에는 반짝이는 안개구름이 형성됐다. 안개구름은 혜성을 열기로부터 보호해주는 대신, 수천 세제곱킬로미터 범위의 햇빛을 지속적으로 흡수했다가, 혜성의 핵을 향해 열기를 반출했다. 모든 방향에서 말이다.

핵 표면에 가해진 열이 내부로 흡수되면서 더 많은 가스가 마치 우주선의 제트 엔진처럼 분사됐다. 분출되는 가스는 혜성의 진로를 이리저리 바꿨다. 혜성이 이동할 때 주변의 덩어리들이 흡착됐다. 혜성은 마치 눈이 먼 듯 방향을 잃고 계속 전진했다. 죽어가는 혜성이 화성을 지났다. 화성 본체만큼이나 거대한 먼지와 얼음 결정의 구름 때문에 혜성의 모습은 분명하게 보이지 않았다.

지구의 망원경으로 봤을 때 그것은 해왕성 주변의 얼룩 정도로 보였다.

3월: 간주

달 표면을 걸어본 우주비행사 가운데 달의 바위를 걸어본 사람은 아무도 없다. 그들이 발을 디딘 모든 곳에는 '흙'만 있었기 때문이다. 달은 지질학적인 긴 시간 동안 끊임없이 유성의 충돌을 겪었고, 그 결과 표면이 가루층이 되었다. 멈추지 않는 일제사격은 몇 미터 두께였던 두꺼운 표면의 암반층을 산산이 분쇄한 것이다.

－ 존 A. 우드 박사, 스미소니언박물관

프레드 로렌은 망원경을 미세 조정했다. 무거운 삼각대 위에 십 센티미터 반사경이 설치된 대형 망원경이다. 이 아파트는 임대비가 비쌌지만 이곳 이외에는 가능한 위치가 없었다. 아파트에 가구는 싸구려 소파 하나뿐이었다. 그리고 이 큰 망원경이 있다.

프레드는 사 분의 일 킬로미터쯤 떨어진 곳에 있는 어둡게 코팅된 창문을 바라봤다. 그녀는 이제 곧 집으로 올 것이다. 언제나처럼. 아무 일 없이. 그녀는 혼자다. 아무도 그녀를 찾아오지 않는다. 그 생각에 프레드는 두려워졌다가, 다시 속이 울렁거렸다. 그녀가 어디선가 남자를 만난다고 생각한다면? 그들은 함께 식사를 하고 남자의 아파트로 갈 것이다. 어쩌면 지금 어떤 남자가 더러운 손으로 그녀의 가슴을 움켜쥐고 있을지도 모른다. 기계공처럼 털이 부숭부숭하고 거친 손일 것이다. 그 손이 아래로

미끄러져 내려와, 그녀의 매끄러운 아랫배를 거칠게 훑어 내려가면서…… 아니다! 그녀는 그런 여자가 아니다. 그녀라면 결코 다른 사람들에게 그런 일을 허락할 리 없다. 절대 그럴 리 없다.

하지만 모든 여자가 그렇지 않은가. 심지어 어머니도 그랬다. 프레드 로렌은 몸을 웅크렸다. 원치 않던 기억이 찾아왔다. 그가 아홉 살 때였다. 어머니에게 잠자리에 들기 전 기도를 해달라고 찾아갔을 때, 어머니는 침대 위에 누워 있고 그 위에 잭 삼촌이라고 부르던 남자가 올라타 있었다. 어머니는 신음하면서 온몸을 꿈틀거렸고, 잭 삼촌은 침대에서 뛰어내리더니 달려왔다.

"이 조그만 자식, 네 불알을 잘라버리겠다! 구경하고 싶어? 정말 신에게 맹세코 구경하고 싶어? 거기 서서, 똑바로 쳐다봐. 한마디라도 하면 네 고추를 잘라버리겠다!"

그는 구경했다. 그리고 어머니는 남자를 다시 올라타게 하더니…… 창문이 밝아졌다. 그녀가 집에 왔다! 프레드는 숨을 참았다. 그녀가 혼자 왔을까? 혼자?

그녀는 야채가 가득 든 큰 가방을 부엌으로 들고 갔다. 이제 술을 마시겠지. 그녀가 너무 술을 많이 마시지 않으면 좋겠어. 그녀는 지쳐 보였다. 여자가 술을 섞어 마티니를 만들었다. 그녀는 컵을 들고 부엌으로 향했다. 프레드는 망원경으로 그녀가 움직이는 방향을 쫓지 않았다. 대신 자기 자신을 괴롭히듯 가만히 기다렸다. 그녀의 얼굴은 세모꼴이고, 광대뼈가 나오고 입이 작으면서 눈은 검고 크다. 머리는 찰랑이는 금발인데 염색을 했다. 그녀의 음모가 검은색인 것을 보고 처음에 깜짝 놀랐었다. 그 작은 거짓말은 용서해주기로 마음먹었다.

그녀는 컵과 유리 스푼을 들고 되돌아왔다. 시내의 선물 가게에서는 은제 마티니 스푼을 파는데, 프레드는 종종 그 물건을 들여다보면서, 그것을 그녀에게 선물하는 상상을 하곤 했다. 아마 그녀의 아파트에 초대받을지도 모른다. 선물을 주기 전까지는 초대받을 일이 없겠지만, 선물을 줘서는 안 된다. 왜냐하면 그녀가 좋아하는 물건을 어떻게 알고 있는지 궁금해할 것이기 때문이었다. 프레드 로렌은 망원경 너머의 그녀를 만지고 싶었지만, 그것은 오직 상상 속에서만 가능했으며, 절망적인 동경일 뿐이었다.

이제, 그녀가 옷을 갈아입을 차례다. 은행에 다니는 그녀는 쓸 만한 외출복이 그다지 많지 않았다. 최근에는 여자들이 바지를 많이 입었고, 그녀가 다니는 은행에서도 여자들에게 바지 착용을 허락했지만, 그녀는 그 따위 지저분한 옷은 입지 않았다. 콜린은 그런 것을 입지 않았다. 콜린. 프레드는 그녀의 이름을 알았다. 자신의 돈을 그녀의 은행에 예치하고 싶었지만, 감히 그럴 수 없었다. 그리고 얼마 전 그녀는 창구 직원에서 승진해서 신규 계좌 개설 담당이 되었다. 프레드는 이제 그곳에서 그녀에게 말을 걸 수 없게 됐다. 그녀가 승진한 것은 자랑스러웠지만, 내심으로는 그녀가 계속 창구 직원으로 남기를 바랐다. 그랬다면 언제든 그녀가 서 있는 은행 창구에 가서…….

그녀는 파란색 코트를 벗어서 하나뿐인 옷장에 조심스럽게 걸었다. 그녀의 아파트는 아주 작았다. 침실 하나, 화장실과 부엌이 딸려 있었다. 잠은 소파에서 잤다. 그녀의 슬립은 너덜너덜했다. 슬립 끈을 꿰매는 모습을 본 적도 있다. 슬립 아래에는 레이스가 달린 검정색 팬티를 입었다. 슬립 너머로 색깔이 또렷하게 보였다. 가끔은 검은색 줄무늬가 있는 분홍 팬티를 입을 때도 있었다. 곧 그녀는 목욕을 할 것이다. 콜린은 목욕을 오래 했다. 만약 목욕 중 문을 두드린다면, 그녀는 문을 열 것이다. 그녀는 타인을 신뢰한다. 언젠가는 벌거벗고 타월 한 장만 두른 채 문을 연 적도 있었는데, 문 밖에는 전화 수리공이 서 있었다. 언젠가는 건물 관리실 직원이 찾아온 적도 있었다. 프레드는 건물 관리실 직원의 목소리를 흉내 낼 수도 있었다. 관리실 직원이 술집에 갈 때 따라가서 옆자리에 앉아서 목소리를 들었던 적이 있기 때문이다. 자기가 가더라도 그녀는 문을 열 것이고…….

하지만 그런 일은 할 수 없다. 만약 그녀가 문을 연다면 자신이 무슨 짓을 할지는 스스로 잘 알고 있었다. 그 후에 벌어질 일도 잘 알고 있다. 그러면 세 번째다. 세 번째 성범죄다. 또다시 그 짐승 같은 놈들과 함께 갇힐 것이다. 프레드는 감옥의 죄수들이 자신을 뭐라고 불렀는지, 자신을 어떻게 다뤘는지를 기억했다. 그는 마치 그녀에게 들킬까봐 걱정하는 것처럼 소리를 죽이며 흐느꼈다. 그녀가 가운을 걸쳤다. 저녁 식사는 오븐 안에 있었고, 그녀는 가운을 입은 채 자리에 앉아 텔레비전을 켰다. 프레드는 허둥지둥 자신의 방에 있는 텔레비전을 켜고 같은 채널로 돌린 후 재빠르게 망원경이 있던 자리로 돌아왔다. 이제 그는 그녀의 어깨 너머를 볼 수도, 그녀가 보는 텔레비전을 볼 수도 있고, 소리를 들을 수도 있었다. 이제 함께 텔레비전을 보는 시간이다. 텔레비전에서는 혜성에 대한 프로그램이 방영 중이었다.

✤

다부진 사내의 손은 크고 부드러웠으며, 보이는 것보다 매끈하고, 강했다. 그 손은 모린 젤리슨의 몸 위에서 교묘하게 움직였다. 모린이 가르릉거렸다. 그녀는 사내를 잡아당겨, 긴 다리로 곡선을 그리면서 휘감았다. 그는 부드럽게 그녀를 밀어내면서 손은 계속해서 바쁘게 그녀를 어루만졌다. 그것은 마치 달착륙선의 제트 엔진 같다. 모린은 이상하고 부조화스러운 이미지를 떠올렸다. 그의 입술이 가슴 위로 재빠르게 움직이며 혀가 표적을 노렸다. 이제 시간이 됐다. 모린은 그의 애무 기술에 대한 잡념을 지웠다. 이제 그의 품에서 자신을 잊을 수 있다. 물론 그는 그렇지 않을 것이다. 그는 언제나 평상심을 잃지 않았으며, 모린이 느끼기 전에 먼저 끝내지 않을 것이다. 그래서 그에게는 의지할 수 있다. 그리고 이제 더는 생각할 수가 없다. 계속해서 떨려오는 감각의 물결 때문에…….

그녀는 매우 먼 곳까지 휩쓸려 간 상태로 생각의 끈을 놓았다가, 간신히 정신을 차렸다. 그들은 함께 누워 서로 숨을 섞었다. 마침내 그가 그녀 위에서 몸을 풀었다. 모린은 그의 머리카락 한 줌을 움켜쥐고 얼굴을 잡아당겼다. 우주비행사들은 대개 키가 작은 편이었다. 서 있을 때 그녀와 그는 키가 비슷했고, 그녀의 몸 위에 엎드리면 머리가 그녀의 목젖에 닿았다. 모린은 몸을 구부려 그에게 입맞춤하고, 만족스러운 한숨을 내쉬었다.

하지만 이제 그녀의 생각이 다시 정상으로 돌아왔다. 내가 그를 사랑한다면 좋을 텐데. 그녀는 스스로에게 물었다. 왜 사랑하지 않지? 그가 너무도 강인하기 때문에?

"조니? 당신, 혹시 자제심을 잃어본 적 있어요?"

그는 잠시 생각하더니 대답했다.

"해병대 출신 우주비행사 존 글렌 알지? 그에 대한 재미있는 이야기가 있어."

그는 몸을 반 바퀴 굴려 팔꿈치로 몸을 기댔다.

"훈련 기간 중에는 우주에서 겪을 수 있는 상황을 미리 발생시키고 의료 요원들이 반응을 측정하는 실험이 있지. 그들은 존 글렌에게 심박과 발한을 측정하는 장치를 부착했어. 그리고 제미니 우주 시뮬레이터에서 훈련 받는 도중에 갑자기 존 글렌의 바로 뒤에 엄청난 양의 쇳덩이를 투하했어. 훈련실 전체가 쩌렁쩌렁 울릴 정도로. 그런 상황이 계속 반복됐지. 글렌의 심박은 무섭게 올라갔어!"

조니가 손가락으로 인디언 천막처럼 뾰족한 선을 그렸다.

"하지만 그는 흠칫 놀라지도 않았어. 모든 과정을 차례로 통과한 다음에야, 마침내 입을 열고 담담하게 말했어. '깜짝 놀랐잖아, 씨발 새끼들.'"

모린이 웃음을 터뜨렸다. 조니 베이커는 잠시 후에 조금 가라앉은 목소리로 말했다.

"우리 이러고 있으면 안 되잖아. 텔레비전을 보려면 지금 일어나야 해."

그는 자리에서 먼저 일어났다.

"그래요, 먼저 씻어요."

"그러지."

조니는 허리를 숙여 다시 모린에게 입맞춤을 한 뒤 침대에서 일어났다. 모린은 샤워기의 물소리를 들으며, 함께 샤워장에 들어갈까 망설였다. 하지만 지금 그는 그럴 기분이 아닐 것이다. 하지 말아야 할 말을 했기 때문에, 지금 망가진 경력에 대해 생각하고 있을 것이다. 본인의 실수가 아니라 미국이 우주 계획을 중단하면서 망가져버린 경력 말이다. 그녀는 그가 자신을 위해 챙겨둔 가운을 발견했다. 배려. '우리 이러고 있으면 안 돼'. 한 번에 한 가지씩, 그리고 완벽하게. 그것이 조니 베이커다. 궤도상에서 공전하다가 고장 난 스카이랩에 올라가 수리를 하든, 연인과 정사를 벌이든, 그는 항상 확실했고, 절대 서두르지 않았다.

처음 만났을 때 조니 베이커는 휴스턴 우주센터에서 젤리슨 상원의원의 연락 담당관으로 근무하고 있었다. 그에게는 부인과 십대인 두 아이들이 있었고, 아주 완벽한 신사였다. 조니는 상원의원이 급한 출장을 갔을 때 모린을 식사에 초대했고, 상원의원이 워싱턴에서 근무하는 한 주일 동안 모린의 일행을 챙겨주고, 플로리다의 로켓 발사기지도 데려가줬다. 그는 완벽한 신사였다. 두고 온 지갑 때문에 모텔 방으로 돌아갔던 때까지는 말이다. 그리고, 아직도 누가 누구를 유혹했는지 확실하지가 않다. 모린은 결혼한 남자와는 잠자리를 함께하지 않는다. 그리고 사랑하지 않는 남자와 잠자리를 하는 것도 좋아하지 않는다. 하지만 사랑과 별개로 그에게는 도저히 저항할 수 없는 뭔가가 있었다. 그는 목표가 분명했고 문제를 해결해가며 목표를 달성해나가는 추진력이 있었다.

그리고 나는 젊었고, 한 번 결혼을 했었고, 순결 서약 따위를 하지 않았으며, 그리고 제기랄 지금 도대체 무슨 생각을 하고 있는 거람! 모린은 침대에서 빠르게 일어나 텔레비전을 켰다. 상념의 사슬을 깨뜨리기 위해서였다. 하지만 난 화냥년은 아냐. 마침내 그는 다음 주에 이혼한다. 하지만 그건 나와 상관없는 일이다. 그의 부인은 아무것도 모른다. 지금도 아무것도 모른다. 조니가 굳이 부인과 헤어질 이유도 없었다. 그녀에게 알려주지 않은 것이 내 책임이라면 그럴 수도 있지만, 아무튼 그녀는 아무것도 모른다. 그녀와 나는 여전히 좋은 친구다. 그녀가 전에 이런 이야기를 했었다.

"이제 그는 예전과 같은 사람이 아니야. 우주 비행 임무를 마친 후부터. 이전에도 이곳에서의 근무와 훈련이 워낙 힘들었기 때문에 그 사람은 항상 힘들어했고, 나는 그의 아주 작은 부분만 소유했어. 아주 작은 부분이지만, 그래도 내 몫이 있었지. 그는 기회를 얻고 모든 것이 잘 풀려서 영웅이 됐어. 그리고 나는 내 몫의 작은 부분도 잃었지."

하지만 그게 아니다. 그녀는 이해하지 못하겠지만 나는 이해한다. 그건 우주 비행 임무에서 돌아왔기 때문이 아니라, 더 이상 아무런 임무가 없기 때문이에요. 만약 당신이 조니라고 생각해봐요. 이제까지 한 가지 목적을 위해 훈련을 받으며 삶을 바쳤는데 더 이상 그 일이 필요 없어져 버렸다면 어떤 심정일지.

삶의 목적. 팀 햄너는 그것이 있었다. 조니도 마찬가지다. 나도 그런 목적을 한 조각이라도 빌려오고 싶다. 하지만 이제 보라. 조니는 삶의 의미를 잃었고, 모린 젤리슨의 삶에서 가장 중요한 것은, 어느 멍청한 워싱턴의 귀부인과 싸우는 것이다.

그 생각이 날 때마다 짜증이 솟구쳤다. 워싱턴의 애너벨 콜은 자유분방한 여자였다. 육 개월 전 그녀의 이슈는 달팽이의 멸종 위기였다. 앞으로 육 개월 후에는 오스트레일리아 원주민 예술의 쇠퇴 위기를 문제 삼을지도 모른다. 그리고 이 모든 나쁜 문제의 근본적인 이유는 다른 무엇도 아닌 남자들 때문이라고 했다. 사람들은 그다지 신경 쓰지 않았다. 감히 신경을 쓰는 사람도 없었다. 애너벨 콜의 파티에서 결코 무시할 수 없는 규모의 세계적인 비즈니스가 이루어지기 때문이다.

그날 밤, 애너벨은 모린의 손목을 붙들고서, 의회에 인공 자궁 연구 예산을 대줄 것을 요청하겠다며, 아버지의 지원을 부탁했다. 여성이 갑작스러운 신체 변화에 의해 수 개월간 노예 상태에 머무는 것에서 해방되자는 것이다.

그리고 모린은, 아이를 가지는 건 성행위의 결과니까, 만약 아이를 갖고 싶지 않다면 섹스를 끊으면 된다고 했다. 정확하게 그렇게 말했다. 그리고 나는 아직까지 아이를 가지지 않았다고!

어쩌면 상원의원은 딸의 재치 덕택에 중요한 사람 몇 명과 연락이 끊겼을지도 모른다. 하지만 모린은 이 상황도 충분히 대응

할 수 있다. 육 개월쯤 후 애너벨이 새로운 시빗거리를 만들었을 때, 모린이 파티를 열고 애너벨이 만나야만 하는 사람들을 초청하는 것이다. 모린은 이 상황까지 계산해뒀다. 모린의 문제가 바로 그것이다. 애너벨 콜과 싸우는 것이 현재 자신의 인생에서 가장 의미 있는 일이라니!

조니가 말했다.

"마실 것 좀 만들어둘 테니 샤워하고 나와. 금방 방송이 시작할거야."

"그래요."

그녀는 대답하면서 생각했다. 저 남자와? 저 남자와 결혼하자. 그리고 새로운 경력을 찾아내도록 격려하자. 행정가로 성공할 수도 있고, 경험을 살려 책을 쓸 수도 있다. 무엇이든 일단 시도만 하면 좋은 성적을 낼 수 있을 것이다.

하지만 왜 내 스스로의 목표는 세우지 못할까?

그 방은 누가 보아도 남자의 방이었다. 책과, 베이커가 탑승하고 있던 전투기 모형과, 날개가 부러진 스카이랩 모형이 있었다. 그리고 부피 큰 우주복을 입은 남자가 스카이랩의 날개 위를 기어가는 그림이 액자에 걸려 있었다. 그림 속의 남자는 얼굴이 보이지 않는 외계인 같았는데, 우주선에서 연결된 부분이 하나도 없었다. 한순간이라도 실수하면 세상에서 가장 외로운 죽음을 맞이할지도 몰랐다. 그림 아래에는 나사의 메달이 걸려 있었다.

과거를 기념하는 물건들이다. 하지만 모두 과거의 물건들뿐이다. 기약 없이 연기된 스페이스 셔틀의 사진은 없었다. 펜타곤에서 조니가 현재 맡고 있는 임무를 보여주는 물건도 없었다. 아이들 사진이 두 장 있는데, 그중 하나에는 배경에 부인의 얼굴도 보였다. 그녀의 짧은 갈색 머리에서 자신감이 느껴졌지만, 표정은 어딘지 불행의 기색이 엿보였다.

조니는 손으로 유리컵을 쥐고 앉아 있었다. 하지만 그는 이미 유리컵과 자신의 손까지 까맣게 잊고 있었다. 모린이 그의 얼굴을 쳐다보는 것도 알아차리지 못했다. 그는 화면에 완전히 집중하고 있었다. 화면 속, 행성의 원형 궤도가 몇 겹 그려진 곳 사이에 포물선 하나가 그려져 있었다. 핼리혜성, 브룩스 혜성, 커닝햄 혜성, 그 외 많은 혜성의 궤도가 겹쳐지면서 포물선이 점점 흐릿해졌고, 그 위로 또렷한 선 하나가 더 그려졌다. 바로 햄너-브라운 혜성이었다. 곤충처럼 생긴 큰 안경을 낀 남자가 맹렬한 열정을 뿜으며 강의를 했다.

"네, 언젠가는 우리도 충돌하겠죠. 소행성은 아닐 겁니다. 소행성은 궤도가 거의 고정되어 있으니까요. 지구의 궤도와 겹치는 소행성도 있기는 하겠지만, 지금까지 사십억 년의 세월이 흐르는 동안 대부분은 이미 충돌을 끝냈죠. 워낙 옛날이라서, 대부분의 충돌은 분화구 흔적조차 사라졌어요. 달처럼 너무 거대했던 충돌이나 최근의 흔적 몇 가지만 제외하면 말이죠. 하지만 혜성은 문제가 다릅니다."

강연자의 지시봉이 분필로 그려둔 포물선을 따라 움직였다.

"명왕성 너머에 거대한 물질, 어쩌면 아직 발견되지 않은 행성이 있을지도 모르죠. 가칭 페르세포네라는 이름까지 지어뒀습니다. 이 거대 행성이 얼음덩이의 진로를 교란해서, 그 녹아내리던 화학물질의 덩어리가 우리 머리 위로 쏟아질지도 모르는 겁니다. 하지만 혜성이 태양계 내부로 진입하기 전까지는 지구와 충돌할 가능성은 없습니다. 약 일 년쯤 전에는 경고를 받을 수 있겠죠. 어쩌면 좀 더 일찍 알게 될지도 모릅니다. 햄너—브라운을 충분히 연구하기만 한다면 말입니다."

그러더니, 화면이 전환되면서 젊은 여자 하나가 자신은 집과 결혼하지 않았다고 부르짖었다. 이어서 바로 그 이유로 칼바 비누가 새로운 변기 소독제를 개발했다는 설명이 흘러나왔다. 조니 베이커는 미소를 지으면서 현실 속으로 돌아왔다.

"저 강연은 정말 요점을 잘 전달하는군. 그렇지?"

"잘 만들었네요. 이 프로그램 감독인 하비를 만났다는 이야기 했던가요? 혜성을 발견했다는 팀 햄너도 만났어요. 하비를 만났던 바로 그 파티에서였죠. 팀 햄너는 조증에 걸린 듯 들떠 있었어요. 혜성을 발견했기 때문에 아무에게나 자랑하고 싶어 했죠."

조니가 술을 한 모금 마셨다. 그러더니 한참 후, 입을 열었다.

"펜타곤에서는 재밌는 소문이 돌던데."

"어떤?"

"다우니에 있던 친구가 전화를 했는데, 로크웰 사에서 아폴로를 수리하고 있다더군. 빅 버드에 장착된 타이탄 추진기 일부를 분리해서 다른 쪽에 장착한다는 말도 있고. 혹시 들은 것 있나?"

그녀는 술 한 모금을 마셨다. 슬픔이 밀려왔다. 소니가 어제 전화를 건 이유가 이것이었구나. 펜타곤에 6주를, 워싱턴에서 다시 6주를 보내면서도 그녀를 만날 생각이 전혀 없더니. 그리고 나는 그를 놀라게 해줘야지. 깜짝 놀라게 해줘야지.

모린이 말했다.

"아버지가 혜성 연구를 위한 예산 확보를 추진하고 있어요."

"정말로?"

"정말이에요."

"하지만……."

조니의 손이 떨렸다. 그의 손은 절대 떨리지 않았다. 하노이 상공에서 전투기를 조종할 때에도, 미그기에게 절대 기회를 주지 않을 정도로, 조금도 떨지 않았다. 의무병을 부를 시간이 없어 동료 비행사의 부상에서 파편을 적출할 때에도, 동맥이 보일 정도로 깊이 가슴을 절개해 파편을 꺼내고 봉합하면서도 조금도 손을 떨지 않았다. 편대장이 비명을 지르고 베트콩의 공격이 쏟아지던 그 와중에서도 그는 조금도 손을 떨지 않았다. 그런데 지금 그 손이 떨리고 있었다.

"의회가 그 예산을 인정할 리 없지."

모린이 말했다.

"인정할 거예요. 소련에서도 프로젝트를 준비하고 있다더군요. 그들보다 뒤처질 수는 없죠. 그들이 이런 식으로 경쟁한다면 우리의 경쟁 의지도 보여줘야 평화가 유지되니까요. 그리고 일단 경쟁하면, 우리는 이겨요."

"경쟁의 대상이 화성인이든 우주인이든 그건 관심 없어. 가는 사람은 내가 돼야 해. 내가 가야 해."

조니는 스카치위스키를 마저 비웠다. 그의 손이 갑자기 떨림을 멈췄다. 모린은 그 모습에 매혹됐다. 목표가 생기자 즉시 그의 손 떨림이 멎었다. 그 목표가 뭔지는 잘 안다. 그는 우주비행선에 오르기 위해 나를 만났다. 일 분 전까지는 나와 사랑에 빠져 있었지만, 지금은 아니다. 조니가 불쑥 말했다.

"미안하군. 그리 많은 시간을 함께 하지도 못했는데, 이런 문제의 도움을 받게 됐으니 말이야. 나는 당신에게 현행범으로 체포된 셈이야. 내 마음속 열정은 도무지 사그라지지 않아."

그는 얼음이 녹아내린 스카치를 다시 한 번 깊숙이 마셨다. 그는 다시 화면에 집중했고, 모린은 혼자서 상상에 빠졌다. 조니 베이커, 그는 얼마나 교활한 사람일까. 자비롭게도 광고 방송은 금세 끝났고, 이제 카메라는 JPL을 확대해서 보여줬다.

✢

해리 뉴컴은 한 손으로 우편배달 트럭을 운전하면서 허겁지겁 샌드위치의 마지막 한 입을 씹어 삼켰다. 법적으로 점심 식사 시간이 보장되어 있지만, 해리는 그 시간에 점심을 먹어본 일이 없었다. 더 중요한 일이 있기 때문이었다.

실버밸리 목장에는 늦은 오후에 도착했다. 평소처럼 입구 근처의 전망이 잘 보이는 지점에서 멈췄다. 거기에서는 작은 언덕에서 거대한 하이시에라로 연결되는 오솔길이 보였다. 산 정상으

눈이 쌓여 반짝였고 서쪽으로 더 많은 작은 언덕이 늘어서 있었다. 태양은 그의 머리 바로 위에 있는 것 같았다. 그는 입구의 문을 열고 들어가서, 조심스럽게 문을 닫았다. 입구에 있는 커다란 우편함은 그냥 무시하고 지나갔다. 그는 진입로 근처의 석류나무 숲에 차를 세웠다. 처음 한 그루에서 시작한 석류는 아무도 돌보지 않는 가운데 물이 있는 내리막 쪽으로 번식하는 중이었다. 해리가 이 길을 다니기 시작한 뒤로 반 년 동안 눈여겨봤는데, 언제쯤 석류 열매가 언덕 아래 우엉밭으로 굴러들어갈지 궁금했다. 석류가 우엉을 밀어낼까? 그건 해리도 몰랐다. 해리는 도시에서 자랐기 때문이다. 해리는 예전에 도시에서 살았다. 하하! 그리고 만약 다시는 도시를 보지 않고 살 수 있다면 행복하겠다.

그는 어깨에 우편물이 가득 든 가방을 메고 미소를 지으며 눈앞의 작은 집으로 향했다. 벨을 누르고 가방을 내려놓았다. 희미하게 들려오던 진공청소기의 윙윙거리는 소리가 멎었다. 콕스 부인이 문을 열고 나와서, 해리의 가방을 보며 미소를 지었다.

"벌써 '그날'이우? 안녕, 해리?"

"안녕하세요. '기쁜 재활용의 날'입니다, 콕스 부인!"

"그래요, 벌써 '재활용의 날'이네요, 해리. 커피 드릴까?"

"붙잡지 마세요. 공무원 업무 규정에 어긋난단 말이에요."

"신선한 커피인데. 갓 구운 빵도 있고."

"음, 정 그렇다면 어쩔 수 없군요."

그는 옆에 매달린 작은 주머니에 손을 넣었다.

"아이다호의 여동생에게서 편지가 왔네요. 그리고 상원의원님에게 온 것도 있고요."

그는 편지를 내밀고, 가방을 어깨에 걸친 후 기우뚱거렸다.

"어디로 갈까요?"

"저녁 먹는 식탁이 꽤 널찍하니까 그리로 가요."

해리는 나뭇결이 사랑스럽게 반들거리는 테이블 위에 가방의 내용물을 쏟았다. 그 테이블은 나무 한 그루에서 통으로 한 조각을 잘라낸 듯한 모양이며 오십 년쯤 묵었을 것이다. 이제는 저런 테이블은 더 이상 만들어지지 않는다. 집사의 집에 저런 가구가 있다면, 언덕 꼭대기의 저택은 도대체 어떨까?

테이블의 나뭇결은 우편물의 홍수에 완전히 뒤덮였다. 자선단체, 여러 정당, 대학교의 기부를 애원하는 편지. 레코드, 옷, 책, 잡지 등을 구입하고 복권을 받아가라는 우편물. '어쩌면 당신은 매주 100달러를 평생 주는 복권에 이미 당첨됐을 수도 있습니다!'라나 뭐라나. 종교 관련 소책자, 정당 팸플릿, 세법 관련 홍보물. 비누, 구강청정제, 세제, 데오도란트 등의 샘플.

앨리스 콕스가 커피를 들고 왔다. 그녀는 겨우 열한 살이지만 이미 아름다웠다. 긴 금발 머리, 푸른 눈동자. 그녀는 사람을 너무 잘 믿는 소녀 같았다. 하지만 이곳, 실버밸리에서는 누구든 믿어도 되며, 아무도 그녀를 괴롭히지 않을 것이다. 실버밸리의 남자들은 대부분 선반에 소총을 걸어뒀는데, 아마 열한 살 여자아이를 건드리는 남자를 처리할 때에도 그 총이 사용될 것이다.

그것이 해리가 이 계곡을 좋아하는 이유 중 하나였다. 폭력을 좋아한다는 뜻은 아니다. 해리는 폭력을 싫어한다. 하지만 이들의 폭력은 단지 위협일 뿐이다. 선반에 걸린 소총을 꺼내는 이유는 주로 사슴 사냥을 위해서다. 주로 사냥 허가철에, 그때가 아니라도 목장 일꾼들이 배가 고프거나 또는 사슴이 작물을 망칠 때 등에 말이다.

콕스 부인이 빵을 가져왔다. 해리가 규칙을 무시하고 입구의 우편함이 아니라 집까지 우편물을 직접 배달하는 날에는 사람들이 절반 이상 커피와 음식을 대접한다. 콕스 부인이 내놓는 커피는 마을 최고는 아니지만, 컵만큼은 이 계곡에서 최고다. 반쯤 히피인 우편배달부에게 얇은 본차이나 제품은 너무 과분하다. 처음 이 집에 배달 왔을 때는 문 앞에서 양철 컵에 물을 얻어마셨다. 하지만 지금 그는 고급 테이블에 앉아 본차이나에 담긴 커피를 마신다. 도시 바깥에 살고 싶은 또 하나의 이유였다.

그는 급히 커피를 마셨다. 만나야 할 금발 소녀가 한 명 더 있다. 도나, 그녀는 열여덟 살이며, 합법적인 성인이었다. 그리고 오늘은 그 집도 '재활용의 날'이다. 그러니 도나는 아마 집에 있을 것이다. 해리를 만나기 위해서 말이다.

"실버밸리에 상원의원님이 계시죠?"

"그럼요. 지금은 워싱턴에 계신다우."

그러자 앨리스가 지저귀듯 말했다.

"하지만 곧 돌아오실 거예요."

콕스 부인이 말을 이었다.

"얼른 오시면 좋겠는데. 의원님이 계시면 참 재미있어요. 중요한 사람들이 손님으로 왔다갔다 한다우. 전에는 대통령이 저 저택에서 하룻밤 보낸 적도 있어요. 경호원들이 온 목장을 헤집으면서 난리를 쳤지. 이 계곡 사람들이 대통령을 공격하기라도 할까봐 말이우."

콕스 부인이 웃으며 말했고 앨리스가 키득거렸다. 해리는 약간 못마땅한 표정으로 말했다.

"아주머니가 말하는 상원의원은 그냥 신화 속 등장인물 같아요. 내가 이 길을 여덟 달이나 다녔지만 한 번도 못 봤잖아요."

콕스 부인이 해리를 위아래로 훑어봤다. 도나의 어머니인 아담스 부인은 도나가 해리에게 관심을 두는 것을 불평했지만, 콕스 부인이 보기에 해리는 괜찮은 젊은이였다. 길게 흘러내린 갈색 곱슬머리는 여자 머리칼 같았지만, 턱수염은 나름 괜찮았고 구레나룻은 예술 작품처럼 훌륭했다. 공식적인 자리에서는 구레나룻을 왁스로 동그랗게 고정하면 좋은 인상을 줄 것이다. 머리를 길러도 좋고. 아무튼 해리는 키가 작고 마른 몸이다. 콕스 부인보다도 덩치가 작았다. 도나는 그의 어떤 점을 매력으로 보는 걸까? 어쩌면 그가 가진 차 때문일지도 모른다. 해리는 스포츠카를 가지고 있다고 했다. 이 동네 청년들은 모두 픽업트럭을 몰고 다니는데 말이다.

"곧 상원의원을 만날 거예요."

콕스 부인이 말했다. 해리는 모르겠지만 그것은 최종 승인 신호였다. 콕스 부인은 상원의원이 만날 수 있는 사람을 아주 조심스럽게 가렸다. 앨리스는 테이블 위에 쌓여 있는 알록달록한 종이 뭉치를 가만히 들춰봤다.

"이번에는 정말 많네요. 얼마 동안 모았어요?"

해리가 대답했다.

"두 주일이란다."

콕스 부인이 말했다.

"정말 고마워요, 해리."

앨리스가 덧붙였다.

"저도 고마워요, 해리 아저씨. 아저씨가 집까지 배달해주지 않았다면, 전부 제가 입구에 가서 가져와야 했을 거예요."

해리는 내리막길을 따라 돌아와 잠시 차를 세우고 다시 하이시에라를 바라봤다. 상원의원의 목장은 아주 넓지만 목장 대부분은 건초지였고, 여기저기에 얼룩다람쥐가 판 구멍이 보였다. 좋은 토지지만 농작물을 키우기에 물이 좀 부족했다. 해리는 팔백 미터 정도 이동해서 다음 목장으로 갔다. 다음 목장의 입구에서는 조지 크리스토퍼가 오렌지 과수원에서 뭔가를 하고 있었다. 서리 피해를 막으려는 것이겠지? 해리가 문을 열자 조지가 터벅터벅 걸어 나왔다. 조지 크리스토퍼는 황소 같은 사내였다. 키는 해리와 비슷했지만 덩치는 두 배, 아니 세 배쯤 컸고, 목이 두꺼웠다. 머리가 벗겨지고 피부가 그을었지만 나이는 서른을 조금 넘었을 것 같았다. 그는 체크무늬의 플란넬 셔츠와 검은 바지를 입었고, 장화에는 진흙이 묻어 있었다.

해리는 가방을 내려놓았다. 조지가 인상을 찌푸렸다.

"또 '재활용의 날'이오, 해리?"

그는 해리의 긴 머리와 잘 다듬은 턱수염을 보면서 좀 더 인상을 찌푸렸다. 해리는 답례로 미소를 지었다.

"넵, 즐거운 '재활용의 날'입니다. 시계처럼 정확하게 두 주에 한 번씩이죠. 집까지 가져다 드리죠."

"그럴 필요 없소."

"제가 하고 싶어서요."

조지는 결혼은 하지 않았지만 앨리스 콕스 또래의 여동생이 한 명 있었다. 그녀는 해리와 이야기하기를 좋아했다. 아주 똑똑한 소녀였는데 이야기도 재미있게 잘 해서, 이곳에서 일어난 시시콜콜한 소식을 전해줬다.

"좋소. 개 조심 하시오."

"물론 그럴게요."

해리는 개를 걱정해본 적은 없었다. 조지가 물었다.

"광고업계에서 당신 목에 현상금을 얼마를 걸지 궁금한데."

"'질문에는 질문으로' 교환하죠. 왜 정부는 그 녀석들에게 우편요금 특혜를 제공해서 우리 시간을 낭비시키는 거죠? 게다가 세금 낭비까지?"

조지는 미소에 가까운 표정을 지었다.

"제대로 한 번 문제 제기해보시오, 해리. 기껏해야 실패하기밖에 더 하겠소? 세금을 내는 사람들이 법정 분쟁을 벌여봐야 실패로 끝나고 말겠지. 자, 얼른 들어오시오. 문 잠글 테니."

업무가 끝나고 퇴근 시간이 됐다. 해리는 우체국 뒤편 우편물 분류실로 들어갔다. 그의 사물함 자리에 메모지 하나가 꽂혀 있었다.

— 해리, 늑대인간 울프Wolfe가 찾아요! 지나.

지나는 카운터에 앉아 있는 키가 크고, 뼈대가 굵고 자세가 빳빳한 흑인 여자였다. 해리가 알기로 이 계곡에서 흑인은 그녀 혼자였다. 해리는 그녀에게 가볍게 한 번 눈짓을 하고 상관인 늑대, 아니, 울프의 사무실 문을 두드렸다.

울프가 해리를 차가운 시선으로 바라보며 말했다.

"해리, '즐거운 재활용의 날'이라네."

젠장! 하지만 해리도 함께 미소를 지었다.

"고맙습니다. 울프!"

"장난하나? 해리. 대체 왜 이런 짓을 하나? 상업용 우편물을 따로 분류해서 두 주일이나 쌓았다가 한꺼번에 배달하는 이유가 뭔가?"

해리는 어깨를 으쓱했다. 설명은 해줄 수 있다. 쓰레기 같은 광고 우편물을 배달하는 시간이 너무 많이 걸려, 고객과 정담을 나눌 기회를 잃었고, 그래서 우편물을 쌓아두기 시작했다. 처음에는 그런 이유로 시작했는데 고객들이 모두 그렇게 하는 것을 좋아했다. 하지만 해리는 방어적으로 말했다.

"이렇게 하면 모두가 좋아합니다. 사람들은 우편물을 한꺼번에 다 읽기도 하고, 아니면 벽난로에 통째로 집어넣을 수도 있거든요."

울프가 말했다.

"고객의 우편물을 쌓아두는 것은 불법이야."

해리가 말했다.

"불만을 제기하는 고객의 우편물은 쌓아두지 않았어요. 고객들을 최고로 만족시키고 싶거든요."

울프가 말했다.

"아담스 부인은 만족하지 않던데?"

이런. 제기랄. '재활용의 날'이 없으면 아담스 부인의 딸 도나를 만날 핑계가 사라진다.

"이제 광고 우편물도 규정대로 집하 즉시 배달한다. 몰아서 한 번에 하는 것이 아니라. 알았나? 이제 더 이상 재활용의 날은 금지다."

"알겠습니다. 제가 또 무슨 규정을 이행해야 될까요?"

"수염 밀어. 머리도 깎고."

해리가 고개를 저었다. 그런 규정은 없다.

울프가 한숨을 쉬었다.

"해리, 넌 우체국 직원으로서 기본자세가 틀려먹었어."

아일린의 사무실은 작고 비좁았지만 그녀 전용 사무실이었다. 비서들이 앉는 카운터 뒷자리가 아니라 전용 사무실을 얻기 위해서 몇 년간 노력을 했고 드디어 얻었다. 그 사무실은 그녀가 최소한 비서 이상의 존재라는 것을 증명해줬다.

그녀는 일굴을 굳히고 셰산기 버튼을 눌렀다. 그러다가 갑자기 생각 하나가 떠올라서 큭큭 웃다가 마침내 혼자서 폭소를 터뜨렸다. 잠시 후 아일린은 사장인 코리건이 사무실 입구에서 그녀를 바라보고 있는 것을 깨달았다.

코리건은 그녀의 사무실 안으로 들어왔다. 그는 오늘도 바지의 맨 윗단추를 잠그지 않았다. 그의 부인은 더 큰 사이즈의 바지를 사주지 않는다고 했다. 그의 허리 사이즈가 줄 것이라는 희망을 포기하지 않은 것이리라. 코리건은 허리띠에 엄지손가락을 넣고 고개를 갸우뚱거리며 혼자서 폭소를 터뜨리는 그녀를 바라봤다.

아일린이 웃음을 그치고 다시 계산기를 바라봤다. 지금 그녀는 미소도 짓지 않았다.

코리건이 말했다.

"갑자기 왜 깔깔거리는 거요?"

아일린이 올려다봤다.

"네? 아, 절대 이야기할 수 없어요."

"나를 약 오르게 한 뒤 회사를 지배할 생각이겠지? 당신 의도는 이미 간파됐으니 비밀을 밝히시오!"

코리건이 약을 올렸지만 아일린은 대꾸하지 않았다. 아일린은 전부 아니면 아무것도 없다. 아주 심각하게 일에 몰두하거나, 미칠 정도로 놀거나. 코리건이 한숨을 내쉬었다.

"좋아요. 협상을 합시다. 내 비밀부터 먼저 말해주지. 나는 인테리어 업자들을 불렀소."

아일린이 코리건을 빤히 쳐다봤다.

"알고 있는지 모르겠지만, 로빈 게스톤이 마리나 건의 계약서에 사인을 했거든요."

"아, 그래요? 잘 됐군요."

"그렇소. 이제 더 많은 도움이 필요하다는 뜻이기도 하고. 우선 첫째로, 당신은 부사장으로 승진했어요. 만약 원한다면 말이지만."

"네, 원해요. 고맙습니다."

그녀는 제대로 알아차리기도 전에 켰다가 끄는 전구처럼, 순간적인 미소를 지은 후 책상 위의 계산기로 시선을 돌렸다.

"그럴 줄 알았소. 그래서 인테리어 업자를 부른 거요. 내 사무실 옆방을 당신의 전용 사무실로 꾸밀 거요. 우선 기초 공사를 끝낸 다음, 당신 의견을 물어보려 했소."

코리건은 그녀의 책상 귀퉁이에 몸을 기댔다.

"원래 비밀로 했다가 놀래줄 생각이었는데. 자, 이번에는 당신 비밀을 말해주시오."

아일린이 대답했다.

"잊어버렸어요. 그리고 지금은 사장님이 베이커스필드에 들고 가서 발표할 견적 자료를 작성해야 돼요."

"좋소."

코리건이 대답했다. 그는 패배해서 자기 사무실로 돌아갔다.

만약 코리건이 비밀을 알았다면 무슨 표정을 지을까. 아일린은 계속 키득키득 웃고 싶었지만 간신히 참았다. 코리건을 놀릴 생각은 없었다.

그래, 난 로빈 게스톤과 그 짓을 했지. 로빈은 쐐 괜찮았다. 테크닉이 아주 뛰어난 것은 아니었지만, 그런 척하지도 않았다. 그는 다시 한 번 만날 것을 요구하면서 이렇게 말했다.

"사랑에는 연습이 필요하오. 두 번째는 언제나 첫 번째보다 낫기 마련이기도 하고."

다시 만날지는 모호하게 끝냈다. 어쩌면, 어쩌면 언젠가 나중에 다시 이야기하게 될지도 모른다. 하지만 이야기하지 않을 가능성이 더 크다. 그리고 로빈은 자신이 기혼이라고 분명하게 말했다. 그 이전까지는 짐작만 했었다.

그 자리에서는 비즈니스 관련 대화는 하지 않았다. 그러나 로빈은 코리건 배관자재회사와 대형 계약을 체결했다. 그건 흥미롭다. 로빈은 계약을 즉시 체결하지 않고 질질 끌면서 지연시킬 수 있었다. 만약 그랬다면 그녀는 로빈과 다시 만나는 문제에 대해 좀 더 관심을 가졌겠지? 아무튼 로빈은 계약서에 서명했다.

그 생각을 하며 아일린은 숫자를 계산하고 서류를 정리하다가, 갑자기 궁금해졌다. 대체 내가 하는 일이 배관 공사와 무슨 관계가 있지? 파이프를 만드는 것도 아니고, 배관을 설계하지도 않고, 낡은 파이프 제거도 하지 않으며, 설치 공사에 참여하지도 않는다. 그냥 서류만 만질 뿐이다. 물론 서류는 중요한 업무다. 만약 실수로 또는 악의로 조그만 오차 하나만 내면 대혼동이 생길 것이다. 그녀가 펜 끝 한 번 잘못 놀리면 수천 톤의 자재가 지구 반대편으로 배달될 것이다. 하지만 그녀의 업무는 문명을 지탱하는 기반을 창조하는 것이 아니다. 소득세 관리나 디젤기관차에 탑승하는 소방관처럼, 문명의 보조 역할일 뿐이다.

코리건은 그녀가 갑자기 폭소를 터뜨렸던 이유를 하루 종일 궁금해할지도 모르지만, 차마 이야기를 해줄 수는 없었다. 갑자기 떠오른 생각이었기 때문에 예상할 수도 저항할 수도 없어서 혼자 미친 듯이 웃었던 그 이유를 말이다. 그날 밤 그녀가 로빈 게스톤과 했던 그 짓이야말로, 이 회사에서 근무했던 이래 가장 파이프 작업에 가까운 것이 아니었던가!

⚜

앞으로 몇 시간 동안은 자동차 도난 신고가 들어가지 않을 것이다. 나소르는 확신이 있었기 때문에, 그 차에 십 분간 더 앉아 있었다. 나는 위대한 사람이었다. 이제 다시 한 번 위대해질 것이고, 그때를 대비해서 지금 하는 일은 몰래 해야 한다.

위대해지기 전에는 조지 워싱턴 카버 데이비스라는 이름을 사용했다. 그의 어머니는 그 이름을 자랑스러워했다. 그녀는 그들의 성씨를 제퍼슨 데이비스*에게서 따왔다고 했다. 그 백인 놈은 꽤 터프한 자식이기는 했지만 아무튼 패배자였고 이름 속에 어떤 힘도 들어 있지 않다. 예전부터 거리에서 그를 부르던 별명은 몇 가지가 있었지만 어머니는 어느 것도 좋아하지 않았다. 그는 어머니에게 쫓겨난 후 스스로 자신의 이름을 지었다.

앨림 나소르! 아라비아어와 스와힐리어에서 현명한 지배자를

---

* 남북 선생시 남무 년압 내통령.

의미했다. 뜻을 이해하는 사람은 많지 않지만, 무슨 상관인가? 이 이름 속에는 힘이 있었다. 나소르라는 이름을 가진 후, 조지 워싱턴 카버가 평생 가져보지 못했던 강력한 힘을 얻었다. 그의 이름은 신문에도 나왔다. 그는 시청의 높은 층에서 일하는 사람들도 만날 수 있었다. 그가 스위스 칼과 숨겨둔 면도날과 허리띠에 찬 체인으로 폭동을 진압했던 날 이후부터는 그럴 수 있었다. 거친 사내들에게는 연방 정부가 얼마든지 돈을 줬다. 흰둥이 놈들이 돈을 삽으로 퍼서 줬다. 흑인들의 슬럼가가 잠잠할 수만 있다면 뭐든지 줬다. 그것은 정말 좋은 공생관계였지만, 아쉽게도 끝이 났다. 그는 나직하게 저주를 퍼부었다.

앨런 시장. 로스앤젤레스에서 흑인 시장이 선출됐고, 곧 그의 커넥션이 끊겼다. 시 의회에는 새로운 사람들이 들어섰다. 그리고 멍청한 흑인 의원 하나가 자신의 직위만으로 만족하지 못하고 온갖 친척들을 지역사회 공공기관의 봉급을 받게 했고, 망할 놈의 텔레비전 기자가 그 사실을 알아냈다. 정계의 흑인들은 이제 눈처럼 깨끗해지려고 했고, 누구도 나소르와 이야기하려고 하지 않았다. 그래서 공생관계는 끝이 났고, 새로운 일을 시작했다. 모두 열한 건을 해치웠는데 건마다 모두 깔끔하게 끝냈다. 그리고 그들이 벌어들인 것은, 지난 사 년간 이십오만 달러? 장물아비를 거치면 십만 달러도 안 되는 액수다. 네 명의 남자가 지난 사 년간 번 돈은 각각 이만 달러에 불과하다. 그건 월급보다 적다! 상당 부분은 변호사 수수료로 준비해둬야 하는데, 일 년에 고작 오천 달러라고?

열두 번째는 실패했다. 이번은 열세 번째다. 이번 건은 오래 걸려서는 안 된다. 이 상점은 규모가 굉장히 크다. 나소르는 시간을 확인했다. 방금 두 명의 손님이 떠났고, 거리에는 아무도 없었다. 이번 건은 그다지 유쾌하지 않았다. 나소르는 형제를 터는 것은 좋아하지 않았다. 흰둥이 놈들을 빼앗는 것은 공평한 게임이지만, 흑인 형제는 건드리지 말아야 한다. 이제까지 그의 패거리에게도 그렇게 명령했다. 그러니 그의 부하들이 뭐라고 생각하겠는가? 하지만 선택의 여지가 없었다. 어차피 한다면 빨리 움직여야 한다.

이 상점을 오래전부터 눈여겨봤지만 비상시를 대비해서 아껴 두었다. 그리고 지금이 바로 비상사태였다. 흰둥이 변호사가 자신의 상황을 해결해주기는 하겠지만, 당장 돈을 내라고 할 것이다. 미치겠다. 강도 혐의를 벗겨주려는 변호사의 수임료 때문에 강도질을 해야 한다니. 언젠가 이 상황은 달라질 것이다. 나소르가 이 상황을 바꿔놓을 것이다.

이제 거의 시간이 됐다. 2분 전 그의 형제 하나가 열 블록 전방에서 교통신호를 위반하면서 도로 한가운데에 차를 세웠고, 덕택에 순찰차는 거기 붙들려 있을 것이다. 또 다른 경찰차 한 대는 20분 전 다른 형제 하나가 일으킨 '가족 간의 분쟁' 현장에 가 있을 것이다. 이 지역에는 경찰차가 두 대밖에 없다. 흑인 거주지는 백인 번화가만큼 부지런히 순찰하지 않는다. 흑인들은 거창한 보험도 없고 시청에서 목소리를 높이는 방법도 모르기 때문이다.

가끔씩 나소르는 시내 군데에서 동시에 직진을 펼치고 교통체증을 유발시키기도 한다. 철모르는 놈들에게 한 푼씩 쥐어주고 차도에서 뛰어놀라고 하면 된다. 나소르는 타고난 리더였다. 그는 청소년 시절 이후 한 번도 경찰에 잡힌 일이 없었다. 바로 지난번을 제외하고는 말이다. 세탁소에서 걸어 나오던 그놈이 비번인 경찰이라고 누가 생각했을까. 지금도 그때 그 자식을 쏘는 편이 차라리 나았을지도 모른다고 생각하고는 한다. 아무튼 그는 쏘지 않았다. 골목으로 뛰면서 총과 마스크와 가방을 개천에 내버렸는데, 이 부분은 변호사들이 적당히 해결했다. 유일한 다른 증거는 백인 신발가게 주인에게 목격됐다는 것인데, 그의 증언을 막는 방법은 여러 가지가 있을 것이다.

시간이 됐다. 나소르는 차에서 내렸다. 그는 얼굴처럼 생긴 마스크를 썼다. 삼 미터 밖에서 보면 마스크인 줄 모를 것이다. 그는 총을 점퍼 속에 넣었다. 일을 끝내면 오 분 안에 마스크와 점퍼는 내버릴 것이다. 나소르는 침착하게 기분을 가라앉혔다. 과거와 미래에 대한 생각도 접어두었다. 그리고 교차로의 횡단보도를 건넜다. 사람들의 관심을 끌 만한 행동도 하지 않았다. 상점에는 지금 손님도 없었다.

나소르는 조용히 안으로 들어갔다. 아무 문제도 없었다. 그는 돈을 챙겨 바깥으로 걸어 나왔다. 그때 다른 형제 하나가 걸어 들어왔다. 나소르가 지난 몇 년간 알고 지내던 사내였다. 도대체 이 자식이 여기에 왜 온 거지? 동쪽 이민자 구역인 보일하이츠에 사는 녀석이 이렇게 남쪽으로 올 이유가 없다! 제기랄! 저 형제는 내가 누군지 알 것이다. 내 걸음걸이만 보고도 느낌으로 나를 알아차릴 것이다. 결심이 서기까지 몇 초가 걸렸다. 나소르는 돌아서서 방아쇠를 당겼다. 확인 사살을 위해 한 발을 더 쐈다. 사내는 쓰러졌다. 늙은 상점 주인의 눈이 두려움으로 커졌다. 나소르는 다시 세 발을 더 쐈다. 강도짓을 한 번 더 하는 것은 큰 문제가 되지 않겠지만 살인은 경찰이 강력하게 파고들 것이다. 그러면 목격자를 남기지 않는 것이 좋다. 안됐지만 어쩔 수 없다.

나소르는 빠르게 걸어 나왔다. 길 건너편에 있는 훔친 차를 타는 대신 빠른 걸음으로 반 블록을 걸어 골목길을 가로질러 다른 거리로 나왔다. 그의 팔에는 원시시대로부터 유전으로 물려받은 얼얼한 황홀함이 남아 있었다. 원시인은 몽둥이를 사용했고, 인류가 진화하는 동안 몽둥이는 총으로 진화했다. 겨냥한 뒤 갈긴다! 그리고 만약 적이 얼굴을 볼 만큼 가까이 있다면, 한 방으로 죽일 수도 있다. 그것이 힘이다! 이 얼얼한 황홀함에 집착하는 사람도 적지 않다. 그의 형제, 같은 흑인일 뿐만 아니라 어머니도 똑같은 진짜 형제가 차에서 기다리고 있었다. 나소르는 차에 올라탔다. 그들은 제한 속도로 달렸다. 남의 시선을 끌지 않을 만큼 느리게, 그렇지만 경찰에 쫓기지 않을 만큼 빠르게.

나소르가 말했다.

"두 명을 제거할 수밖에 없었어."

동생 해롤드가 움찔 놀랐지만, 목소리는 냉정했다.

"안됐군. 누구였소?"

"별로 중요한 사람은 아니었어."

3월: 두 번째

대부분의 천문학자들은 혜성이 태양계 및 그 주변 행성으로 이어지는 성간의 절반쯤을 감싸는 거대한 구름을 형성하고 있다고 예상했다. 네덜란드의 천문학자이며 성간 구름에 본인의 이름을 붙이기도 했던 J. H. 오르트는 그런 구름들이 1천억 개의 혜성으로 이루어졌다고 예상했다.

—브라이언 마스든, 스미소니언협회

출연자 대기실의 접대는 아주 훌륭했다. 잔이 반쯤 비기만 하면 깜짝 놀랄 만큼 예쁜 여자 근무자와 안내인 두 사람이 얼른 잔을 채워줬다. 그래서 팀 햄너는 생각보다 많은 술을 마셨다. 내가 이제 아놀드와 대화를 나눌 수준의 사람이라는 건가? 아놀드는 베스트셀러 작가였지만 자기가 책으로 쓰지 않은 이야기는 이해하지 못했다. 그는 햄너—브라운이 육안으로 관측될 것이라는 말을 제대로 이해하지 못했고, 브라운이 누군지만 궁금해했다.

팀은 대기실의 모니터로 무대를 지켜봤다. JPL의 샤프 박사가 혜성에 대해 열변을 토했고, 사회자 또한 천문학 지식이 상당해 보였다. 또 다른 게스트는 20년 전에 가슴 보형물을 영어사전의 새로운 어휘로 추가시킨 중년 부인이었다. 그녀는 계속 분위기에 맞지 않는 농담을 던졌는데, 이미 꽤 술에 취했다. 그녀의 예명이 기억났다. 메리 제인이었다. 하지만 이제 누구도 그녀를 그 이름으로 부르지 않는다. 그 정도 나이, 그 정도 체중의 여자에게 붙이기 우스꽝스러운 이름이다.

안내인이 팀에게 무대에 오르라는 신호를 보냈다. 계단을 내려가는 동안 팀은 무대 공포증의 극한을 경험했다. 계단은 막상 걸어 내려가 보니 그렇게 가파르지 않았다. 그가 무대에 내려서자 사회자인 제이크가 매끄럽게 소개를 했고, 청중의 박수가 쏟아졌다. 사회자는 팀에게 질문을 건넸다.

"어떻게 혜성을 발견하셨나요? 저도 한 번 해보고 싶은데요."

그는 아주 진지한 표정이었다. 팀이 대답했다.

"시간이 없을 겁니다. 몇 년은 걸리는 일이거든요. 때로는 몇십 년도 걸립니다. 발견한다는 보장도 없고요. 망원경을 집어 들고, 망원경으로 보이는 하늘을 기억해야 합니다. 아무것도 없는 허공을 바라보면서 매일 밤 추위에 떨어야 하죠. 산 정상의 관측소는 아주 춥거든요."

메리 제인이 뭐라고 말했다. 사회자는 흠칫했지만 반응하지 않았다. 이어폰을 낀 음향 담당이 사회자에게 괜찮다는 신호를 보냈다. 사회자가 물었다.

"혜성을 소유하신 기분이 어떠신가요?"

팀이 반사적으로 대답했다.

"혜성의 절반만 소유했을 뿐이죠. 하지만 기분은 정말로 좋습니다."

그러자 샤프 박사가 말했다.

"그렇게 오래 소유하지는 못할 겁니다."

팀이 놀라서 물었다.

"뭐라고요? 무슨 말이오?"

"이제 곧 혜성은 소련의 소유물이 될 거요. 곧 소유즈 위성을 발사해서 우주 공간에서 근접 관측을 할 텐데, 그러면 혜성은 소련의 소유가 되는 겁니다."

그건 끔찍하다. 팀이 물었다.

"하지만 우리도 뭔가를 할 수 있지 않습니까?"

"물론이오. 우리도 아폴로 우주선이나 그보다 더 대형 장비를 발사할 수 있죠. 우리 주변에도 뒹굴면서 녹슬어가는 장비가 많이 있소. 심지어 준비 작업도 해뒀습니다. 문제는 돈이 없다는 겁니다."

그러자 사회자가 말했다.

"돈만 있다면, 우리도 뭔가 발사할 수 있다는 말씀인 거죠?"

"그렇소. 그리고 우주에서는 지구가 혜성의 꼬리를 통과하는 것을 관측할 수 있습니다. 미국인들이 더 이상 기술에 관심을 갖지 않는 것은 부끄러운 일입니다. 텔레비전만 잘 작동하면 된다는 듯 행동하지요. 우리의 생활을 지탱하고 있는 것에 대해 누구도 이해하지 못하는 현실을 진지하게 생각해본 적 있으십니까?"

샤프는 스튜디오 주변을 가리키며 극적인 제스처를 취했다. 사회자는 가정주부 중에도 취미로 컴퓨터를 사용하는 사람이 있다고 반론하려다가 마음을 바꿨다. 방청객들이 샤프 박사의 말을 경청하는 모습이 눈에 들어왔기 때문이었다. 방청객들은 조심스러운 침묵을 지키고 있었고, 그 침묵은 반드시 존중해야 한다.

방청객들은 샤프 박사의 말을 듣고 싶어 하고 있었다. 어쩌면 오늘 방송은 아주 훌륭할지도 모른다.

샤프가 말했다.

"텔레비전뿐 아닙니다. 책상을 보시오. 포마이카로 되어 있습니다. 포마이카가 뭔지, 어떻게 만드는지 아시는 분? 연필은 어떻게 만드는지 아십니까? 페니실린의 원리까지는 바라지도 않습니다. 우리 삶은 그런 물건에 의존하고 있지만, 우리 중 누구도 그것의 원리를 알지 못합니다. 심지어 저도 그렇습니다."

메리 제인이 끼어들었다.

"난 항상 브라자 끈을 탱탱하게 만드는 원리가 궁금했어요."

사회자가 다시 샤프에게 초점을 돌렸다.

"하지만 샤프 박사님, 혜성을 연구하면 뭘 얻습니까? 그 결과가 우리 삶을 어떻게 바꿀까요?"

샤프가 어깨를 으쓱했다.

"바꾸지 못할 수도 있습니다. 좋은 연구란 어떤 것인지에 대한 질문인데요, 어떤 식으로든 보답은 찾아온다고밖에 대답을 못하겠군요. 우리 기대와 전혀 다른 방식일 수도 있소. 우주 연구를 통해 새로운 의학 기술을 얻을 줄 누가 알았겠습니까? 비행사를 위해 개발한 신기술이 수천 명의 목숨을 살렸죠. 제이크, 로마클럽이라고 들어본 적 있소?"

제이크는 로마클럽이 뭔지 알지만, 대부분의 청취자들에게 전달할 필요가 있을 것이다. 제이크가 말했다.

"그들은 컴퓨터 시뮬레이션으로 사연 자원의 향후 이용 가능

기간을 분석했지요. 인구 성장률이 0이라 하더라도 자원은……."

샤프가 끼어들었다.

"그들은 지구는 이제 끝났다고 했소. 그건 어리석은 지적이에요. 그들이 진정한 기술의 발전을 방해한다면 우리는 진짜로 끝나는 겁니다. 그들은 금속 자원이 고갈됐다고 말하죠. 하지만 소행성 하나에는 지난 오 년간 전 세계에서 채굴한 모든 광석을 합친 것보다 더 많은 금속이 있고, 그런 소행성은 수십만 개나 있습니다. 가서 자원을 캐오기만 하면 됩니다."

"그게 가능한가요?"

"물론입니다! 지금까지 보유한 기술로도 충분합니다. 제이크, 우주 바깥에는 수프가 비처럼 내리고 있어요. 수프 그릇에 대해 잘 알아야 할 필요조차 없습니다."

스튜디오의 청중들이 갈채를 보냈다. 음향 담당이 재생해낸 환호가 아니라 실제 청중의 환호였다. 사회자는 샤프에게 미소를 보냈고, 프로그램의 나머지 진행 방향을 속으로 결정했다. 그 순간 신호가 떨어졌다. 칼바 비누의 광고 시간이었다. 광고가 끝나자 다시 프로그램이 이어졌다. 샤프는 정말 다이내믹하게 열변을 이어갔다. 그의 마르고 앙상한 손은 풍차처럼 빙글빙글 돌았다. 그의 화려한 수사법 속에서 실제로 풍차도 잠시 언급됐다. 태양이 날마다 배출하는 에너지량이나 스카이랩의 승무원들이 관측한 태양의 플레어에 대해서도 이야기했다.

"제이크, 태양이 뿜어내는 아주 작은 플레어 하나에도 인류 문명을 수백 년은 유지할 에너지가 들어 있어요. 그런데도 그 멍청이들은 파멸을 말하는 겁니다!"

사회자는 팀이 소외되고 있는 것을 깨달았다. 팀을 대화에 끌어들여야 했지만, 막상 팀은 앉은 자리에서 얌전하게 고개를 끄떡이며 샤프의 연설을 즐기고 있었다. 사회자는 샤프를 혜성이라는 주제로 돌려놓기 위해 조심스럽게 말을 꺼냈다.

"샤프 박사님, 소련인들이 햄너─브라운을 근접 관측할 것이라고 했죠? 혜성이 얼마나 가까이 접근할까요?"

"아주 가까울 것입니다. 지구는 혜성의 꼬리를 지나게 될 거요. 혜성의 핵이 지구와 얼마나 근접할지 예측하기 어려운 이유는 이미 말했죠. 하지만 아주 가까운 것은 확실합니다. 운이 좋다면 달만큼 가까이 지날 겁니다."

메리 제인이 말했다.

"그건 운이 좋은 게 아닐 것 같은데요."

사회자가 팀에게 말했다.

"팀, 이 혜성은 당신 소유물인데요, 해머─브라운이 정말 우리와 충돌할 수 있을까요?"

팀이 말했다.

"해머가 아니라 햄너─브라운입니다."

사회자가 웃음을 터뜨렸다.

"아, 제가 해머라고 했나요? 만약 정말로 우리에게 충돌한다면 해머가 되겠죠. 그렇지 않나요?"

샤프가 말했다.

"일다시피요."

사회자가 물었다.

"충돌하면 어떻게 될까요?"

팀이 말했다.

"글쎄요. 혜성 충돌로 분화구가 만들어진 사례가 몇 건 있죠. 애리조나 주의 분화구는 지름이 천육백 미터는 되지요. 남아프리카 브레드포트에는 상공에서 봐야 보일 만큼 큰 분화구도 있고."

샤프가 말했다.

"그리고, 그것들은 아주 작은 분화구들이오."

사람들이 모두 샤프를 쳐다봤다. 샤프가 미소를 지었다.

"허드슨 만이 왜 둥글게 생겼는지 생각해본 적이 있습니까? 동해는 어떻고요?"

생각만으로도 두려운 일이다. 사회자가 물었다.

"그것이 충돌의 흔적인가요?"

"학계에서는 그렇게 보는 사람이 많소. 그리고 달 표면의 우리가 소위 바다라고 부르는 울퉁불퉁한 흔적 말입니다. 그곳은 거대한 소행성이 처음 충돌했을 때는 아마 끓어오르는 용암의 바다였을 겁니다."

팀이 말했다.

"물론 햄너–브라운이 무엇으로 만들어졌는지는 모릅니다."

그러자 메리 제인이 말했다.

"이제는 그것이 뭔지 알아낼 때가 왔군요. 혜성 하나가 충돌하기 전에 말이에요."

샤프가 말했다.

"충돌은 단지 시간의 문제일 뿐이오. 아주 긴 시간을 전제로 한다면 혜성과 지구는 반드시 충돌하게 될 겁니다. 하지만 가까운 시간은 아니겠지요. 햄너-브라운을 걱정할 필요는 없을 것 같군요."

✤

헨리 아미티지는 텔레비전에 출연하는 목사였다. 처음에는 라디오에서 설교를 했는데, 신자 하나가 그에게 천만 달러의 유산을 기부한 덕에 지금은 반질반질한 잡지와 백여 개의 도시에 방송되는 텔레비전 채널, 그리고 패서디나의 방송국 및 잡지사 건물 한 채를 소유하게 됐다. 하지만 아미티지는 잡지 기사의 상당 부분을 직접 썼고, 편집도 직접 했다. 이제 남은 시간이 얼마 없었다. 아미티지는 세계의 모든 재난을 찬양했다. 재난의 의미는 명확했다. 더 큰 기쁨이 오기 위한 신호인 것이다.

예전에 예수의 제자들이 예수에게 물었다.

"우리에게 이르소서, 어느 때에 이런 일이 있겠사오며 또 주의 임하심과 세상 끝에는 무슨 징조가 있사오리이까?"

"예수께서 대답하여 이르시되 너희가 사람의 미혹을 받지 않도록 주의하라. 많은 사람이 내 이름으로 와서 이르되 나는 그리스도라 하여 많은 사람을 미혹하리라."

아미티지는 캘리포니아 인요 카운티에서 이 경구가 경찰의 사건 기록을 통해 나타난 것을 본 적이 있있다.

'맨슨 패밀리, 예수 그리스도로 행세했음.'

"난리와 난리의 소문을 듣겠으나 너희는 삼가 두려워하지 말라. 이런 일이 있어야 하되 아직 끝은 아니니라. 민족이 민족을, 나라가 나라를 대적하여 일어나겠고 곳곳에 기근과 지진이 있으리니."

성경 중에서 아미티지가 가장 좋아하는 부분이 바로 마태복음 24장이었다. 이 구절이 정말로 예수가 살던 시절의 이야기일까? 이 모든 것이 지금의 현실 세상처럼 보였다.

아미티지는 책상에 앉아서 버튼을 눌렀다. 자동으로 패널이 열리면서 텔레비전이 나왔다. 이곳은 고급스러운 환경이다. 삼십 대에 아이다호에서 시작했던 목조 교회의 단칸방과는 아주 다른 환경이었다. 이런 호사스러움이 마음에 걸렸고 아미티지 본인은 평범한 환경을 선호했지만 신도들의 의지는 강력했다.

아미티지는 원고지를 만지작거려 봤지만 영감이 떠오르지 않았다. 겸손하자. 겸손해지기 위해 그는 텔레비전을 켜서 토론 채널로 돌렸다. 토론에 나선 사람들의 교만한 모습을 지켜보면서도 그들을 미워하지 않고 겸손을 유지하는 것이 목적이다. 쉬운 일이 아니다. 어렵다. 어렵다.

아미티지의 관심을 끄는 사람이 하나 있었다. 스포츠 재킷 차림에 팔을 휘저으며 열변을 토하는 호리호리한 사내였다. 그의 웅변은 경탄할 만했다. 저 정도면 훌륭한 전도사가 될 수 있을 것이다. 아미티지는 그가 열변을 토하는 모습과, 그의 열변이 청중들에게 흡수되는 모습에 관심을 집중했다. 그는 혜성에 대해서 이야기하고 있었다. 혜성이라. 천국이 보낸 신호탄인가? 아미티지는 혜성이 자연 현상인 것을 알고 있었지만, 그렇다고 기적이 아니라고 할 수는 없다. 기도로 병을 치료하자 나중에 의사들이 '기적'이라고 설명하는 것을 그는 너무도 자주 봐왔다.

혜성이라. 그것이 지구를 아주 가깝게 스쳐간다. 세상의 종말을 알리는 것일까? 아미티지는 노란 선이 그어진 노트에 낙서처럼 글을 쓰기 시작했다. 세 장을 써내려가다가 문득 좋은 제목이 떠올라서, 다시 맨 첫 페이지를 펼쳤다. 앞으로 두 주 후, 그가 발행하는 잡지가 오십만 가구에 배달될 것이다. 그리고 그 잡지의 표지에는 붉은색의 큰 글씨가 번쩍일 것이다.

"신의 해머."

텔레비전 프로그램에서 쓰기도 좋은 제목이다. 아미티지는 미친 듯 글을 써내려갔다. 마치 사십 년 전 마태복음 24장을 처음 이해한 뒤로 세상의 무관심을 돌려놓기로 결심했을 때와 비슷한 느낌이었다.

신의 해머는 타락한 자들과 악한 자들을 처벌할 것이다. 아미티지의 펜은 멈출 줄 몰랐다.

4월: 첫 번째

바이킹의 분노로부터
우리를 지켜주소서, 주여.
저 거대한 혜성으로부터
우리를 구원하소서, 주여.

– 중세 기도문

하비의 트래블—올이 JPL에 도착한 것과 거의 동시에 팀도 택시를 타고 나타났다. 팀은 운전기사에게 이십 달러를 건넨 뒤 택시를 보냈다. 하비는 속으로 투덜거리면서도 최대한 좋은 표정으로 팀에게 인사를 건넸다.

"웬일이에요?"

팀은 멋쩍어했다.

"하비, 절대 방해가 되지 않게 곁에만 있겠소. 내가 지난번 텔레비전 방송 때문에 샤프 박사를 한 번 만났잖소."

하비가 말했다.

"그 쇼는 나도 봤어요. 샤프 박사는 정말 대단하더군요."

"물론이오. 그래서 한 번 더 그를 만나고 싶을 뿐이오. JPL에 전화를 한 번 해봤는데 마침 오늘 당신의 인터뷰가 예정됐다고 하기에, 나도 함께 가고 싶어서 온 거요."

하비는 속으로 화가 났지만, 후원자로서 그 정도 요구는 할 수 있다.

"그러시죠."

홍보 담당자인 샬린이 기다리고 있었다. 그녀는 방문자들 중 예정에 없던 팀이 있었지만 별말을 하지 않았다. 샤프의 사무실은 크게 변한 것이 없었다. 고급스런 책상 위에는 여러 권의 책이 흩어져 있었고, IBM 컴퓨터의 출력물 대신에 커다란 도표가 있었다. 등장인물은 바뀌었지만 연극은 동일하군.

"앗, 이게 누구신가."

샤프가 팀을 보더니 눈썹을 치켰다.

"후원자께서 당신을 감독하러 함께 오셨군, 하비? 오늘 촬영은 오래 걸리지 않았으면 좋겠소. 연구실에 다음 일정이 있어서 말이오."

하비는 스태프들에게 손을 흔들었다. 카메라맨도 준비를 마쳤고, 마크는 노출계를 들고 주변을 돌아다녔다. 마크는 제법 맡은 일을 잘 하고 있었다. 이제까지의 어떤 일자리보다 더 오래 이 일자리에 붙어 있었다. 마크가 일을 그만둔다면 아쉬울 것이다.

하비가 말했다.

"우주선 준비는 어떻게 진행되고 있습니까? 무사히 잘 작동할까요?"

샤프가 환하게 웃었다.

"아주 잘 진행되고 있습니다. 정말 잘 되고 있소. 젤리슨 상원의원 덕택에 말이오. 우리가 나눴던 대화, 기억하죠?"

"물론이죠."

"네, 젤리슨 상원의원이 바로 그 정치인이오. 그에게 최대한 좋은 여론을 끌어내주면 고맙겠소."

하비는 고개를 끄떡였다. 그리고 스태프들에게 신호했다.

"자, 갑시다."

마누엘이 말했다.

"갑시다!"

마크가 칠판을 들고 걸어 나왔다.

"샤프 박사 인터뷰, 1번."

찰칵. 하비가 말했다.

"샤프 박사님, 아폴로호의 혜성 연구 프로젝트에 대한 비판도 있습니다. 너무 위험하다는 거죠."

샤프가 인정할 수 없다는 손짓을 했다.

"위험하다고요? 과거에 이미 수행했던 프로젝트입니다. 이미 검증이 완료된 추진체와 캡슐이오. 나사의 권고만큼 오래 준비하지는 못했지만, 이 장비를 작동시킬 사람들에게 물어보시오. 우주비행사들에게도 물어보시오. 위험하다고 생각하는 사람은 아무도 없소."

"승무원은 다 결정됐습니까?"

샤프가 카메라를 쳐다보며 미소를 지었다.

"아직 확정되지는 않았습니다. 지원자가 40명이나 되오!"

하비는 질문을 이어갔다. 그들은 아폴로에 탑재될 장비에 대한 대화를 나눴다. 장비의 상당수가 JPL과 캘리포니아 공대에서 준비되고 있었다.

"학생과 기술자들이 돈도 받지 않고 일을 하고 있습니다. 순수한 봉사로 말이죠."

하비가 물었다.

"돈도 받지 않고요?"

"그렇습니다. 일과 시간 중에는 본연의 업무를 하고, 야간에는 아폴로에 탑재할 관측 장비를 꾸리기 위해 추가 근무를 합니다. 초과근로수당도 없이 말입니다."

그거 잘 됐군, 하비는 생각했다. 초과 근무를 한다는 기술자도 몇 사람 인터뷰해야겠다. 꼭 기술자가 아니더라도 상관없다. 학생이나 잡역부도 괜찮다.

"장비를 충분히 싣지는 못할 것 같은데요."

샤프가 동의했다.

"네, 실제로 많이 싣지 못합니다. 원하는 장비를 다 실을 수 없죠. 하지만 충분하지 않은 것은 아닙니다. 필요한 정보를 충분히 얻을 만큼은 준비가 되었습니다."

"좋습니다, 샤프 박사님. 햄너-브라운의 궤도 분석 작업을 하시는 것 같군요. 새로운 사진도 갖고 계신 것 같습니다만……."

"헤일 관측소*에서 사진을 촬영했습니다. 궤도 분석도 했죠. 그래서 혜성이 아주 거대하다는 것은 장담할 수 있소. 역대 혜성 중 태양과 이렇게 멀리 떨어진 상황에서 이 정도로 거대한 코마

---

* 캘리포니아 공대 소유의 전문대로 세계 최대의 전체망원경 보유.

가 관측된 사례는 처음입니다. 눈덩이 속에 아직 얼음이 많이 남아 있다는 의미이기도 하죠. 궤도 분석 결과를 봐서는 이 혜성은 꽤 가까이 접근할 겁니다. 혜성이 적당히 멀리 있을 동안은 멋진 꼬리가 보이고, 혜성이 금성의 궤도 안으로 들어가면 꼬리의 대부분이 사라지지만 나머지 일부는 육안으로도 보이게 될 거요. 그러다 혜성이 태양에 근접하면 지구에서 육안 관측이 어려워지겠죠. 물론 아폴로의 승무원들은 그때쯤 우주에서 아주 선명하게 혜성을 볼 수 있을 겁니다. 혜성이 태양에서 나오면서 지구에 근접하면 혜성이 다시 보이는데, 그때는 하늘 가득 혜성의 꼬리가 보일 겁니다. 대낮에도 혜성의 꼬리를 관측할 수 있는 거죠."

마크가 휘, 하고 휘파람을 불었다. 마누엘이 별로 신경 쓰지 않는 것을 보니, 테이프에 녹음되지는 않은 모양이다. 하비는 마치 자신이 휘파람을 분 것 같은 느낌이 들었다.

사무실 문이 열렸다. 키가 작고 통통하며 멍해 보이는 서른 살이 좀 넘은 남자가 들어왔다. 까만 턱수염을 기르고 두꺼운 안경을 꼈으며 녹색 모직 셔츠를 입었는데, 양쪽 주머니에는 상상 가능한 모든 색깔과 촉의 펜, 그리고 연필이 가득 들어 있었다. 허리 벨트에는 포켓용 계산기가 걸려 있었다.

"아, 죄송합니다. 혼자 계신 줄 알았어요."

마치 큰 죄를 지은 듯한 목소리였다. 그가 나가려고 돌아섰다.

"아니, 아니, 잠시 여기서 이야기 좀 함께 합시다. 자, 댄 포레스터 박사를 소개할게요. 이 분의 직무는 컴퓨터 프로그래머이고, 천문학 박사요. 우리는 이 사람을 '우리의 멀쩡한 천재'라고 부릅니다."

마크가 하비에게 조그맣게 말했다.

"저런 꼴을 한 사람을 천재라고 부른다면 저 사람은……."

하비는 고개를 끄떡였다. 그도 비슷한 생각을 했다.

"포레스터 박사는 햄너-브라운 궤도의 상세 분석을 담당하고 있습니다. 그리고 아폴로의 최적 발사일도 계산 중이오. 주어진 장비 적재 제한과, 또 소모품 제한……."

하비가 물었다.

"소모품이오?"

"음식, 물, 공기 같은 것 말이오. 부피가 크죠. 적재 가능한 총량은 제한되어 있으니까, 소모품을 싣는 만큼 장비를 빼야 합니다. 하지만 소모품은 곧 궤도 체류 시간을 의미하지요. 그래서 포레스터 박사가 이 문제를 연구하는 거요. 장비를 적게 싣고 소모품을 많이 실면 위성을 일찍 발사해서 더 오래 머물겠지만 정보는 적어지고……."

포레스터가 말했다.

"정보가 아닙니다."

그는 여전히 미안해하는 듯한 목소리였다.

"끼어들어서 죄송합니다."

하비가 말했다.

"아닙니다. 무슨 의미인지 이야기해주시죠."

포레스터가 말했다.

"정보는 최대화시킬 것입니다. 우리가 직면한 문제는 정보가 아니라 기초자료입니다. 짧은 시간 동안 다량의 기초자료를 수집할 것인지, 아니면 긴 시간 동안 적은 양의 기초자료를 수집할 것인지 말입니다."

하비가 고개를 끄덕였다.

"아, 알겠습니다. 그럼 햄너-브라운에 대해서는 어떤 정보가 파악됐습니까? 가장 근접했을 때 지구와 거리는 얼마나 되죠?"

포레스터가 미소조차 짓지 않고 대답했다.

"0입니다."

"그, 그렇다면 혜성이 우리 목구멍까지 들어온다는 뜻이오?"

그제야 포레스터는 미소를 지었다.

"그건 아닐 것 같습니다. 0이지만 오차 범위가 존재하죠. 오차 범위는 팔십만 킬로미터 정도입니다."

하비는 안심했다. 그는 다른 사람도 모두 비슷하게 반응한 것을 알아차렸다. 심지어 홍보담당자 샬린까지도. 그들 모두는 포레스터 박사의 말을 아주 심각하게 받아들이고 있었다. 하비는 샤프에게 돌아섰다.

"만약 혜성이 지구와 충돌하면 무슨 일이 생길까요? 불행한 상황을 상상해봅시다."

"혜성의 핵과 충돌하는 상황 말입니까? 그러니까 우리가 혜성의 코마를 통과하는 것은 거의 확실할 겁니다. 코마는 가스와 다름없으니까요."

"네, 핵과 충돌하는 상황을 말하는 겁니다. 무슨 일이 일어날까요? 세계의 종말일까요?"

"아뇨, 그렇지는 않습니다. 그냥 문명의 종말일 뿐입니다."

방 안에 침묵이 흘렀다. 하비가 의아한 목소리로 물었다.

"하지만, 샤프 박사님, 혜성의 핵은 기껏해야 바위조각이 박힌 얼음이라고 하셨잖습니까. 그리고 그 얼음의 실체도 얼어붙은 기체에 불과하고요. 그 정도면 별로 위험하지 않을 것 같은데요."

댄 포레스터가 말했다.

"핵은 여러 조각입니다. 최소한 지금까지의 관측 결과는 그렇습니다. 그리고 이미 분할이 시작됐을 겁니다. 그리고 현재 분할 중이라면 나중에 또 분할할 겁니다. 아마도 말이죠."

하비가 말했다.

"그러면 위험도는 더 낮아지겠군요."

샤프는 생각에 골몰해서 하비가 질문한 것을 깨닫지 못했다. 샤프는 눈알을 굴리며 생각하다가 하비에게 말했다.

"벌써 분할이 시작됐다고 했소?"

포레스터가 웃었다.

"네!"

샤프는 잠시 후에야 하비가 질문했던 것을 기억했다.

"위험도에 대해 물었습니까? 자, 한 번 핵의 실체가 뭔지 알아봅시다. 혜성 내부의 고체가 끓어오르면서 기체를 분출해서 코마도 만들고 꼬리도 만듭니다. 핵 내부의 휘발성 물체는 이미 오래전에 사라지고, 미세 먼지, 거품에 가까운 냉동 상태의 가스, 암석질이 뭉쳐서 구체를 형성하고 있겠죠."

하비는 포레스터를 쳐다봤다. 포레스터는 천사 같은 표정으로 웃었다.

"그렇기 때문에 혜성이 빛나는 겁니다. 가스의 일부가 상호작용만 해도 빛이 나는데, 태양에 근접해서 끓기 시작했을 때의 장면을 상상해보세요!"

샤프는 다시 생각에 잠겼다. 하비가 말했다.

"샤프 박사님? 위험도는……."

"아, 그렇죠. 물론 충돌할 리는 없겠지만, 만약 충돌하면 어떻게 되냐고 물었죠? 핵이 위험한 이유는 그것이 거대하고, 접근 속도가 빠르고, 막대한 에너지를 가지고 있기 때문입니다."

하비가 물었다.

"바위 때문인가요? 그 바위가 얼마나 큰가요?"

바위 때문이라면 이해할 수도 있다. 포레스터가 대답했다.

"그렇게 크지는 않을 겁니다. 이론적으로는 말입니다. 하지만 이론이니까, 짐작일 뿐이지요."

샤프가 다시 정신을 차리고 카메라를 의식했다.

"맞아요. 그래서 탐사선이 필요한 겁니다. 아직 우리는 혜성에 대해 아는 것이 없거든요. 암석질은 크기가 작다고 추측합니다. 야구공만 할 수도 있고, 작은 언덕만 할 수도 있겠죠."

하비는 안도감을 느꼈다. 그 정도면 위험할 리 없다. 작은 언덕 정도라니. 샤프가 말을 이었다.

"하지만 그게 문제가 아닙니다. 암석은 얼어붙은 기체와 액체에 의해 고정되어 있습니다. 그래서 지구에 충돌하는 건 거대한 덩어리 몇 개일 겁니다. 많은 수의 작은 조각이 아니고 말이오."

하비는 잠시 생각을 정리했다. 이번 촬영 분은 편집할 때 앞뒤를 잘 생각해야 할 것 같다.

"여전히 그렇게 위험한 것처럼 들리지는 않습니다. 심지어는 니켈이나 쇠로 구성된 유성조차 지상에 충돌하기 전에 대부분 완전히 불타버리지 않나요? 사실 유성에 맞아 피해를 입었다는 사례는 오직 한 건밖에 없습니다."

"네, 그렇죠. 1954년에 지붕을 뚫고 온 유성에 맞아 엉덩이를 다친 앨라배마 주의 여자 분이죠. 라이프지에 사진이 실리기도 했고요. 허허, 그렇게 끔찍한 상처는 처음 봤소. 법정 분쟁도 있었던가요? 집 주인은 유성이 자기 집 거실에 떨어졌으니 자기 소유물이라고 주장했다던데."

하비가 말했다.

"햄너─브라운은 다른 평범한 유성보다 훨씬 더 강하게 대기권과 마찰할 겁니다. 그리고 그 혜성은 대부분 얼음으로 이뤄져 있으니, 훨씬 더 빠르게 증발하겠죠. 맞습니까?"

하비의 말에 샤프와 포레스터 두 사람 모두 고개를 저었다. 마른 얼굴에 곤충처럼 생긴 안경을 끼고 있는 얼굴과 두꺼운 안경에 덥수룩한 턱수염을 기른 얼굴 모두. 그리고 벽 건너편에서 마크 역시 고개를 젓고 있었다. 샤프가 말했다.

"혜성은 대기권을 무사히 뚫고 진입할 겁니다. 부피가 일정 수준 이상이면 지구의 대기 유무는 별로 의미가 없어요."

포레스터가 무표정하게 말했다.

"우리에게는 중요한 의미가 있지만요."

샤프가 웃음을 터뜨렸다. 그러나 그 웃음은 예의 바르고 조심스러웠다. 샤프가 포레스터에게 상처를 주지 않기 위해 노력하는 듯했다. 샤프가 눈썹을 찡그리며 말했다.

"그에 대해 설명하려면 좋은 비유가 필요하겠군. 음⋯⋯."

포레스터가 말했다.

"핫 퍼지 선데이 아이스크림*이오."

"뭐라고요?"

포레스터가 미소를 지으며 말했다.

"1.6세제곱킬로미터 크기의 핫 퍼지 선데이 아이스크림 말이오. 혜성의 속도로 움직이고 있어요."

샤프의 눈이 반짝 빛났다.

"아주 멋진 비유요! 좋소, 1.6세제곱킬로미터 크기의 핫 퍼지 선데이 아이스크림이 지구에 충돌한다고 칩시다."

이런, 젠장. 점점 이야기가 이상해지는군. 두 사람은 경쟁하듯 칠판으로 나섰다. 샤프가 그림을 그리기 시작했다.

"핫 퍼지 선데이를 만들어봅시다. 한가운데 바닐라 아이스크림이 들어 있고, 그 표면에 초콜릿을 한 겹 씌워서."

숨 죽여 킥킥거리는 웃음소리가 들렸다. 인터뷰 내내 한 마디도 하지 않던 팀이 몸을 구부리고 웃음을 참고 있었다. 팀은 얼굴을 들더니, 웃음을 참느라 숨이 막힌 표정으로 당나귀 울음 같은 목소리를 냈다.

---

* 뜨거운 초콜릿 시럽을 아이스크림의 표면에 씌워서 굳힌 후 토핑을 얹는 디저트.

"참을 수 없소! 내 혜성! 내 혜성이! 1.6세제곱킬로미터의 핫 퍼지, 선데이, 아이스크림이라니……."

포레스터가 샤프의 말을 이어 받았다.

"초콜릿으로 코팅된 해머가 태양에 근접하면 초콜릿이 달아올라 녹을 겁니다."

팀이 말을 끊었다.

"혜성의 이름은 햄너−브라운입니다."

그러자 샤프 박사가 말했다.

"그건 아니오. 지금 이야기하는 것은 1.6세제곱킬로미터 크기의 핫 퍼지 선데이 아이스크림이오."

포레스터가 말했다.

"아이스크림은 아직 초콜릿 껍질 안에서 냉동된 상태입니다."

하비가 말했다.

"하지만 잊어버린 것이……."

"한쪽 극점에 체리 하나를 얹읍시다. 이 극점은 근일점에 도달했을 때에도 여전히 태양빛을 받지 않을 거요."

샤프는 혜성이 태양 주변을 회전하는 모습을 그렸다. 타원체의 축에 놓인 체리는 태양 반대편을 바라보도록 그려졌다.

"이 체리는 햇빛에 닿으면 안 됩니다. 이제 아이스크림에 으깬 땅콩을 듬뿍 뿌려볼까요? 땅콩은 암석질을 상징합니다. 그리고 체리의 크기는 육십 미터라고 할까요?"

마크가 말했다.

"캐나다 왕립 공군이 운반하는 기로 하죠."

"스탠 프리버그! 좋아! 슈우우웅! 텀벙! 이제 텔레비전에서도 만나는 겁니다!"*

"그리고 이제, 아이스크림이 태양을 지나면서 반짝이는 생크림 자국을 남겨놓다가, 마침내 우리 목구멍을 향해 달려들고 있소. 포레스터, 바닐라 아이스크림의 밀도가 어떻게 되죠?"

포레스터가 어깨를 으쓱했다.

"물에 뜨니까, 삼 분의 이 정도라고 합시다."

"좋소. 0.6666이겠군."

샤프는 포켓용 계산기를 집어 들고 신나게 두드렸다.

"난 이 기계가 좋아. 예전에 쓰던 계산자는 대체 소수점이 어디인지 알 수가 없었거든."

"이제 1.6세제곱킬로미터를 환산해봅시다. 1.6킬로미터를 미터로 환산하면 천육백 미터, 센티미터로 환산하면 십육만 센티미터니까, 정육면체로 환산해서, 4.096에 10의 15승을 곱한 크기의 바닐라 아이스크림이 됩니다. 그거 다 먹어치우려면 시간이 꽤 걸리겠소. 이제 밀도를 곱해야 하는데, 아하, 대략적인 무게는 2.4579 곱하기 10의 15승이 되겠군요. 이십 억 톤이죠. 이제는 초콜릿 차례입니다."

하비는 샤프가 계산기를 두드려대는 모습을 보며 생각했다. 밀물 때의 조개처럼 즐거워하는군. 텍사스 인스트루먼트에서 만든 최신형 포켓 계산기를 장착한 입심 좋은 조개.

---

* 성우 스탠 프리버그가 하는 라디오극의 한 장면에서 따온 말장난.

샤프가 물었다.

"핫 퍼지의 밀도는 얼마로 할까요?"

포레스터가 대답했다.

"0.9라고 하죠."

그러자 홍보담당자인 샬린이 말했다.

"핫 퍼지 만들어본 적 없죠? 핫 퍼지는 물에 뜨지 않아요. 컵에 핫 퍼지 한 방울만 떨어뜨려서 실험해보세요. 우리 어머니가 하는 것을 여러 번 봤어요."

포레스터가 말했다.

"좋아요, 1.2로 하죠."

샤프가 말했다.

"이어서 십오 억 톤의 핫 퍼지가 있습니다."

뒤에 앉은 팀은 아까보다 더 이상한 소리를 내면서 웃었다. 샤프가 말을 이었다.

"바위는 생략해도 될 것 같습니다. 왜 그런지 아시나요?"

하비가 카메라를 보면서 말했다.

"물론이죠. 샤프 박사님, 바위를 생략하는 것은 충분히 납득 가능합니다."

팀이 항의하듯 말했다.

"이 부분은 방송에 내보내지 않을 거죠? 그렇죠?"

하비가 말했다.

"지금 하지 말라고 요청한 겁니까?"

팀이 다시 몸을 구부리고 킥킥거렸다.

"아니…… 아니…… 그건 아니고."

샤프가 말했다.

"혜성이 접근하는 속도는 엄청나게 빠릅니다. 자, 포레스터 박사. 지구 궤도에서 포물선의 속도가 어떻게 되죠?"

"1초에 29.7킬로미터인데, 여기에 2의 제곱근을 곱해야죠."

"초당 사십이 킬로미터군. 이번에는 지구의 공전 속도를 더해야 하는데, 충돌 지점에 따라 속도가 다를 거요. 그러니 평균적인 접근 속도를 초당 오십 킬로미터로 하면 되겠소?"

포레스터가 말했다.

"괜찮은 것 같습니다. 대개 유성의 속도는 삼십에서 팔십 사이니까, 합리적입니다."

"좋소. 오십 킬로미터라고 합시다. 속도에 제곱을 하고 질량을 절반으로 나눠서 곱하면 2 곱하기 10의 28승이 되겠군요. 이제는 핫 퍼지의 대부분은 끓어올라서 증발하고, 이 물체는 바닐라 아이스크림만 남아 있을 거요. 하지만 하비, 대기 중에서 이런 속도를 내는 구간은 길지 않아요. 만약 직선으로 진입한다면 불과 2초 만에 지면까지 도달하지요. 그 과정에서 얼마가 타버릴지 모르지만, 엄청난 에너지가 지구의 열 균형에 전이되겠죠. 그 자체도 아주 볼 만한 폭발이 될 거요. 핫 퍼지의 에너지 가운데 이십 퍼센트가 지구로 전이되는 것을 계산해봅시다."

버튼을 신나게 두드린 후에, 샤프의 목소리가 극적으로 높아졌다.

"마침내 산출된 결과는, 2.7 곱하기 10의 28승입니다. 이 숫자가 바로 충격의 실체입니다."

하비가 말했다.

"무슨 의미인지 잘 모르겠군요. 큰 숫자이기는 한데……."

마크가 웅얼거렸다.

"스물여덟 개의 0이 붙어 있는 숫자예요."

포레스터가 부드럽게 말했다.

"육십사만 메가톤이 넘죠. 정말 큰 숫자입니다."

마크가 말했다.

"대단하군요. 지구를 풀밭으로 만들어버리겠는데요."

포레스터가 허리에 차고 있던 계산기를 꺼내들며 말했다.

"그렇지는 않아요. 크라카토아 화산*이 삼천 개 있다고 생각하면 되죠. 아니면 테라가 동시에 삼백 개쯤 폭발한다던가."

하비가 물었다.

"테라는 뭐죠?"

마크가 말했다.

"지중해의 화산이오. 청동기 시대에 폭발했는데, 그 때문에 아틀란티스가 가라앉았다는 전설이 생겨났소."

샤프가 말했다.

"당신 말이 맞아요. 그 에너지가 실제로 얼마였는지는 모르지만 말이오. 이렇게 말해볼까요? 모든 인간이 일 년간 사용하는 에너지의 총합이 10의 29승 정도입니다. 모든 것을 다 합쳐서요.

---

* 인도네시아의 화산섬. 1883년 대폭발로 섬의 절반이 가라앉고 폭발음은 3,200킬로미터 떨어진 오스트레일리아까지 들렸으며, 지구 평균 기온이 1.2도 낮아져 전 세계에 흉작이 발생.

전력, 석탄, 원자력, 소똥, 자동차, 뭐든지 말이오. 그런데 핫 퍼지 선데이 아이스크림은 지구의 일 년 에너지의 삼십 퍼센트를 일시에 방출하는 겁니다."

하비가 말했다.

"음. 그 정도면 나쁘지 않군요."

"나쁘지 않다고요? 뭐가 나쁘지 않다는 거요? 일 년간 발생하던 에너지가 일 분 만에 방출되는 겁니다. 만약 지면에 충돌한다면, 그 지역에 살던 사람들은 곤란해지겠지만, 대부분의 에너지는 빠른 속도로 우주로 방출될 겁니다. 하지만 수면에 충돌하면 물이 증발합니다. 어디, 봅시다. 에너지를 칼로리로, 젠장. 내 계산기에 그런 기능은 없소."

포레스터가 말했다.

"내가 하죠. 그 충돌 때문에 육경 리터의 물이 증발합니다. 아니면 오백억 에이커푸트라고 말해도 상관없어요. 미국 전체를 64미터 두께로 덮는 부피죠."

샤프가 말했다.

"좋아요. 그래서 육경 리터의 물이 대기에 스며들었다가, 비가내릴 거요. 극지대 위에서는 비 대신 눈이 내리겠죠. 빠른 속도로 빙하가 형성되어 남쪽으로 밀려내려올 겁니다. 자, 하비, 역사학자들은 테라의 대폭발이 지구 기후를 바꿔놨다고 생각하고 있습니다. 크라카토아와 비슷했던 1815년 인도네시아의 탐보라화산 알죠? 이 화산이 지난 세기에 대흉작과 대기근을 몰고 온 '여름이 없던 한 해'의 원인이 됐죠. 핫 퍼지 선데이 아이스크림

은 어쩌면 빙하기를 촉발할 거요. 엄청난 구름이 형성되고, 구름
은 태양열을 반사합니다. 햇빛이 점점 줄고 날씨는 추워집니다.
더 많은 눈이 내리겠죠. 빙하는 느리게 녹기 때문에, 차츰 남쪽
으로 영역을 넓힐 겁니다. 악순환이죠."

갑자기 이야기가 심각해졌다. 하비가 물었다.

"빙하기를 멈출 방법은 뭡니까?"

포레스터와 샤프가 거의 동시에 어깨를 으쓱했다.

팀이 말했다.

"그래서, 내 혜성이 이제는 빙하기를 불러온다는 거죠?"

팀의 표정은 부인의 장례식을 위해 어마어마한 돈을 쏟아붓고
침울한 표정을 짓던 그의 할아버지와 비슷했다.

포레스터가 말했다.

"아니에요. 지금 이야기하는 것은 핫 퍼지 선데이 아이스크림
입니다. 음, 해머는 더 커요."

"해머가 아니고 햄너-브라운이오! 그게 얼마나 더 크죠?"

포레스터가 잘 모르겠다는 손짓을 했다.

"아마 열 배쯤?"

하비의 머릿속에 그림이 그려졌다. 이미 눈 때문에 초목이 말
라죽은 숲과 벌판을 가로질러 빙하가 남쪽으로 내려온다. 북아메
리카는 캘리포니아까지, 유럽은 피레네와 알프스 산맥까지 빙하
가 내려올 것이다. 겨울이 지나면 다시 겨울이 오고, 매번 조금
씩 더 추워질 것이다. 1976년과 77년의 엄청난 추위보다 더 추울
것이다. 그리고, 젠장, 이들은 이직 충들이 불러올 해일에 내해

서는 언급도 하지 않았다. 하비가 말했다.

"맞아요. 하지만 혜성은 밀도가 그렇게 높지는 않을 겁니다. 1.6세제곱킬로미터의……."

하비는 하마터면 아이스크림이라고 말할 뻔했다. 하비는 의자에 뒤로 기대어 앉아서 속으로 웃음을 참았다. 아무튼 여기서는 말을 안 하는 편이 낫다.

하비는 사무실과 비슷하게 꾸며둔, 선반에 장식용 책이 놓여 있고 마루에는 낡은 카펫이 깔려 있는 스튜디오에서 자신이 등장할 부분을 촬영했다. 자신의 방영분은 이렇게 해야 한다.

"죄송합니다."

이 대사는 하비가 끼어드는 상황에서 이용될 것이다. 그는 샤프의 인터뷰 도중에 여러 번 끼어들었다.

"기억할 점이 있습니다. 첫째, 햄너-브라운의 핵이 지구와 충돌할 확률은 문자 그대로 천문학적입니다. 그 정도 거리에서는 설사 악마가 직접 겨냥을 한다고 해도 지구처럼 조그만 물체를 명중시키기 어려울 것입니다. 둘째, 그럼에도 불구하고 만약 충돌한다면, 여러 개의 거대한 덩어리가 연쇄적으로 충돌하는 양상일 것입니다. 일부는 바다에 충돌하고, 다른 일부는 육지에 충돌하겠죠. 육지 쪽의 충돌은 피해가 국소적일 것입니다. 아무튼 햄너-브라운이 지구와 충돌한다면, 그것은 마치 악마가 거대한 해머로 여러 차례 후려치는 것과 마찬가지의 충격일 것입니다."

4월: 간주

오천 년 전 애리조나에서 유성은 공기와 격심하게 마찰했다. 대기 중의 산소가 용접불꽃처럼 금속 성분을 지져, 유성 표면은 백열전구처럼 반짝였다. 이 거대한 비행체는 낮은 각도로 거의 지표면을 훑다시피 날아가면서 집채만 한 돌조각을 푹푹 내뿜었다. 엄청나게 고온으로 달궈진 공기가 유성의 이동 경로를 빠르게 쫓아가다가, 유성이 대지에 충돌하는 순간 고온의 공기가 사방으로 맹렬하게 뿜어져 나갔다. 반경 천육백 미터 이내의 모든 생명체는 단숨에 불타버렸다.

— 프랭크 W. 레인, 『폭풍우의 분노』

레오닐라 말리크는 처방전을 써서 환자에게 건네줬다. 오늘 오전의 마지막 환자가 진찰실을 떠나자, 레오닐라는 책상 아래 서랍에서 프랑스산 오렌지 향 코냑인 그랑 마니에르 병을 꺼내 작고 고급스러운 잔에 따랐다. 이 값비싼 술은 동료 우주비행사에게 선물로 받은 것이다. 이 술을 마실 때면 달콤한 퇴폐의 향기가 풍겼다. 친구는 파리에서 만든 몸에 딱 붙는 실크 바지와 실크 슬립도 사다줬다.

하지만 나는 한 번도 소련을 나가본 일이 없지. 그녀는 달콤한 액체를 혀 위에서 굴렸다. 아무리 애를 써도 결코 나를 국외로 내보내주지는 않겠지.

그녀는 현재 자신의 상태가 궁금했다. 아버지는 크렘린의 엘리트들 사이에서 평판이 좋은 외과의사였다. 그런데 갑자기 '의사 음모 사건'이 터졌다. 정신 나간 스탈린주의자들은 크렘린의 의사들이 우리 시대 혁명의 동지이며 인민의 영웅, 전 세계 프롤레타리아의 스승이자 영적 지도자인 위대한 이오시프 비사리오노비치 스탈린 동지에게 독을 투여하려 했다는 망상론을 펼쳤다. 그녀의 아버지를 포함, 사십 명의 의사들이 루비안카 형무소로 끌려갔다.

아버지의 유품 중 1950년도판 공산당 기관지 '프라우다'가 있었다. 아버지는 스탈린에 대한 모든 언급을 조심스럽게 밑줄을 쳐가며 읽었다. 겉장에만 총 91번 스탈린의 이름이 적혀 있었는데, 그중 열 번은 '위대한 지도자', 다른 여섯 번은 '위대한 스탈린'이라고 되어 있었다. 차라리 아버지가 그 개자식한테 독을 먹였다면. 물론 유쾌한 생각은 아니지만, 못할 것도 없었다. 그리고 소련 의학계에서는 히포크라테스 선서도 하지 않았다. 레오닐라는 그 선서문을 숙독하기는 했지만 말이다.

인민의 적의 딸로 태어난 레오닐라의 장래는 그다지 밝지 않았는데, 새 시대가 열리면서 아버지의 명예가 다시 회복됐다. 이름 모를 우크라이나의 중소 도시에서 잡일을 하던 레오닐라는 보상 차원에서 대학 교육을 받았다. 그녀의 후견인은 공군 대령이었다. 그 덕에 비행 훈련을 받고 우주비행사 교육까지 받았다. 그 후견인은 이제 장군이 됐고 오래전 결혼을 했지만, 아직도 종종 그녀를 도와주었다.

레오닐라는 한 번도 우주에 나가본 적이 없었다. 비행 훈련은 받았지만 실제로 비행사로 선발되지 못했다. 항상 비행사와 그 가족들을 치료하고, 발사 현장에 참여하고, 그 발사가 중단되기를 속으로 기원하기만 했다.

누군가 문을 두드렸다. 하사관인 브레슬로프였다. 아직 열아홉 살이 되지 않았고, 붉은 군대의 하사관인 것을 자랑스러워하는 젊은이였다. 물론 스탈린이 소위 '위대한 애국 전쟁' 때 군대의 이름을 강제로 바꾼 후에는 더 이상 붉은 군대라는 이름은 사용되지 않았지만, 저 어린 하사는 붉은 군대라는 이름을 선호할 것이다. 그는 종종 자신의 총검이 세계의 자유를 지킨다고 말하고는 했다.

그는 레오닐라가 깜빡 잊고 치우지 않았던 병을 보며 인상을 찌푸렸다.

"대위 동지, 전보가 와 있습니다. 바이쿤야르로 발령이 났다고 합니다."

"다시 임무가 내려졌단 말인가. 축하할 만한 일이지. 자네도 축하해주겠나?"

레오닐라가 하사에게 한 잔을 따라줬다. 하사는 뻣뻣한 자세로 받아 마셨다. 오전부터 술을 마시는 상관에 대한 무언의 항의겠지. 물론 오전에 술을 마시는 사람이 한두 명은 아니다. 다만 브레슬로프로서는 아버지가 자랑하던 붉은 군대 시절 이후 모든 것이 내리막이라는 징표라고 생각할 것이다.

세 시간 후면 바이쿤야르의 우주 공항에 도착하게 된다. 도지히 믿을 수 없다. 긴급 명령에는 소지품이 나중에 따로 발송될 테니 훈련용 제트기를 타고 급히 이동하라는 지시까지 포함되어 있었다. 대체 무슨 중요한 일일까? 하지만 더 이상 궁금해하지 말고, 지금 이 순간은 비행의 즐거움만 누리자. 상쾌한 하늘에서 혼자 날고 있었다. 지금 이 순간은 누구도 어깨 너머에서 감시하는 사람이 없다. 조종사라면 누구라도 황홀경을 느낄 경험이다. 이보다 나은 것은 이 세상에 오직 한 가지밖에 없다.

그 한 가지, 우주 비행, 바로 그것 때문에 이동 명령이 내려진 것이 아닐까? 계획 중이던 우주 프로젝트는 없다고 알고 있다. 하지만 있을지도 모른다. 이제까지 나는 운이 좋았다. 더 좋지 말라는 법도 없다.

그녀는 진짜 소유즈 우주선에 탑승해서, 비행체를 우주 공간으로 쏘아 올리기 위해 거대한 부스터가 부르릉거리는 상황을 상상했다. 그리고 그녀는 훈련용 제트기의 조종간을 휙 젖혀, 자칫하면 그대로 그녀를 갈아버릴 수도 있을 만큼 위험한 곡예비행을 몇 차례나 시도했다.

샌호아킨밸리를 가로지른 돌풍이 원자력발전소 건설 현장사무실 컨테이너 건물을 가볍게 흔드는 바람에 배리는 정신을 번쩍 차렸다. 가만히 누워서 불도저의 엔진 소리를 들었다. 직원들이 이미 현장 업무를 시작했을 것이다. 바깥은 이미 환했다. 그는 돌로레스가 잠에서 깨지 않도록 조심스럽게 자리에서 일어났다. 하지만 돌로레스는 몇 번 뒤척이더니 눈을 떴다. 그녀는 잠에 취한 목소리로 물었다.

"몇 시예요?"

"여섯 시쯤."

"어머, 세상에. 침대로 와요."

그녀는 배리를 붙들려고 했다. 햇볕에 그을린 가슴을 가리고 있던 이불이 떨어졌다.

배리는 뒤로 물러서서 돌로레스를 가볍게 피했다가, 한 손으로 그녀의 손을 잡고 몸을 구부려 키스했다.

"여인이여, 당신은 만족을 모르는군."

"나 아직 아무런 불평도 안 했어요. 진짜 일어날 거예요?"

"당연하지. 아침에는 설계 업무를 해야 하고, 손님도 찾아올 거야. 그리고 어제 맥클레브가 보냈다는 메모도 읽어봐야 해. 사실 어제 저녁에 다 했어야 할 일이지."

그녀는 잠이 덜 깬 얼굴로 미소를 지었다.

"그래도 후회는 없죠? 재밌는 시간을 보냈으니까요. 침대로 오지 않을래요?"

"안 가."

배리는 싱크대에서 더운 물이 나오도록 수도를 틀었다.

돌로레스가 말했다.

"내가 아는 사람 중에 당신만큼 일찍 일어나는 사람은 아무도 없어요. 나는 절대 새벽 동틀 녘에 일어나지는 않아요."

그녀는 베개를 끌어당겨 얼굴을 덮고 누웠다. 하지만 이불 아래에서 그녀는 계속 몸을 꿈틀거렸다. 잠들지 않았다는 시위를 하는 듯했다. 배리의 아랫도리가 뻣뻣해졌다. 내 것도 아직 쓸 만하군. 나도 바지를 벗어버릴까? 그냥 돌로레스가 잠들었다고 생각하기로 했다. 그는 얼른 옷을 입고 건물 밖으로 나왔다. 아침 햇빛이 환하게 비추자 그는 심호흡을 했다.

이 컨테이너 건물은 샌호아킨 원자력발전소 건설공사의 현장 근로자 숙소가 집결한 장소의 한 귀퉁이에 있었다. 돌로레스는 꽤 멀리 있는 숙소에 살고 있었지만, 최근에는 거의 자신의 숙소에서 함께 지내고 있었다. 배리는 공사 현장을 향해 걸어갔다.

돌로레스를 생각하자 자기도 모르게 웃음이 나왔다. 그녀는 최고였다. 그리고 함께 휴식 시간을 보내도 업무에 전혀 영향을 미치지 않았다. 그녀는 단순 비서가 아니라 행정 업무 전반을 도와주고 있었다. 그녀가 없다면 도저히 업무를 처리할 수 없을 것이다. 그녀는 정말 중요한 존재였고, 그 사실이 배리를 두렵게 했다.

이제 조만간 그녀가 소유욕을 보이겠지? 전처는 그에게 시간과 관심을 요구했다. 전혀 무리하지 않은 수준이었지만, 그래도 배리는 전처와의 삶이 불유쾌했었다. 돌로레스가 앞으로도 지금 상태로 남을지는 모르겠다. 지금 상태라? 정부情婦라는 표현은 적절하지 않다. 그는 그녀에게 돈을 주지 않았다. 돌로레스는 남자에게 자신의 삶을 조종당하고 싶지 않은 것인지도 모르겠다. 그러니 그냥 애인 사이라고 해두자. 그냥 함께 즐거워하자.

그는 현장 관리인용 간이 건물에 들러 커피 한 잔을 따랐다. 그곳에는 항상 훌륭한 커피가 있다. 그는 커피를 들고 사무실로

간 뒤, 맥클레브에게 온 업무 연락을 펼쳤다.

일 분 후, 그는 분노로 고함을 질렀다.

돌로레스가 여덟 시 삼십 분쯤 사무실에 올 때까지 배리는 여전히 흥분을 가라앉히지 못했다. 돌로레스는 그를 위해 충분한 양의 커피를 들고 있었다. 그녀가 물었다.

"왜 그러세요?"

그녀는 결코 사무실에서 개인적 친분을 요구하지 않는 것이 큰 장점이다. 그는 업무 연락 문서를 펼쳐보았다.

"이봐. 이 멍청이들이 뭘 원하는지 알아?"

"당연히 모르죠."

"나 보고 발전소를 숨기라는 거야! 현장 전체에 불도저로 십오 미터 높이의 흙 담을 쌓으라고 하는군!"

"그러면 발전소가 더 안전해지나요?"

"아니지! 외관 때문이야. 그게 다야. 하지만 외관이 나아지는 것도 아냐. 젠장. 샌호아킨 발전소는 정말 아름다운 발전소야. 이 모습을 자랑스러워하기는커녕 흙더미 뒤에 숨기겠다는 발상이라고. 틀려먹었어!"

그녀는 조심스럽게 커피를 내려놓고 애매한 미소를 지었다.

"꼭 해야 하나요?"

"안 해도 되면 안 하겠지. 하지만 맥클레브가 보낸 메모대로라면 의회가 요구했다는군. 시장도 마찬가지였다고 하고. 결국은 할 수밖에 없을 거야. 젠장, 그러면 일정은 완전히 엉망이 되겠지. 4호기 건설현장의 토목 인력을 빼와야 하고, 그리고……."

"그리고, 학부모회의 부인들이 15분 안에 도착할 예정이에요."

"그렇지. 고마워, 돌로레스. 준비해야겠군."

"물론이에요. 준비하셔야 해요. 지금처럼 곰 같은 소리를 내면 안 돼요. 잘 대해주세요. 그 부인들은 우리 편이니까요."

"우리 편이 있다니 기쁘군."

배리는 책상으로 돌아가 커피를 마시며 업무가 쌓여 있는 서류철을 넘겨봤다. 부인들이 오래 머물지 않았으면 좋겠는데. 시장과 통화할 기회가 있을까? 시장이 좀 더 합리적으로 생각해준다면 좋겠는데…….

발전소 건설 현장은 소란스러웠다. 불도저, 굴삭기, 콘크리트 트럭이 복잡하고 무작위적인 궤적을 남기며 이동했고 인부들이 콘크리트 작업 재료를 운반했다. 배리는 부인들을 이끌고 이 요란스러운 현장을 가로질렀지만, 요란하다는 생각은 전혀 하지 못했다.

부인들은 먼저 홍보 영상을 관람했고, 작업용 바지와 안전화를 신었다. 돌로레스가 가져다준 헬멧도 별 저항 없이 받아서 썼다. 아직은 질문도 많지 않았다.

배리는 그들을 3호기 건설 현장에 데려갔다. 그곳은 철골과 합판이 미로처럼 얼기설기 엮여 있고 돔 형태의 구조물도 일부 보였다. 그들에게 안전 설비를 보여주기 적당한 장소였다. 그들이 잘 알아들으면 좋겠는데. 돌로레스는 이 부인들은 합리적이기 때문에 크게 걱정하지 말라고 했지만, 과거의 경험 때문에 수비적으로 될 수밖에 없었다. 그들은 곧 현장 인부들이 없는 조용한 장소로 이동했다. 물론 아직도 불도저 엔진 소리, 보일러를 제작하는 용접 소리, 목수들의 망치질 소리가 멀리서 들리기는 했지만 말이다.

건더슨 부인이 말했다.

"우리가 시간을 뺏고 있는 것은 알아요. 하지만 우리로서도 아주 중요한 문제예요. 많은 부모들이 이 발전소에 대해 물어보고 있어요. 학교가 불과 몇 킬로미터 바깥에 있으니까요."

배리는 부인들의 방문의 중요성을 이해한다는 의미로 미소를 지었다. 진심은 담겨 있지 않았다. 그의 머릿속은 여전히 맥클레브의 업무 연락으로 꽉 차 있었다.

다른 부인 하나가 물었다.

"저 많은 사람들이 모두 당신의 지휘를 받는 건가요?"

"저 사람들은 베첼 엔지니어링이라는 회사의 직원들입니다. 발전소를 건설하는 주관 업체죠. 정부에서 이 많은 건설 인부를 정규직으로 채용할 수가 없으니까 말입니다."

건더슨 부인은 행정적인 부분에 관심을 보이지 않았다. 그녀는 배리에게, 빨리, 정확하게 요점만 말할 것을 일깨워줬다. 그녀는 잘 차려입었고, 풍만했다. 아마 남편이 인근에 큰 목장을 소유했을 것이다.

그녀가 말했다.

"우리에게 안전 설비를 보여주려는 거죠?"

배리가 돔이 건설되는 곳을 가리켰다.

"맞습니다. 먼저, 발전소 자체 봉쇄 벽이 있습니다. 몇 미터 두께의 콘크리트죠. 만약 내부에서 사고가 벌어진다면, 그게 무엇이든 내부 사고로 끝날 겁니다. 무엇보다도 제가 보여드리고 싶은 것은 바로 이것입니다."

그는 미완성된 돔으로 이어지는 대형 파이프를 가리켰다.

"이것이 바로 냉각관입니다. 스테인리스죠. 지름이 육십 센티미터입니다. 두께는 삼 센티미터고요. 벽두께와 맞먹습니다. 저기 잘려진 토막 하나가 있는데, 무거워서 아무도 못 들어 올리실 겁니다."

건더슨 부인이 들어 올려보려고 했지만, 백이십 센티미터 길이의 파이프 조각은 꼼짝도 하지 않았다.

배리가 말을 이었다.

"그러면 냉각수가 없어지면 발전소가 완전히 파괴될까? 냉각수가 없어질 리 없지만, 그렇다고 가정합시다. 봉쇄 벽 내부에 비상 냉각탱크를 설치하는 것 보이십니까? 저기 보이는 큰 물건 말이오. 만약 주 냉각관의 수압이 일정 수준 이하로 떨어지면, 비상 냉각탱크가 작동해서 반응로의 핵심부를 향해 고압의 냉각수가 직접 분출됩니다."

그는 부인들을 이끌고 구조물을 지나가면서 현장 여기저기를 보여줬다. 반응로 전체를 물로 채울 펌프, 터빈을 냉각시킬 113리터의 냉각수 탱크…… 배리가 말했다.

"이 모든 것이 비상시 냉각을 가능하게 할 것입니다."

건더슨 부인이 물었다.

"얼마나 걸릴까요?"

"일 분에 378리터의 물이 나옵니다. 정원용 호스 여섯 개가 뿜는 양이오."

"많은 양은 아닌 것 같은데요. 이것만 있으면 되나요?"

"이것만 있으면 됩니다. 저를 믿으세요, 건더슨 부인. 저희만큼 아이들의 안전 문제를 걱정하고 준비한 사람은 아무도 없습니다. 우리가 지금 대응을 준비하는 사고들은 사실 이제까지 발생한 적도 없습니다. 직원 중에는 결코 일어나지 않을 어이없는 사고만 생각하는 사람도 있소. 우리가 그런 사고까지 대비해야 하니까요."

그는 부인들이 주변을 돌아다니면서 기계의 스케일에 감동을 받도록 놔뒀다. 그 자신은 감흥이 가득했다. 그는 이 발전소를 사랑한다. 이제까지 그의 인생은 대부분 이 직무를 위해 살아왔다고 해도 과언이 아니다.

마침내 부인들이 현장 대부분의 견학을 마쳤다. 그는 부인들을 다시 방문객 센터로 데려가서, 홍보부서 직원들에게 인계시키려고 했다.

잘 진행된 것이겠지? 이들은 우리에게 큰 도움이 될 수 있는 존재다. 물론 그 반대가 될 수도 있다.

건더슨 부인이 말했다.

"여전히 한 가지 마음에 걸리는 것이 있어요. 바로 테러예요. 사고 대응을 위해 모든 종류의 대비책을 세운 것은 잘 알겠어요. 하지만 만약 누가 이곳을 의도적으로 공격한다면요. 여기에 경비

병력이 많은 것도 아니고, 세상에는 미친 사람이 너무 많아요."

배리는 미소를 지었다.

"네, 맞습니다. 사람들이 테러를 할 경우에 대해 연구를 해봤죠. 그리고 말입니다, 그 부분은 제가 답변을 드릴 수 없더라도 저를 용서해주셔야 합니다."

부인들이 어정쩡하게 웃었다. 건더슨 부인이 마침내 말했다.

"이상한 사람들의 공격을 받아도 발전소는 피해를 입지 않는다는 뜻이죠?"

배리가 고개를 저었다.

"아닙니다, 부인. 발전소가 공격을 받는다면 여러분들에게는 아무 피해가 없겠지만, 발전소 자체를 완벽하게 보호할 수는 없습니다. 터빈을 보세요. 이 터빈은 분당 3,600번 회전합니다. 워낙 고속으로 회전하기 때문에, 물방울 하나가 증기 파이프 안에 떨어지더라도 터빈이 박살날지도 모릅니다. 스위치야드에서 멍청이가 다이너마이트를 터뜨린다면 방어할 방법이 없습니다. 그러니까 발전소 자체를 방어할 수는 없어요. 화력발전소의 기름 탱크에 불을 붙이는 것을 막을 수 없는 것과 마찬가지죠. 하지만 원자력발전소는 외부인이 절대 다치지 않게 만들 수 있습니다."

"그러면 당신 부하직원들은요?"

배리가 어깨를 으쓱했다.

"아시겠지만 경찰이나 소방관이 직무에 몸을 바치는 일의 중요성에 대해 어느 누구도 의심하지 않습니다. 하지만 발전소 직원들에 대해서는 잘 알려져 있지 않죠? 만약 우리 엔지니어들이 기름 속에 손을 넣고 밸브를 조작하거나 전력 기술자가 전기 폭풍 속에서 전봇대에 오르는 모습을 보면 생각이 바뀌실 겁니다. 우리는 직무에 몸을 바칩니다, 건더슨 부인. 우리가 일할 수 있게 놔두기만 해준다면 말이오."

❧

휴스턴 외곽, 엘라고의 바람은 따뜻하고 하늘은 깨끗했다. 우기가 끝나서 많은 가정들이 뒤뜰에서 햇빛을 즐겼다. 지역 상점의 쿠어스 맥주는 거의 동났다.

휴가를 집에서 보내게 된 릭 델란티는 내내 바쁘고, 식욕이 왕성하고, 그리고 행복했다. 그는 그릴에서 햄버거 패티를 집어 빵 사이에 집어넣었다. 울타리를 친 그의 집 뒤뜰은 따뜻했고, 여러 쌍의 친구 부부로 떠들썩했고, 연기를 풀풀 피워댔다. 멀리서 아이들이 뭔가 새로운 놀이를 하는 소리도 들렸다. 아이들은 자기들끼리 노는 것에 익숙해져서, 아버지가 와 있든 말든 별로 신경을 쓰지 않았다.

그의 부인인 글로리아가 말했다.

"별로 새로울 것은 없어요. 과학 소설 작가들은 이미 몇십 년 전부터 거대 우주 식민지에 대해 이야기했잖아요."

그녀는 키가 크고 피부가 아주 검었으며 머리칼은 작은 구슬 모양으로 단단하게 땋았다. 그녀가 머리를 직모로 폈던 시절도 있었지.

글로리아가 말을 이었다.

"예를 들면 하인라인이 있어요."

그녀는 도와달라는 표정으로 릭을 쳐다봤지만 릭은 불 앞에서 바쁘기도 했고, 한편으로 대학 시절을 떠올리느라 글로리아의 말을 제대로 듣지도 못했다.

그러자 이들 모임의 멤버인 에반이 입을 열었다.

"그건 새로운 생각이오."

그는 이미 달 근처까지 다녀왔다. 아폴로 캡슐에 거주했던 경험이 있었다.

"오닐은 우주 식민지 건설을 위한 경제성을 분석했어요.[*] 단순히 상상을 한 것이 아니라, 실현 가능성을 증명했죠."

글로리아가 말했다.

"나도 좋아요. 온 가족이 우주비행을 하겠군요. 회원 가입은 어떻게 하죠?"

자리에 있던 여자 하나가 대답했다.

"당신은 이미 가입했어요. 저기 있는 비행사와 결혼하던 순간에 말이죠."

글로리아가 말했다.

"어, 우리 결혼을 하긴 했던가? 나는 기억 안 나는데. 혹시 일기에 결혼식 참석 같은 것 써두신 분 없어요?"

조니 베이커가 갑자기 나타났다. 그가 들어와서 말했다.

---

[*] 프린스턴 대학의 제라드 오닐이 1969년에 발표한 우주 식민지 계획. 지구–달–태양의 인력 균형점에 인구 1만 명 규모의 식민지 건설 소요비용으로 500억 달러를 추산.

"안녕, 릭! 집을 잘못 찾아온 줄 알았지 뭔가. 바깥에서 보기에는 아무 기척이 없어서 말이야."

여기저기서 환영 인사가 합창처럼 울렸다. 조니 베이커 대령이 워싱턴으로 갔다가 꽤 오랜만에 돌아왔다. 남자들의 인사는 따뜻했으나 여자들의 인사는 미적지근했다. 우주비행 프로젝트를 마친 뒤 이혼한 남자! 많은 우주비행사들이 그랬고, 베이커도 마찬가지였다! 이제 사람들은 그가 휴스턴으로 돌아온 이유가 궁금했다.

베이커는 그들 모두에게 손을 흔들어 인사한 다음, 짐짓 코를 킁킁거렸다.

"나도 하나 줄 수 있나?"

그러자 릭이 과장스럽게 말했다.

"물론 주문을 받겠습니다, 각하. 하지만 다른 분들께서 주문 취소를 하셔야 하는데……."

"대체 닭튀김을 안 내놓는 이유가 뭐지?"

"고정관념의 희생양이 되고 싶지 않기 때문입니다. 왜냐하면 나는……."

"검둥이니까."

조니 베이커가 도와주듯 말했다.

"응?"

릭은 짐짓 당황한 표정으로 자신의 손을 바라봤다.

"아니오, 햄버거를 굽다가 검댕이 묻었을 뿐이라고요."

에반이 말했다.

"그래서. 혜성 관측 프로젝트에는 누가 선발됐죠?"

조니가 대답했다.

"알면 좋겠는데, 워싱턴에서는 아무 이야기도 못 들었어."

릭이 말했다.

"훗. 내가 가게 될 예정이오. 아주 권위 있는 정보원을 통해 들었거든요."

조니는 맥주 깡통을 절반쯤 연 상태로 얼어붙었다. 다른 세 사람이 말을 멈췄고, 부인들은 모두 숨을 죽였다. 그러자 릭이 말했다.

"텍사카나에 아주 용한 점쟁이가 있는데 그 여자 말이……."

조니가 말했다.

"젠장, 그 점쟁이 이름과 주소 좀 불러봐, 빨리!"

다른 사람들은 어이없는 미소를 지었다가 다시 이야기를 나누기 시작했다. 조니가 나직하게 말했다.

"그런 농담 함부로 하지 말라고."

릭이 건성으로 알았다고 대꾸했다. 그는 손잡이가 긴 주걱으로 햄버거 패티를 뒤집으면서 말했다.

"왜 우리에게 이야기해주지 않을까요? 벌써 십여 명이 몇 주째 훈련을 받고 있는데, 누가 가게 될지 전혀 알 수가 없군요. 이번이 스페이스 셔틀 폐기 전 마지막 비행이 되겠죠. 나는 벌써 6년째 명단에 올라갔지만 한 번도 탑승하지 못했어요. 이젠 그렇게까지 기다릴 가치가 있는 일인지도 종종 의문이오."

릭은 주걱을 내려놓았다.

"정말 의문이에요. 그래도 디크 슬레이튼*이 기억났죠."

조니가 고개를 끄떡였다. 디크 슬레이튼은 최초로 우주비행을 위해 선발된 칠 인의 우주비행사 중 한 명이었다. 하지만 그가 첫 비행을 한 것은 그로부터 13년이 지난 후였다. 그는 다른 모든 비행사들만큼 뛰어난 비행사였지만, 지상 근무 역량이 더욱 돋보였던 것이다. 훈련, 임무 제어 등 그의 지상 근무 실력은 지나치게 훌륭했다.

조니가 말했다.

"그가 어떻게 참아냈는지 신기해."

릭이 고개를 끄떡였다.

"나도 그렇게 생각해요. 하지만 내 경우는 이 세상에 하나뿐인 흑인 우주비행사니까, 언젠가 쓸모가 있을 겁니다."

글로리아가 그들의 곁에 다가왔다.

"조니, 안녕하세요? 두 분 무슨 이야기하고 있나요?"

누군가가 맥주가 들어 있는 아이스박스 곁에서 소리쳤다.

"우주비행사들끼리 다음 프로젝트가 언제일지에 대한 이야기 말고 할 이야기도 없잖아요?"

조니가 말했다.

"릭이 때를 기다리고 있다는 이야기를 했소. 인종 폭동이 일어난다면 인류 평등의 증거를 위해 흑인이 보내질 테니까 말이오."

글로리아가 말했다.

---

* Deke Slayton. 51세에 아폴로소유즈 도킹 프로젝트에 참여하여 최고령 우주비행 기록을 갱신.

"재미없어요."

릭이 그녀에게 말했다.

"하지만 논리는 그럴듯해. 만약 나사의 사람 평가 기준을 알아냈다면 모든 임무에 다 선발될 수 있었겠지."

이어서 릭이 조니에게 말했다.

"그런데 웃기게 생긴 오각형 목장에서 돌아온 이유가 뭐였습니까?"

"명령이었지. 다시 훈련을 시작하라더군. 나도 해머 관측 프로젝트의 대기자 중 하나야."

릭이 햄버거 패티를 찔러봤다. 거의 다 익은 것 같았다.

"대기랄 것 있습니까? 지금까지 이야기로 봐서는 줄 선 사람은 우리 둘뿐입니다. 그런데 대령님이 먼저겠죠."

조니가 어깨를 으쓱했다.

"어떻게 될지 모르기는 나도 마찬가지야. 내가 스카이랩에 어떻게 선발된지도 모르는걸."

릭이 말했다.

"대령님은 적격자죠. 스카이랩을 탑승한 경험뿐만 아니라 수리 경험도 있으니까요. 또 상황이 워낙 급박해서 정식 시험을 치를 시간도 없잖습니까. 그런 거죠."

글로리아가 고개를 끄떡였고, 건성으로 듣던 다른 사람들도 고개를 끄떡였다. 그리고 그들은 자기들끼리의 대화로 돌아갔다. 조니 베이커는 맥주를 비우며 안도의 표정을 감췄다. 이들이 상식적으로 그렇게 생각했다면 휴스턴의 우주비행 사무국에서도 그렇게 생각할 것이다.

"워싱턴에서 듣고 온 이야기도 좀 있어. 비공식적이지만 적나라한 정보지. 소련이 여자 비행사를 탑승시킬 예정이라더군."

희한하게도 침묵이 물결처럼 퍼져나가는 것이 눈에 보이는 듯했다.

"그 여자의 이름은 레오닐라 말리크. 의학박사라더군. 그래서 우리는 박사를 태울 필요가 없어졌어."

조니 베이커는 사람들이 들을 수 있도록 목소리를 높였다.

"분명해. 소련은 그녀를 탑승시킬 예정이고, 우리는 소유즈와 도킹할 예정이지. 누구한테 들었는지는 비밀이지만, 아주 믿을 만한 정보야."

모두 침묵한 가운데, 누군가가 말했다.

"어쩌면. 그들이 명분을 입증해야 되는 상황인지도 모르지."

다른 누군가가 말했다.

"우리도 마찬가지일 수도 있어."

릭은 심장 속에서 뭔가 작고 부드러운 것이 폭발하는 것을 느꼈다. 아무도 그에게 약속을 하지는 않았지만, 명분이 있는 한 사람이라면 다름 아닌 자신이다.

릭이 말했다.

"갑자기 나를 쳐다보는 이유가 뭐요?"

그러자 조니가 말했다.

"햄버거를 태우고 있거든."

릭이 그제야 고기에서 시커먼 연기가 나는 것을 깨달았다.

"탄다, 이런, 탄다!"

✦

새벽 세 시, 로레타는 이상한 소리를 듣고 부엌으로 향했다.

어제 날짜의 신문이 부엌 바닥에 펼쳐져 있었다. 신문 위에 밀가루를 가득 담은 직사각형 케이크 팬이 놓여 있었다. 밀가루는 신문과 그 주변까지 흩어져 있었다. 그리고 하비가 뭔가를 케이크 팬에 계속 던지고 있었다. 그는 지치고 슬퍼 보였다.

로레타가 말했다.

"어머나 세상에, 하비! 뭘 하는 거예요?"

"좀 어질러도 되잖아. 내일이 가정부 아주머니 오는 날 맞지?"

"맞아요, 금요일이니까요. 하지만 이 모습을 대체 뭐라고 생각할까요?"

"샤프 박사가 충돌의 흔적은 다 둥글다고 했거든."

하비는 케이크 팬 위의 커다란 나사 하나를 집어 들고, 다시 그것을 던졌다. 밀가루가 흩날렸다.

"가속도, 부피, 비행 각도가 어떻든 간에, 유성의 충돌 흔적은 항상 둥글다고 했어. 그의 말이 맞는 것 같아."

이어서 껍질콩과 돌멩이가 밀가루를 흩뿌렸다. 무거운 종이 누르개를 떨어뜨리자 접시 크기의 원이 만들어져 다른 조그만 분화구를 지워버렸다. 하비는 뒤로 물러서서 몸을 웅크리고 낮은 각도에서 병뚜껑 하나를 던졌다. 신문 주위로 밀가루가 퍼졌다.

역시 둥글었다.

로레타는 남편이 제정신이 아니라고 생각하며 한숨을 쉬었다.

"하지만, 하비, 대체 왜 이래요? 지금이 몇 시인지 알아요?"

"하지만 그의 말이 옳아. 그리고……."

하비는 사무실에서 가져온 지구본을 바라봤다. 지구본에는 유성매직으로 그린 원이 몇 개 있었다. 동해. 벵골 만. 인도양을 구성하는 섬들의 둥근 모습. 멕시코 만에 보이는 두 겹의 원. 만약 그곳이 모두 유성 충돌 때문에 생겼다면, 매번 바다가 끓고 생명체가 불탔을 것이다. 지구상의 생명체가 탄생했다가 불속으로 사라지고 다시 생성되기를 몇 번이나 반복했을까?

사실대로 설명해주면 로레타는 두려워서 새벽까지 잠을 이루지 못할 것이다. 그가 말했다.

"신경 쓰지 마. 다큐멘터리에 들어갈 내용이야."

"침대로 가요. 그리고 내일 아침에 가정부가 도착하기 전에 치워요."

"아냐, 건드리지 마. 가정부에게도 치우지 말라고 해. 사진을 찍어야겠어. 여러 각도에서."

그는 지친 듯 그녀에게 기댔다. 침대로 돌아가면서 그들의 엉덩이가 몇 번 부딪혔다.

4월: 두 번째

사람들이 모르는 사이 지구를 스쳐가는 지름 몇 킬로미터 이하의 물체들이 얼마나 많은지는 아무도 모른다.

— 로버트 S. 리처드슨 박사, 윌슨 산 헤일 관측소

하비는 방송국에서 나왔을 때 트래블—올 곁에 팀이 기다리고 있는 것을 발견했다. 하비는 인상을 찌푸렸다.

"안녕하시오, 팀. 여기서 뭐 하는 겁니까?"

"내가 만약 방송국 안으로 들어갔다면, 그건 후원자의 공식 방문이 되잖소. 일이 커지죠, 맞나요? 나는 일을 벌이려는 것이 아니라 부탁을 하려고 왔소."

"부탁이요?"

"술 한잔만 사주시오. 그러면 무슨 일인지 이야기할게요."

하비는 팀이 입고 있는 값비싼 양복과 넥타이를 보며, 마크와 함께 가는 허름한 술집에 데려갈 수는 없겠다고 생각했다. 그는 조금 고급 술집으로 차를 몰았다. 주차관리 요원이 팀을 알아보고 인사를 건넸고, 술집 여주인도 마찬가지였다. 두 사람은 부스에 자리를 잡았다. 하비가 물었다.

"자, 이제 말해보시오. 무슨 일입니까?"

팀이 말했다.

"당신과 함께 JPL에 갔던 것은 참 즐거웠소. 지금 나는, 뭐랄까, 내 혜성의 소유권을 빼앗긴 느낌이오. 나보다 잘할 수 있는 다른 전문가들이 있으니 말이오. 다큐멘터리도 그중 하나요. 무엇보다도 다큐멘터리는 당신이 진행자니까 말이오."

팀은 맥주를 마시느라 잠시 말을 멈췄다. 팀은 부탁하는 것에 익숙하지 않았다. 특히 자신에게 돈을 받고 일하는 사람에게 부탁을 하는 것은 불편했다.

"하비, 앞으로 다른 인터뷰에도 동행시켜주시오. 물론 내게 별도 수당을 줄 필요는 없소."

오, 제기랄! 안 된다고 대답하면 뭐라고 할까? 대리인을 통해 압력을 넣겠지? 그의 권력이 어느 정도인지 시험할 생각은 없다.

"잘 알겠지만, 촬영이 언제나 재밌지는 않아요. 특히 이번에는 거리에서 행인들을 인터뷰할 예정이니까 말이오."

"그건 따분한 대답만 들을 것 같은데."

"그럴 수 있습니다. 하지만 가끔은 순금을 얻을 때도 있죠. 그리고 때로는 시청자들 속에 섞여보는 것도 나쁠 것 없어요."

나는 내 방식대로 일한다고, 젠장할!

"어떤 결과물을 기대하는 거요? 쓸 만한 것이 나오겠소?"

하비가 어깨를 으쓱했다.

"나도 비싼 필름을 내버릴 생각은 아니에요. 미리 원하는 것이 있다면, 그냥 누군가에게 그렇게 하라고 시켜서 촬영하면 되죠.

중요한 것은 사람들의 반응을 보는 겁니다. 특히 예상하지 못한 반응을 보는 거죠. 예를 들어……."

"예를 들어?"

어두운 술집 조명 아래에서 팀이 눈을 가늘게 떴다. 그는 하비의 얼굴에서 장난기를 읽었다.

"그러니까, 도저히 예상한 적 없는 이상한 반응이 올 때가 있어요. 그때 사회자가 실수로 해머라고 부른 뒤, 사람들 모두가 그를 따라서……."

"이런 제기랄!"

"그리고 '거대한 핫 퍼지 선데이 아이스크림 충돌' 편을 방송하면, 더 많은 사람들이 해머라고 부르게 되겠죠. 팀. 지금은 마치 사람들이 세상의 종말을 원하는 것 같은 느낌이에요."

"세상의 종말을 원하다니. 그건 우스꽝스러운 생각이오."

"그럴 수도. 하지만 현실을 말씀드렸을 뿐입니다."

당신에게는 우스꽝스럽겠지, 하지만 싫어하는 직장을 억지로 다녀야 하는 남자나, 일자리를 위해 억지로 상사와 잠자리를 해야 하는 여자를 당신이 이해할 수는 없겠지?

"팀, 당신은 후원자입니다. 당신이 하겠다는데 내가 막을 수는 없죠. 하지만 규칙은 반드시 지켜야 합니다. 그리고, 우리는 이른 아침부터 업무를 시작합니다."

팀이 잔을 비웠다.

"좋아요! 그런 건 금방 익숙해질 겁니다. 흔히들 교수형도 당하다 보면 익숙해진다고 하잖소."

트래블—올은 장비와 사람으로 가득 찼다. 카메라, 녹음 장비, 서류 작업을 위한 휴대용 책상까지. 마크는 앉을 자리가 없었다. 팀 햄너를 앞좌석에 앉혀야 했으므로 이제 뒷좌석에 세 사람이 타야 했다. 마크는 오토바이 선수들과 함께 사막 여행을 떠났던 일이 떠올랐다. 그때도 모터사이클과 기계 장치가 우선이었고, 사람들은 나중에 구겨지듯 탈 수밖에 없었다. 마크는 다른 사람들이 모두 타기를 기다리며 라디오를 켰다.

성경을 읽는 힘찬 목소리가 라디오에서 흘러나왔다.

"이 천국 복음이 모든 민족에게 증언되기 위하여 온 세상에 전파되리니 그제야 끝이 오리라. 그러므로 너희가 선지자 다니엘이 말한바 멸망의 가증한 것이 거룩한 곳에 선 것을 보거든, 그때에 유대에 있는 자들은 산으로 도망할지어다."

라디오에서 나오던 어조가 갑자기 장중한 연설투로 바뀌었다.

"사랑하는 백성들이여, 최근 교회에서 무슨 일이 일어나고 있는지 보고 있습니까? 이것이 종말의 징조가 아닙니까? 뜻있는 자는 깨달을진저! 그리고 해머가 접근하고 있습니다. 사악한 것들을 벌하기 위해 다가오고 있습니다. '이는 그때에 큰 환난이 있겠음이라 창세로부터 지금까지 이런 환난이 없었고 후에도 없으리라. 그날들을 감하지 아니하면 모든 육체가 구원을 얻지 못할 것이나."

마크의 뒤에서 누군가가 말했다.

"저 방송 정말 자주 들리죠?"

음향 담당인 찰리 바스콤이 트래블-올에 탑승하고 있었다.

"이 복음은 아미티지 목사님이 전해주셨습니다. '보이스 오브 갓'은 주님의 말씀에 복종하여 전 세계 모든 언어로 방송되고 있습니다. 당신의 후원이 이 방송을 유지합니다."

마크가 말했다.

"확실히 요즘 저 방송이 자주 들리는 것 같아요. 후원자를 많이 얻었나 보지."

그들은 버뱅크로 나온 다음, 워너브라더스 스튜디오 근처에 주차시켰다. 마크는 이 거리를 좋아했다. 이 거리에는 도청용 카메라 상점부터 고급 레스토랑까지 많은 상점이 있고, 넓은 거리에 여러 종류의 사람들이 다녔다. 스튜디오에서 나온 신인 여배우와 제작 스태프, 정장 차림의 보험 회사 직원들이 거리를 걸어 다니고, 중산층의 전업 주부들이 스테이션왜건 승용차를 타고 지나쳤다. 톨루카 호수 인근에 사는 코가 스노보드처럼 생긴 유명 방송인 하나가 곁을 스쳐갔다. 스태프들이 카메라와 음향 장치를 설치하는 동안 하비는 팀을 찻집으로 데려가서 커피를 마셨다. 촬영 준비를 마친 마크는 먼저 찻집 안으로 들어갔다. 하비의 목소리가 들렸다. 그의 목소리에는 날이 서 있었다.

"……목적은 '사람들'의 생각을 듣는 겁니다. 내 생각 따위는 티 내지 않을 겁니다. 중립적인 질문과 중립적인 목소리 속에 감출 겁니다. 당신 생각? 침묵 속에 감춰두세요. 알았죠?"

"물론이죠."

팀이 느리게 말했다. 차를 타고 있을 때보다 잠에서 많이 깬 것 같았다.

"그럼 나는 뭘 하면 되죠?"

"마크가 방송 출연 동의서 받는 것을 도와주세요. 그리고 사람들이 다니는 길을 막고 서 있으면 안 됩니다."

팀이 말했다.

"좋은 녹음기가 있어요. 그러니 내가⋯⋯."

하비가 말했다.

"당신 물건을 쓸 일은 없습니다. 당신은 직원이 아니거든요."

하비는 고개를 들었다. 마크와 눈이 마주치자 고개를 끄떡이더니 나가버렸다. 마크는 잠시 팀과 함께 있다가, 팀을 데리고 밖으로 걸어 나왔다. 마크가 말했다.

"나한테도 딱 저렇게 말했었죠. 잡아먹으려고 들더군요."

"나도 잡혀 먹힐지도 모르겠소. 만약 내가 인터뷰를 하나라도 망쳐놓으면, 그 자리에 나를 버려놓고 가버릴 것 같군요. 여기서 택시를 타면 요금도 엄청나게 비쌀 텐데."

마크가 말했다.

"그런데, 혹시 당신이 후원자 아닌가요?"

"맞아요. 그리고 하비는 엄한 시어머니죠. 당신은 이 업계에서 오래 일했소?"

마크가 고개를 저었다.

"그냥 잠시 하비와 일하는 것뿐이에요. 언젠가 이 일을 정규직으로 삼을지도 모르겠지만, 빙송 입세의 업무가 어떤지 알잖아요? 내 자유로움을 빼앗길 거예요."

버뱅크에 스모그가 들어찼다. 샌퍼난도밸리 방향의 북쪽 지평선이 갈색으로 흐려지는 지점을 바라보더니 팀이 말했다.

"지금 보니까 허츠렌트마운틴에서 산을 반납하라고 요구하고 있군."

마크가 깜짝 놀라 위쪽을 쳐다봤다.

"어디 말이죠?"

팀이 말했다.

"나는 저 산 위에 종종 갑니다. 저 산 중 한 군데에 관측소까지 장만해뒀으니까 말이오. 하지만 '산악' 대여 회사인 허츠렌트마운틴이 산을 돌려받으려고 가져가고 있잖소."[*]

그들은 다시 촬영현장으로 돌아갔다. 카메라는 망원 촬영과 광각 촬영이 모두 가능하도록 설치가 완료됐다. 하비는 이미 한 남자와 인터뷰를 시작했다. 안전모에 작업복을 착용한 근육질의 남자였다. 쇼핑객이나 사무직 종사자만 가득한 거리에서 이질적인 모습이었다.

"리치 골란츠요. 저쪽 에이버리 빌딩 건축 공사 현장에서 일하고 있소."

하비는 상대편이 편하게 이야기를 하도록 느슨한 태도로 질문을 하고 있었다. 그가 질문하는 장면은 아마 별도로 다시 촬영해야 할 것 같다.

---

[*] 렌터카 회사 허츠렌터카를 이용한 말장난.

"햄너-브라운 혜성에 대해 들어보셨습니까?"

골란츠가 웃음을 터뜨렸다.

"혜성 따위를 생각하느라 시간을 보내본 적은 별로 없소만."

하비가 미소를 짓자 골란츠가 말을 이었다.

"하지만 〈투나이트쇼〉는 봤소. 혜성이 지구에 충돌할지도 모른다고 하더군."

"그 부분은 어떻게 생각하십니까?"

골란츠가 카메라를 똑바로 보며 말했다.

"쓸데없는 소리요. 그런 인간들이 떠드는 이야기야 뻔하지. 오존층이 사라진다, 우리 모두 죽을 것이다. 1968년도에 예언가라는 놈들이 입을 모아서 캘리포니아가 침몰할 거라고 떠들었던 것 기억나시오? 어떤 미친놈들은 산으로 피난도 갔잖소."

"네, 그렇죠. 우주과학자들의 말에 따르면 만약 혜성의 핵이 지구와 충돌하면 그로 인해……."

골란츠가 말을 끊었다.

"빙하기가 온다죠? 그것도 압니다. 잡지에서 읽었소."

그는 씩 웃으며 노란색 금속제 안전모 아래의 이마를 긁었다.

"그건 정말 대박일거요. 얼마나 많은 새로운 건축 공사가 발주될지 생각해봐요. 그리고 빈민 구호를 위해 돈 대신 북극곰 가죽을 배급할 것 아니요. 그러면 이제 북극곰을 사냥할 사람이 필요하겠지. 그 일도 내 적성에 딱 맞을 것 같소. 정말 재미있겠는데. 위대한 사냥꾼으로 여생을 보내는 것도 괜찮을 것 같소."

하비는 좀 더 질문을 넌졌다. 골란츠의 인터뷰에서는 쓸 만한 장면을 건지지 못할 것 같았다. 그러나 그것은 목적이 아니었다. 하비는 카메라를 미끼로 사람들의 생각을 읽고 있었다. 방송국에서는 이런 방식의 현장 조사를 인정하지 않았다. 너무 비용이 많이 들고, 너무 무계획적이고, 신뢰할 수 없다는 이유였다. 하지만 그건 NBS에서 사업을 수주하려는 여론조사 기관들이 내세우는 논리가 아닌가.

질문이 몇 가지 더 이어졌다. 과학과 기술에 대한 것이었다. 골란츠는 카메라 앞에 서는 것을 즐기는 것 같았다.

"만약에 혜성 연구를 위해서 아폴로가 발사된다면, 그건 어떻겠소?"

"아주 좋소. 정말 훌륭한 쇼가 될 거요. 좋은 사진도 많이 촬영될 것이고, 세금을 내겠지만 로즈 볼Rose Ball 티켓보다 가격도 저렴할 겁니다. 기왕이면 조니 베이커가 다시 우주로 가면 좋겠소."

"베이커 대령을 아십니까?"

"개인적으로 아는 것은 아니지만 만나고 싶은 사람이오. 그가 스카이랩을 수리하는 사진, 그건 진정한 건축이오. 그리고 착륙한 뒤에는 나사의 멍청이들을 제대로 혼내줬죠. 그렇지 않아요? 이제 가야겠소. 일이 급하거든요."

그는 손을 흔들고 사라졌다. 마크가 방송 출연 동의서를 서명받기 위해 뒤를 쫓았다.

"잠시 시간 좀 내주시겠습니까?"

젊은 남자는 생각에 잠겨 고개를 숙이고 걷던 중이었다. 못생

긴 얼굴은 아니었지만 이상할 정도로 뻣뻣했다. 하비가 말을 걸어 그의 상념을 방해한 것에 화가 난 눈치였다.

"네?"

"햄너–브라운 혜성에 대해서 말씀을 들어보고 있습니다. 혹시 성함이 어떻게 되십니까?"

"프레드 로렌이오."

"혜성에 대해 생각해본 적 있습니까?"

그는 마지못한 듯 대답했다.

"아뇨. 텔레비전 다큐멘터리는 봤어요."

프레드 로렌의 턱 근육이 도드라졌다. 하비는 저 근육이 왜 발달했는지를 안다. 어떤 이들은 평생 끊임없이 화만 내다가 가기도 하지. 저 사람의 턱 근육은 늘 투덜거리고 이를 갈기 때문에 생긴 근육이다.

저 사람은 정신질환자일까? 그래도 일단 인터뷰는 진행하자.

"혜성의 핵이 지구와 충돌할 가능성이 있다는 이야기는 들어봤습니까?"

"지구에 충돌해요?"

그 남자는 깜짝 놀란 것 같았다. 그는 갑작스럽게 돌아서더니 달아나듯 급히 사라졌다. 걸어올 때보다 훨씬 빠른 걸음이었다.

팀이 물었다.

"저 사람 대체 뭐요?"

"나도 모르겠소."

살인이라도 히러 기던 중인가? 병원이 부족해 심각한 정신병

자들이 사회로 나온다더니 그런 사람 중 하나일까? 아니면 직장 상사와 밑지는 싸움을 하고 기분이 상해 있는 평범한 사람일까?

"저 사람의 정체는 앞으로도 알 수 없겠죠. 알 수 없는 것을 그냥 넘어가지 못한다면 이 바닥의 일을 할 수 없습니다."

❧

프레드는 지난번 혜성에 대한 다큐멘터리를 보지 않았다. 콜린이 다큐멘터리를 시청하는 모습을 봤을 뿐이다. 하지만 그때 들었던 내용 중 일부는 기억할 수 있었다. 지구가 혜성의 이동 경로 상에 있기 때문에, 만약 혜성이 충돌한다면 문명은 불덩이가 되어 사라질지도 모른다는 것이다.

세상의 종말이다. 나는 죽을 것이다. 그리고 우리 모두는 죽을 것이다. 그렇다면 다시 일자리를 찾을 필요가 없다. 거리 아래편에 잡지 가판대가 있었다. 그는 급히 가판대를 향해 걸어갔다.

❧

거리 인터뷰는 계속 진행됐다. 혜성에 대해 한 번도 들어보지 못한 가정주부도 있었고, 하비만큼 많이 알고 있는 주부도 있었다. 한 신인 여배우는 〈투나이트쇼〉에 출연했던 팀 햄너를 알아보고 그와 키스하는 장면을 찍고 싶어 했다. 천문학 우수 학생 배지를 받은 보이스카우트도 있었다.

여러 인터뷰를 통해 감지되는 것이 하나 있었다. 버뱅크는 우주 산업이 발달한 도시였기 때문에 아폴로 위성 발사에 긍정적인 여론이 형성되어 있으리라 예상은 했지만, 거의 모든 사람에게 동의를 얻을 줄은 몰랐다. 혜성을 핑계로 새 유인 우주선을 발사하고 새로운 영웅을 보고 싶은 것이겠지. 세금에 대해 투덜거리는 사람도 있기는 했지만 대부분은 리치 골란츠처럼 지금 지불하고 있는 재미없는 유흥보다는 낫다는 입장이었다.

인터뷰를 마치고 철수하려고 할 때쯤, 눈에 띄게 예쁜 여자 하나가 지나갔다. 그녀는 인도를 급히 걸어갔는데, 중요한 생각에 빠진 듯 정신이 딴 곳에 쏠려 있었다. 미인과 이야기하는 것은 언제나 즐겁지. 하비가 그 앞을 가로막았다. 그녀가 갑자기 아주 아름답게 미소를 지었다.

"텔레비전은 별로 보지 않아요. 그리고 말씀하시는 혜성에 대해서도 들어본 적 없어요. 업무가 너무 정신없었거든요."

하비가 말했다.

"아주 거대한 혜성이 접근하고 있습니다. 이번 여름이 될 것 같아요. 그리고 이 혜성의 연구를 위한 우주 프로젝트도 진행 중이고요. 우주 프로젝트 추진을 찬성하시나요?"

그녀는 바로 대답하지 않았다.

"그 계획을 통해 얻는 것이 많나요?"

하비는 고개를 끄떡였고, 그녀가 말했다.

"그러면 지지하죠. 너무 비용이 많지 않다면요. 그리고 정부가 비용을 지불할 수 있다면요. 그 부분은 조금 의심스럽지만요."

하비는 혜성 연구비용이 풋볼 입장권보다 싸다고 이야기했다.

"물론 그렇겠죠. 하지만 정부는 언제나 돈이 없어요. 그리고 다른 곳에서 절감하지도 않을 거니까, 결국 또 돈을 찍겠죠. 더 큰 적자가 생기고, 더 큰 인플레이션이 올 거예요. 결국 물가가 더 많이 올라가겠죠. 차라리 혜성 연구에 우리가 직접 돈을 내는 편이 나을 거예요."

하비는 가볍게 고개를 끄떡였다. 여자는 갑자기 아주 심각해지고 미소가 사라지더니, 갑자기 화난 표정으로 바뀌었다.

"그런데 내가 무슨 생각을 하든 바뀌는 것은 없잖아요? 정부는 어차피 누구의 말도 듣지 않을 거고, 누구도 신경 쓰지 않잖아요. 물론 나는 아폴로 발사에 동의해요. 최소한 뭔가 눈에 보이는 일을 하는 거니까요. 이쪽 서류함의 서류를 저쪽 서류함으로 옮기는 것보다는 낫잖아요."

그러더니 여자의 얼굴에 다시 미소가 돌아왔다. 그 미소는 마치 광채가 작렬하는 듯했다.

"내가 왜 지금 정치 제도의 모순에 대해 토로하고 있을까요? 이만 가봐야겠네요."

그녀는 하비가 이름을 묻기도 전에 걸음을 옮겼다.

보수적 복장을 한 흑인 남자 한 명이 인내심 있게 곁에서 기다리고 있었다. 인터뷰할 기회를 기다리는 것이다. 복장을 봐서는 이슬람교도? 그는 시장의 지시를 받고 왔다고 신분을 밝혔다. 그는 카메라에 대고, 시장이 얼마나 시정을 위해 고민하고 있는지를 말하고, 스모그 관리를 위한 특별 채권 발행을 지지해준다면 이제 샌퍼난도밸리에서 별을 볼 수 있을 것이라고 말했다.

팀 햄너는 여자의 뒤를 쫓아갔다.

"약 5초 정도 방영될 겁니다. 당신이 아름답게 미소를 지으면서 '혜성? 그게 뭐예요?'라고 말하는 장면 있었죠? 그러면 다른 사람이 나와서, '혜성이 충돌해서 캘리포니아가 산산조각 날 것이다!' 하고 확신에 찬 함성을 지르는 거죠."

그녀가 웃었다.

"좋아요. 동의서에 서명할게요."

"좋습니다. 성함이 어떻게 되시죠?"

"아일린 수잔 핸콕이에요."

팀은 조심스럽게 이름을 쓴 후 물었다.

"주소는요? 전화번호는요?"

그녀가 인상을 찌푸렸다. 그녀는 먼저 트래블-올과 방송 장비들을 바라보고 이어서 팀이 입은 값비싼 캐주얼 정장과 최고급 펄사 시계도 봤다.

"그걸 왜……."

"앞으로 카메라 앞에 설 사람의 뒷조사가 좀 필요해서요."

팀이 다시 말했다.

"이런. 망했군. 그건 거짓말입니다. 사실 나는 방송 업계의 사람이 아닙니다. 그냥 무보수 자원봉사자일 뿐이지요. 후원자이기도 하고, 혜성을 발견한 사람이기도 합니다."

이일린이 묘한 표정을 지었다. 충격을 빋은 듯한 일굴이있다.

"아주, 여러 가지 동질적 특징을 한꺼번에 가지고 있군요!"

두 사람이 동시에 웃었다.

"어떻게 그 모든 역할을 다 하게 된 건가요?"

"할아버지를 제대로 골라서 칼바 비누라는 회사와 많은 돈을 상속받았고, 그 돈 일부로 관측소를 세웠고, 혜성을 발견했고, 그 사실을 자랑하기 위해 회사 돈으로 다큐멘터리 제작을 후원한 거요. 이제 말이 되죠?"

"물론이에요. 그렇게 설명하니까 아주 간단하네요."

"그러니까, 만약 주소를 알려주기 싫으시면……."

"아뇨. 알려드릴게요."

그녀의 주소는 서부 로스앤젤레스 지역이었다. 그녀는 전화번호도 건네주고 머리를 씩씩하게 흔들더니 말했다.

"뛰어가야겠네요. 만나서 정말 반가웠어요. 오늘 정말 운이 좋은 날이네요."

그녀는 사라졌고, 팀의 얼굴에는 행복하고 아련한 미소가 남았다.

"라그나로크! 아마게돈! 모든 대륙의 예언자들이 그날을 예언했습니다."

남자의 목소리는 강렬하고 설득력이 있었다. 그의 턱에는 새카만 턱수염 사이로 순백의 수염이 두 줄기 내리뻗어서 아주 근사했고, 눈빛은 친절하고 평온했다.

"심판의 날이 오고 있습니다. 고대로부터 예고된, 불과 얼음의 전쟁입니다. 해머는 얼음이고, 그것이 불을 일으킬 것입니다."

하비가 물었다.

"그래서 어떤 조언을 해주시겠습니까?"

남자는 망설였다. 하비가 놀릴까봐 걱정하는 것 같았다.

"교회를 다니십시오. 믿을 만한 교회라면 어디든 좋습니다. '내 아버지 집에 거할 곳이 많도다.' 진정한 신앙은 결코 배신당하지 않습니다."

"햄너–브라운이 충돌하지 않는다면 어떻게 하시겠습니까?"

"그럴 리 없습니다."

하비는 그와 인터뷰를 마치고 마크에게 방송 동의서를 받아오도록 했다. 그리고 음향 담당에게 철수하자는 신호를 보냈다. 운이 나쁜 날은 아니었다. 몇 분 정도는 건진 것 같았고, 또 시청자들의 반응도 감지할 수 있었다.

마크가 서류를 들고 다가왔다.

"잘 진행됐죠? 내가 입을 잘 닥치고 있기도 했고."

"그랬지. 잘했어."

팀은 혼자 싱글거리며 걸어오더니 차에 올라탔다.

"내가 없을 때 진행된 것 있나요?"

마크가 말했다.

"라그나로크가 오고 있소. 불과 얼음의 전쟁입니다! 그 사람, 정말 최고로 훌륭한 턱수염이었는데. 그런데 대체 어디 갔다가 오는 거요?"

"방송 출연 동의서를 받았죠."

팀은 차를 타고 돌아오는 내내 멍청이같이 실실 웃었다.

NBS 방송국 주차장에서 해산한 후, 팀은 상가를 향해 차를 몰고 가서 우선 꽃집을 갔다가, 약국에서 수면제를 샀다. 익숙하지 않은 시간을 보내려면 수면제가 필요하다.

그는 옷을 갈아입지 않고 침대에 몸을 던졌다. 그는 금세 깊은 잠에 빠졌고, 저녁 여섯 시 삼십 분경 전화벨이 울려 잠에서 깼다. 그는 몸을 굴려 전화기를 들었다.

"여보세요."

"여보세요. 팀?"

"네, 접니다. 아일린? 미안해요. 잠깐 잠이 들었소. 전화를 하려고 했었는데."

"그러면 내가 이긴 거죠? 팀, 당신은 정말 여자들의 관심을 끄는 법을 잘 아는군요. 예쁜 꽃 보내줘서 고마워요. 하지만 그 고급 화병은, 그러니까 우리는 지금 막 만났다고요."

팀이 웃었다.

"스투벤 크리스털 제품을 알아보는군요. 애호가니까 알아봤겠죠? 나는 이미 꽤 많이 수집했소."

"그래요?"

팀은 부스스 일어나 앉았다.

"동물원을 만드는 중이오. 내가 가진 것이, 어디 한번 봅시다. 푸른 고래, 유니콘, 할머니가 물려주신 기린, 이런 것들은 오래된 스타일이오. 그리고 개구리 왕자. 개구리 왕자 본 적 있어요?"

"왕자 전하의 사진을 본 적은 있지요. 팀, 저녁 식사 어때요? 다르마그리브라는 특이한 식당이 있어요."

아일린이 식사 제안을 하면 대부분의 남자들은 종종 얼른 대답을 하지 못한다. 팀의 경우는 조금 달랐다. 그는 머뭇거리지 않고 바로 대답했다.

"팀 햄너가 제안을 수락했습니다. 감사의 말씀과 함께요. 다르마그리브라는 특이한 식당. 좋습니다. 가본 적은 있는 곳이오?"

"네. 정말 훌륭해요."

"그리고 나한테 사전 주의를 한 마디도 안 해줄 거죠? 미리 말해주지 않으면, 나는 손으로 다 집어먹을 거요."

아일린이 웃었다.

"당신의 적응력을 시험해보세요."

"오호. 우선 우리 집에 들러서 칵테일부터 한잔해요? 내가 왕자 전하와 다른 크리스털들을 소개해줄 테니까."

팀은 그녀에게 집에 오는 길을 알려줬다.

✤

프레드 로렌은 잡지 한 묶음을 사들고 집으로 왔다. 그는 삐걱대는 안락의자 옆에 잡지를 쌓아두고 깊숙이 앉아서, 먼저 타블로이드판 신문인 〈내셔널 인콰이어러〉를 펼쳤다. 기사와 화보는 최악의 공포를 사실로 확인해줬다. 혜성의 지구 충돌은 확실하다 하지만 장소가 어디일지는 아무도 모른다. 시점이 여름이므로 북반구와 충돌할 가능성이 크다. 혜성의 핵의 크기는 아무도 모른다. 하지만 〈내셔널 인콰이어러〉에는 그 충돌로 인해 세상의 종말이 오는 것은 확실하다고 쓰여 있다. 그러고 보면 라디오에서 설교를 들은 적도 있다. 언제든 라디오를 켜기만 하면 흘러나오는 그 목사도 세상의 종말이 다가오고 있다고 했다.

프레드는 턱을 꽉 다물었다. 그는 다른 잡지, 〈천문〉을 펼쳐 들었다. 〈천문〉에는 혜성의 핵이 지구와 충돌할 확률은 십만 분의 일이라고 했지만, 프레드는 그 부분은 자세히 읽지 않았다. 그의 관심을 끈 것은 개념적인 삽화였다. 혜성 충돌이 유체 상태의 마그마를 솟아오르게 만드는 모습이 아주 선명하게 그려져 있었다. 그리고 '평균적인' 소행성의 크기와 로스앤젤레스의 크기를 비교한 삽화, 혜성의 핵이 바다에 충돌해서 해저가 으깨지고 마그마와 수증기가 뿜어지는 삽화도 있었다.

글씨를 읽지 못할 만큼 어두워졌지만 프레드는 불을 켤 생각을 하지 않았다. 많은 사람들은 다가오는 죽음을 예상하지 않고 있을 것이다. 하지만 이제 프레드는 확신했다. 지구는 끝이다. 그는 어둠 속에서 멍하니 앉아 있다가, 콜린이 귀가했을 시간임을 깨닫고 망원경으로 갔다. 여자는 보이지 않았지만 불이 켜져 있고 방은 비어 있었다. 갑자기 프레드의 눈에 환영이 보였다. 창문 주변의 치장토를 바른 벽에서 불꽃이 일렁이고, 커튼과, 침구와, 소파와, 식탁보와, 식탁과, 다른 모든 것이 불에 활활 타올랐다. 창문이 산산조각 나고 파편이 날아다녔다.

그때 욕실의 문이 열렸다. 여자는 욕실에서 나와 로브를 입으러 걸어갔다. 그녀는 벌거벗고 있었는데 마치 성자와 같은 빛이 흘러 프레드는 감히 똑바로 바라볼 수 없었다. 로브를 여미기까지 영겁 같은 시간이 흘렀다. 그 영겁 속에서 프레드는 그녀가 해머 충돌의 빛 속에 잠기는 환영을 봤다. 콜린은 별처럼 빛났고 눈꺼풀은 꼭 닫혀 있었다. 그러더니 얼굴이 유리조각처럼 쩍쩍 쪼개지고, 로브는 숯더미가 되고, 긴 금발 머리카락은 뻣뻣한 검은색으로 바뀌다가 불이 붙었다.

그리고 그녀는, 사라졌다. 한 번 만나기도 전에.

프레드는 망원경에서 눈을 뗐다. 이성의 목소리가 그에게 말했다. 그녀를 만나러 가면 안 돼. 네가 무슨 짓을 할지 잘 알고 있잖아? 더 이상은 감옥에 갈 수 없어.

감옥? 혜성이 충돌해서 세상이 종말한다면?

재판에는 시간이 걸린다. 감옥에 도착하기 전에 먼저 지구가 종말할 것이다. 프레드 로렌은 아주 이상한 미소를 지었다. 그의 턱의 뻣뻣한 근육이 탱탱하게 당겨졌다. 감옥에 들어가기 전에 모두가 죽을 것이다!

5월

1790년대까지 철학자와 과학자들은 하늘에서 돌이 떨어질 수 있다는 주장을 인지했으나, 대부분의 저명한 과학자들은 그 주장에 대해 회의적이었다. 첫 번째 큰 진보는 1794년도에 독일의 유명한 법률가인 E.F.F. 클라드니가 출판한, 『운석으로 판단되는 물체들에 대한 연구』였다. 당시 불타는 구체의 추락이 목격된 후 출간된 여러 책 중 하나였다. 클라드니는 이 책에서 운석이 하늘에서 떨어졌다는 증거를 수용했고, 이 외계의 물체들이 지구 대기권을 통과하는 과정에서 가열됐다는 추론을 제시했다. 심지어 운석은 파괴된 행성의 한 조각일지 모른다는 주장도 했는데, 이것은 초기의 소행성 관련 이론의 기반을 이루었고 칠 년 후 실제로 증거가 발견됐다. 클라드니의 의견은 대부분 학계에서 거부되었는데, 그 이유는 근거 불충분이었다기보다는 동시대에 사람들이 하늘에서 외계의 돌이 떨어진다는 가능성 자체를 받아들이지 않았기 때문이었다.

– 윌리엄 K. 하르트만, 『달과 행성: 행성학 입문』

젊은이 하나가 눈에 띌 정도로 절름거리며 들어오다가, 사무실의 두꺼운 카펫을 헛디뎌 하마터면 넘어질 뻔했다. 젤리슨 상원의원의 비서인 캐리가 얼른 그의 팔을 잡아주자 젊은이는 어깨를 으쓱하면서 화난 표정으로 손을 뿌리쳤다. 캐리가 상원의원에게 민원인이 찾아왔음을 알렸다. 젤리슨 상원의원이 말했다.

"제가 뭘 도와드릴까요."

"새로운 다리 하나가 필요합니다."

젤리슨은 놀라지 않은 척하려고 했지만 성공적이지는 않았다. 그리고 보니 보고를 받았던 이야기였다.

"자, 우선 앉으십시오."

젤리슨이 시계를 봤다.

"이미 여섯 시가 넘었군요."

방문객은 까칠하게 말했다.

"귀한 시간을 빼앗고 있다는 것은 잘 알고 있습니다."

젤리슨이 말했다.

"내 업무 시간에 대해 이야기한 것이 아니오. 여섯 시가 넘었으니, 술을 마셔도 된다는 뜻입니다. 뭐 좀 마시겠소?"

"음, 좋습니다, 상원의원님."

"좋소."

젤리슨이 고급 책상에서 일어나 벽에 서 있는 오래된 캐비닛을 열었다. 이 건물은 그렇게까지 오래되지 않았지만, 캐비닛은 19세기에 다니엘 웹스터 상원의원이 쓰던 것이라고 해도 믿을 정도다. 그랬다면 여섯 시가 넘었는지는 신경 쓰지도 않았겠지. 젤리슨 상원의원은 캐비닛을 열고 방대한 술 창고를 공개했다. 거의 대부분의 병에 같은 라벨이 붙어 있었다.

민원인이 물었다.

"올드페드칼*입니까?"

"물론입니다. 라벨 때문에 비싼 값을 지불할 필요는 없으니까

---

* 지가 제조 후 다른 술냉에 넣어 팔던 캘리포니아 술의 통칭.

요. 검은 병에 든 건 잭다니엘 버번 위스키입니다. 나머지 것들도 최고 제품들이죠. 훨씬 값싸게 구할 수 있는 물건에 브랜드 가격을 비싸게 줄 필요는 없잖소? 자, 뭘 마시겠습니까?"

"스카치를 주세요."

"여기 있소. 나는 버번을 마십니다."

젤리슨은 두 잔을 따라놓고 말했다.

"자, 이제 어떻게 된 일인지 이야기를 해주시오."

그가 이야기를 시작했다.

"재향군인국 문제입니다."

이번이 그의 네 번째 의족이었다. 처음에는 재향군인국에서 딱 맞는 의족을 지급받았으나, 그것을 도둑맞았다. 그 후 세 번 다시 지급받았으나 매번 그에게 맞지 않는 의족을 받아서 다리가 아팠다. 그리고 다시 지급을 요청했지만 재향군인국은 아무것도 제공하지 않았다. 젤리슨이 부드럽게 말했다.

"하원의원에게도 문제가 있는 것 같군요."

그러자 그의 목소리가 다시 씁쓸해졌다.

"짐 브레이든 하원의원님을 뵈려고 했지만 약속조차 잡지 못했어요."

젤리슨이 대답했다.

"잠시만 기다려주시오."

그는 책상 서랍에서 조그만 스프링 노트를 꺼내 메모를 시작했다.

'앨빈에게 브레이든 개자식을 대신할 사람이 누구인지 알아보

도록 할 것. 우리 당에 그런 멍청이는 필요 없음. 게다가 이번이 처음도 아님.'

그러더니 젤리슨은 그에게 물었다.

"당신이 만나는 의사들의 이름을 알려주십시오."

"그러니까 정말 도와주신다는 이야기입니까?"

"사람을 시켜 문제를 확인하겠습니다."

젤리슨은 메모지에 구체적인 내용을 적었다.

"어디서 부상을 당했습니까?"

"베트남 중부의 케산이었습니다."

"훈장은? 혹시 모르니까요."

방문자가 대답했다.

"은성 훈장입니다."

"물론 퍼플 하트 훈장*도 받았겠지요. 한 잔 더 하겠소?"

방문자는 미소를 짓고 고개를 저었다. 그는 커다란 방을 둘러봤다. 벽은 사진으로 장식되어 있었다. 젤리슨이 인디언 보호구역에 있는 모습. 공군 폭격 제어소에 있는 모습. 그의 자녀와 직원과 친구들.

"더 이상 상원의원님의 시간을 뺏고 싶지 않습니다. 굉장히 바쁘실 텐데요."

그는 조심스럽게 일어났다. 방문자가 밖으로 나가자, 젤리슨의 비서가 들어왔다.

---

* 선투 중 부상당한 군인에게 수여되는 훈장.

"이제 방문객은 더 없습니다."

"좋아. 나는 잠시만 더 있어야겠소. 앨빈을 불러줘요. 그리고 퇴근하시오. 아참. 한 가지만. JPL의 샤프 박사를 연결해줘요. 그리고 모린에게는 내가 조금 늦는다고 전화를 해주고."

"물론이죠."

캐리는 상원의원의 모습을 보며 미소를 지었다. 정말로 그녀가 퇴근하기까지 상원의원은 퇴근 전의 마지막 일이라면서 아홉 건쯤을 더 시킬 것이다. 이 상황은 이제 익숙해져 있었다. 그녀는 비서실 반대편의 사무실을 바라봤다. 앨빈 하디 이외에는 모두 퇴근했다. 수석 비서관인 앨빈은 언제나 곁에서 대기하고 있었다. 캐리가 말했다.

"상원의원님이 부르십니다."

앨빈이 상원의원의 사무실로 들어갔다. 젤리슨은 큰 의자에 몸을 쫙 펴고 앉아 있었다. 재킷과 폭이 좁은 넥타이는 벗어서 책상 위에 걸쳐놨고. 셔츠 단추도 절반쯤 풀어놓은 상태였다. 그리고 큰 잔에 버번위스키가 담겨 있었다.

"부르셨습니까."

"몇 가지 일이 있네."

그는 앨빈에게 방금 적은 메모지를 건넸다.

"이 상황 좀 확인해보게. 만약에 사실이라면, 그놈들 발밑에다 큼직한 화로를 하나 피워놓도록. 비용 절감을 하려면 본인들 월급에서 하라고 해. 은성 훈장을 수여한 퇴역 군인의 의족으로 사기 치지 말고."

"네, 상원의원님."

"그런 다음, 브레이든 하원의원의 선거구를 한 번 검토해보게. 당에서 그 구역에 젊고 똑똑한 친구를 배치해야 할 것 같아. 내가 떠오르는 건, 시의회에 있는……."

"벤 타이슨입니다."

"그렇지. 타이슨. 그가 브레이든을 이길 수 있다고 생각하나?"

"이길 수 있을 겁니다. 도움을 주신다면은요."

"조사해보게. 브레이든은 지구를 지키느라 바빠서 유권자를 보살필 시간이 없는 것 같아."

젤리슨 상원의원은 조금도 웃지 않고 있었다. 앨빈이 고개를 끄떡였다. 브레이든, 당신은 끝났어. 상원의원님이 이런 표정으로 이야기할 때는……. 인터폰이 울리고 캐리가 말했다.

"샤프 박사님 전화 연결됐습니다."

"알았어. 앨빈. 자네도 함께 듣게. 샤프 박사?"

샤프가 말했다.

"네, 상원의원님?"

"발사 준비는 어떻게 되고 있소?"

"잘 준비되고 있습니다. 워싱턴의 VIP들이 진도 확인 차 전화만 하지 않는다면 더 잘할 텐데 말이오."

"젠장, 샤프 박사. 당신에게 날개를 달아준 것이 나요. 상황에 대해 알아야 할 사람이 있다면 그건 바로 나요."

"네, 죄송합니다. 사실 기대보다 더 잘 진행되고 있습니다. 소련이 큰 도움이 됐죠. 그들은 내형 추진제를 보유하고 있기 때문에, 소모품을 많이 탑재해가서 공유할 예정이오. 덕분에 우리는 과학 장비를 더 많이 탑재할 수 있습니다. 역할 분담이 확실하니까, 아주 의미 있는 협동이죠."

"좋소. 내가 그 로켓의 발사를 위해 얼마나 부탁하고 다녔는지 모를 거요. 자, 이 일의 가치가 뭔지 한 번 더 설명해주시오."

"상원의원님. 이 일은 우리가 배우는 만큼의 가치가 있을 겁니다. 암을 치료하지는 못하겠지만, 우리의 행성과 혜성과 소행성에 대해 많은 것을 알게 될 것입니다. 아참, 방송국에서 다큐멘터리 다음 편에 상원의원님이 출연하셨으면 하더군요. 아마 금번 로켓 발사에 대한 감사 인사를 하려는 것 같습니다."

젤리슨이 앨빈을 쳐다봤다. 앨빈이 미소를 지으며 고개를 끄떡이며 말했다.

"로스앤젤레스 시민의 호감이 높아질 것입니다."

젤리슨이 말했다.

"출연하겠다고 말해주시오. 언제라도. 세부 사항은 내 비서관인 앨빈과 함께 확인하시고. 이제 됐습니까?"

"네. 다른 건도 있나요?"

"없소."

젤리슨이 위스키 잔을 비웠다.

"샤프 박사, 요즘 나는 혜성이 지구에 충돌한다고 생각하는 사람을 자주 만납니다. 미친 사람들이 아니오. 똑똑한 사람들이지. 당신만큼 고학력자도 있소."

샤프가 고개를 끄떡였다.

"대부분은 나도 아는 사람들일 겁니다."

"그래요?"

"뭐라고 말씀드리면 좋을까요."

샤프는 잠시 침묵했다가 말을 이었다.

"예측대로라면 혜성의 궤도는 우리의 궤도 위로 지나게 될 겁니다."

상원의원이 말했다.

"오, 주여."

"하지만 그 예측의 오차 범위는 수천 킬로미터입니다. 그리고 불과 천 킬로미터 차이로 벗어난다고 해도 그것은 벗어나는 것입니다. 충돌 가능성이 아주 낮다는 뜻이죠."

"하지만…… 부딪힐 수도 있잖소."

"음…… 대중들에게 알려지면 안 되는 정보입니다만……."

"대중들에게 알려질 정보를 물은 것이 아니오."

"좋습니다. 충돌할 수 있습니다. 그러나 확률은 높지 않죠."

"확률이 어떻소?"

"수천 분의 일입니다."

"지난번에는 수십억 분의 일이라고 했었소만."

"그러니까, 지난번보다 확률이 높아졌습니다."

샤프 박사가 말했다.

"그 정도면 우리도 뭔가 준비를 해야 하는 것 아니오?"

"어떻게 하시겠습니까? 이미 대통령께도 말씀드렸습니다만."

"나도 했소."

"그리고 대통령 각하는 대중에게 공포를 주고 싶어 하지 않으십니다. 저도 동의합니다. 정말 사건이 벌어질 확률은 여전히 수천 분의 일에 불과합니다. 만약 우리가 대비를 시작한다면, 엄청난 혼란이 벌어지고 수많은 사람들이 죽을 겁니다. 우리 주변에 미친놈들은 많지요. 강간범들. 미친놈. 세상의 종말을 기회라고 생각하는 인간들."

젤리슨 상원의원이 건조한 목소리로 말했다.

"내게는 이야기해주시오. 사실 나는 대통령을 만났소. 대통령이 당신 의견도 이미 들었다더군. 아니, 당신이 대통령의 의견을 들은 것인지도. 아무튼 대중에게 경고하자는 이야기가 아니오, 샤프 박사. 개인적인 관심이오. 충돌 위치는 어디로 짐작합니까?"

다시 침묵이 이어졌다. 젤리슨이 물었다.

"이미 연구가 진행되었죠? 당신이 했든지, 아니면 그 얼빠진 천재 과학자, 포레스터 박사가 연구했든지. 맞소?"

샤프 박사가 마지못해 대답했다.

"맞습니다. 해머는 분열하고 있습니다. 만약 충돌한다면, 한 번으로 그치지 않고 연속으로 여러 번 충돌할 가능성이 큽니다. 핵의 중심과 정면충돌하지 않는다는 이야기지요. 만약 핵의 중심과 정면충돌한다면, 미리 대비할 걱정은 안 하셔도 됩니다. 대비할 수 없으니까요."

"오……."

샤프 박사가 말했다.

"네. 대비가 불가능할 정도로 나쁜 상황이 옵니다."

"하지만 작은 조각이 충돌한다면."

샤프가 말했다.

"틀림없이 대서양이 될 겁니다."

젤리슨의 목소리가 낮아졌다.

"그렇다면 워싱턴은……."

"해일이 일어나겠죠. 워싱턴은 물에 잠길 겁니다. 동부 해안 대부분은 산꼭대기까지 모두 잠길 겁니다. 하지만 확률은 낮습니다. 아주 낮아요. 예측대로라면 굉장한 빛의 쇼를 보는 것으로 끝날 겁니다. 그냥 그 정도요."

"좋소. 좋아요, 박사. 하던 업무 계속하시오. 그런데 말이오, 충돌하는 날, 당신은 어디 있을 거요?"

"JPL에 있을 겁니다."

"고도가 얼마나 되지?"

"해발 삼백 미터 정도 될 겁니다. 그럼 들어가십시오."

젤리슨이 전화를 끊기 전에 먼저 전화가 끊겼다. 젤리슨과 앨빈은 한동안 꺼진 전화기를 쳐다봤다.

"앨빈, 우리는 내 목장으로 가세. 혜성을 관측하기 아주 좋은 장소지."

"네, 의원님."

"하지만 조심하게. 허둥거려서는 안 돼. 우리가 요란을 떨면 온 나라가 불길에 휩싸일 수 있어. 의회는 좋은 명분을 만들어 임시 휴회를 할 것이 뻔하니까, 그 문제는 신경 쓸 것 없어. 하지만 내 가족은 그 시점에 목장에 있으면 좋겠네. 내가 모린을 챙기겠네. 잭과 샬롯은 자네가 챙겨주게."

앨빈이 움찔 놀랐다. 젤리슨 상원의원은 사위인 잭 터너를 싫어하는데, 그것은 앨빈도 마찬가지였다. 그의 사위와 부인과 아이들을 캘리포니아에 있는 상원의원의 목장에 가도록 설득하는 것은 그다지 유쾌하지 않을 것이다.

젤리슨이 말했다.

"이왕 훔친다면 새끼 양보다 어미 양을 훔치는 편이 낫지. 물론 자네는 함께 가세. 그리고 장비를 충분히 준비해. 세상의 종말을 대비할 수 있는 장비들. 사륜구동 자동차 두 대와……."

"랜드로버 말씀입니까."

앨빈이 말하자 젤리슨이 대답했다.

"젠장, 아냐. 랜드로버는 안 돼."

젤리슨은 다시 잔에 술을 채웠다.

"미국 제품을 사게. 젠장. 혜성은 아마 충돌하지 않을 거라네. 혜성이 지나간 후에 수입차를 보유하고 싶지는 않아. GMC에서 나온 지프면 충분해."

앨빈이 말했다.

"확인하겠습니다."

"그리고 다른 물건도. 캠핑 장비들. 배터리, 면도칼, 휴대용 계산기, 엽총, 침낭 등 그런 상황에서 구할 수 없는 모든 잡동사니들……."

"꽤 돈이 들 것 같습니다, 상원의원님."

"그래서? 내가 파산이라도 했나? 도매상에서 구입해. 하지만 절대 비밀을 지켜야 해. 누군가가 물어보면 아프리카로 출장 간 다고 말해줘. 국가과학재단과 함께 프로젝트 준비 중이라고 하면 되겠군."

"네, 알겠습니다."

"좋아. 누군가가 물어볼 때만 대답하면 되네. 계획에 참여하는 사람은 최소화시키도록. 혹시 데려오고 싶은 여자가 있나?"

앨빈은 얼른 대답할 수 없었다. 혹시 자신이 모린과 함께 하고 싶을까? 자신이 없었다.

"없습니다, 상원의원님."

"그래. 그 문제는 자네가 알아서 하게. 자네도 지금 우리가 얼마나 멍청한 짓을 하는지 잘 알 거야. 그리고 혜성이 스쳐간 후에는 우리의 멍청함에 대한 자괴감이 들겠지."

"네, 상원의원님."

그렇게 생각하게 되기를 빈다. 그런데 샤프 박사도 혜성을 '해머'라고 불렀다!

❧

"충돌 위험은 전혀 없다고 보면 됩니다. 1932년에 소행성 '아폴로'는 삼백만 킬로미터 거리로 접근했습니다. 우주에서는 매우 가까운 거리죠. 물론 아무 피해도 없었습니다. 1936년 소행성 '아도니스'는 백육십만 킬로미터 가까이를 스쳐갔습니다. 그래서 무슨 일이 있었습니까? 1968년의 혼란을 생각해보세요. 사람들, 특히 캘리포니아에 살던 사람들은 고지대로 피난을 갔지만, 딱 하루가 지나자 모두 그 사실 자체를 잊었습니다. 필요도 없는 생존 도구를 구입하느라 파산했던 사람들만 빼고 말이오. 햄너-브라운 혜성은 상대적으로 가까운, 다시 한 번 강조하지만, 우주의 거리 개념 상 상대적으로 가까운 거리에서 새로운 외계의 물체를 연구하는 훌륭한 기회가 될 것입니다. 그게 전부입니다."

"감사합니다, 트리스 박사님. 시청자 여러분께서는 미국 지질학회의 헨리 트리스 박사의 인터뷰를 시청하셨습니다. 그러면 정규 프로그램으로 돌아가겠습니다."

하비는 샌호아킨밸리 동부를 덮고 있는 오렌지와 아몬드 숲을 가로질러 도로를 타고 북쪽으로 이동했다. 가끔 낮은 언덕을 지나거나 언덕을 끼고 진행할 때도 있었지만, 거의 대부분은 도로 왼편으로 광활한 농지를 끼고 달렸다. 농지는 지평선이 보일 정도로 넓게 펼쳐져 있었고, 가끔 농업용 창고와 수로가 보였고, 대형 건물은 아직 미완공된 샌호아킨 원자력발전소뿐이었다.

포터빌에서 도로 방향이 갑자기 동쪽으로 바뀌었다. 하비가 도로를 따라 동쪽의 오르막을 오르자, 장대한 하이시에라 산맥이 눈에 들어왔다. 하이시에라의 고산지대에는 지금도 꼭대기에 눈이 덮여 있었다. 하비는 마침내 갓길로 접어들어 내리막을 따라가다가, 아무 표시가 없는 문 앞에 도착했다. 우체국 트럭 한 대가 울타리 안으로 들어가더니 운전사가 울타리 문을 닫으러 차에서 내렸다. 머리가 길고 수염을 조심스럽게 다듬은 사람이었다.

우편배달부가 말했다.

"길을 잃었어요?"

"아니오. 여기가 젤리슨 상원의원의 목장이죠?"

우편배달부가 어깨를 으쓱했다.

"이곳 사람들이 그렇다고 하더군요. 내가 상원의원을 한 번도 본 적은 없지만요. 당신이 들어오고서 문 닫을 거죠?"

"그러겠소."

"또 봐요."

우편배달부는 자신의 트럭으로 돌아갔다. 하비는 문을 통과하고 차에서 내려 울타리 문을 닫은 다음, 트럭 뒤를 쫓아서 먼지투성이의 길을 달렸다. 언덕 꼭대기에 흰색 집 한 채가 서 있고, 길이 두 갈래로 갈라졌다. 오른쪽 길을 따라 내려가자 창고가 나오고, 작은 호수가 연달아 나타났다. 호수 뒤쪽으로 절벽이 불쑥 솟아 있고 몇 그루의 오렌지 나무와 넓은 목초지가 있었다. 목초지 위에는 캘리포니아 교외의 어마어마한 주택보다 훨씬 더 어마어마한 바윗덩이가 굴러다녔다. 덩치 큰 여자 하나가 집 밖으로 나와 우편배달부에게 손을 흔들었다.

"커피가 따뜻하다오, 해리!"

"고맙습니다. 즐거운 '재활용의 날'입니다!"

"벌써 그렇게 됐소? 벌써? 좋아요, 어디 두는지는 잘 알죠?"

부인은 트래블—올을 멈춰 세우더니 말했다.

"어떻게 오셨소?"

"젤리슨 상원의원을 뵈러 왔습니다. NBS 방송국에서 온 하비 랜들이라고 합니다."

여자가 고개를 끄떡였다.

"기다리고 계실 테니 저쪽 큰 집으로 가요."

그녀는 갈림길 왼편을 가리켰다.

"주차할 때 조심하시우. 그리고 고양이도 조심하고."

"그런데 재활용의 날이 뭐 하는 날입니까?"

여자는 처음부터 경계하는 표정이었는데, 하비의 질문을 받고 서 표정이 납덩이처럼 딱딱해졌다.

"별로 중요한 날 아니우."

그런 다음 그녀는 집 안으로 사라져버렸다. 우편배달부는 이미 집 안으로 사라진 지 오래였다.

하비는 어깨를 으쓱하고 트래블—올의 시동을 걸었다. 도로 양편에 가시 철망이 세워져 있는데, 오른쪽은 오렌지 과수원, 왼쪽은 목초지였다. 커브를 돌자 곧 상원의원의 저택이 나타났다. 돌로 벽을 쌓고 평판 지붕을 얹은, 이런 산골 구석의 목장과는 어울리지 않는 느낌의 광대한 저택이었다. 저택은 몇 킬로미터 바깥의 계곡과 하이시에라까지 전망할 수 있는 위치였다.

그는 후문 근처에 차를 세웠다. 빙 돌아서 정문 현관으로 가려는데 부엌문이 열리며 여자가 나왔다. 모린 젤리슨이었다.

"안녕하세요? 그냥 가까운 문으로 들어오세요."

"감사합니다. 그러죠."

하비는 모린 젤리슨을 사랑스러운 여자라고 기억했고, 그 기억은 옳았다. 그녀는 황갈색 슬랙스에 등산화 비슷한 목 높은 신발을 신고 있었다. 마크였다면 '어정쩡한 등산화'라고 불렀을 것이다. 빨간 머리칼은 방금 빗은 것처럼 가지런히 어깨까지 흘러내렸고 끝이 가볍게 말려서 태양빛이 유쾌하게 반사했다.

"운전하는 데 힘들지 않으셨나요?"

"아주 즐거웠습니다."

모린이 말했다.

"저도 LA에서 여기로 올라오는 도로를 정말 좋아해요. 이제 한잔하셔도 되겠죠? 뭘로 하시겠어요?"

"스카치로 주세요. 고맙습니다."

"천만에요."

그녀는 아주 모던하게 장식된 주방 응접실로 그를 데려갔다. 한쪽 벽면 가득 술이 쌓여 있었다. 그녀는 '올드페드칼' 스카치 한 병을 꺼내고 냉장고에서 끙끙대며 얼음 통을 꺼냈다.

"도착 당일에는 언제나 꽝꽝 얼어 있어요. 목장 일이 워낙 바쁘니까 콕스 가족이 이 집까지 요란하게 관리할 시간이 없는 거죠. 다른 방은 조금 나을 거예요."

모린은 그를 데리고 복도를 거쳐 널찍한 베란다와 맞닿은 거실로 향했다. 거실은 밝은색 목재와 목장 스타일의 가구가 어우러져 쾌활한 느낌이 드는 공간이었다. 이 장대한 저택과 어울리지는 않지만 말이다. 벽면에는 개와 밀의 사신, 그리고 트로피

장식장이 있었다. 대부분은 좋은 말 콘테스트에서 입상한 트로피였지만 다른 가축의 입상도 있었다.

하비가 물었다.

"다른 분은 어디 계시죠?"

모린이 말했다.

"지금은 저뿐이에요."

하비는 그 말을 의식 밑바닥으로 밀어 넣기 위해 애썼지만 자꾸 웃음이 비어져 나왔다.

모린이 말했다.

"아버지는 선거 때문에 붙잡혀 있어요. 워싱턴 발 야간 비행기로 출발해서 내일 아침에 도착하신다고 했어요. 아버지가 당신에게 이곳 안내를 해주라고 하셨어요. 마실 것 좀 더 드릴까요?"

"아뇨, 한 잔이면 충분합니다."

그는 잔을 내려놓았다가, 그곳이 반들반들하게 광을 낸 목제 조명등용 테이블인 것을 뒤늦게 깨닫고 도로 잔을 들었다. 테이블에 생긴 물 컵 자국은 손으로 닦았다.

"촬영팀을 데려오지 않아 다행입니다. 사실 다른 일이 있기도 했고, 또 영상은 내일 아침에 담는 편이 좋을 것 같았소. 나는 촬영팀이 오기 전에 상원의원님을 미리 뵙고 카메라 앞에서 어떤 이야기를 하고 싶어 하시는지를 좀 들어두려고 했죠. 만약 내일 오전에 상원의원님이 시간이 없다면 내 차에 있는 장비로 촬영을 할 준비는 되어 있었소. 옛날에는 나도 꽤 괜찮은 카메라맨이었으니까."

그리고 내가 조잘거리고 있구나. 멍청하게도.

모린이 말했다.

"자, 본격적으로 목장 투어를 하실까요?"

그녀는 하비의 튼튼한 러프라이더 바지와 등산화를 쳐다봤다.

"옷을 갈아입을 필요는 없겠네요. 험한 길을 걸으실 용의가 있다면, 이 계곡에서 가장 전망이 좋은 곳으로 안내할게요."

"물론 좋소. 갑시다."

그들은 밖으로 나간 다음 오렌지 숲을 가로질렀다. 두 사람의 왼편으로 시냇물이 물거품을 일으키며 흐르고 있었다.

모린이 말했다.

"저쪽이 수영하기 좋아요. 일찍 돌아오면 잠깐 적셨다가 가도 될 거예요."

그들은 철망을 가로질러 갔다. 그녀는 전혀 힘들이지 않고 철망의 틈을 벌려 사이를 빠져나간 후 하비를 바라봤다. 하비가 그녀의 뒤를 따르자, 그녀가 환하게 웃었다. 그가 능숙한 것이 기쁜 모양이었다. 철망 건너편은 잡초와 키 작은 나무가 얽혀 있었고, 전혀 사람 손이 닿지 않았다. 이곳의 길은 가팔랐다. 토끼와 양이 이동하면서 만든 듯한 오솔길이 몇 개 있었는데, 사람이 다니기에는 아주 불편했다. 그들은 장엄하게 솟아오른 화강암 절벽의 아랫단까지 도착했다.

모린이 말했다.

"이제부터 왼쪽 길로 돌아가야 해요. 많이 험해지거든요."

너무 험해요, 난 못 가요. 하비는 속으로 생각했나. 하시만 이 워싱턴 사교계의 명사가 나 때문에 당황하고 미안하게 해서는 안된다. 나는 스포츠 애호가처럼 보여야 한다. 하비는 예전 여자친구인 매기 톰킨스가 베트남에서 지뢰를 밟아 폭사한 이후 한 번도 여자와 산을 오른 적이 없었다. 매기는 직접 발로 뛰어야 직성이 풀리는 기자였고, 기사를 찾기 위해 항상 현장을 뛰었다. 술집에 앉아 다른 사람의 입으로 듣는 이야기 수집은 흥미가 없었다. 하비는 종종 그녀와 함께 전선을 향했는데, 공산군의 전선 너머로 들어갔다가 함께 나오던 중 변을 당했다. 만약 그녀가 죽지 않았다면, 하비는 그 상념을 머릿속에서 밀어냈다. 이미 아주 오래전의 일이었다.

그들은 바위틈을 밟고 힘들게 위로 올라갔다. 하비가 물었다.

"이곳에 자주 올라오세요?"

그는 목소리에 힘든 기색이 느껴지지 않게 하려고 애썼다.

모린이 대답했다.

"예전에 딱 한 번 왔어요. 아버지가 혼자서는 오지 말래요."

마침내 그들은 꼭대기에 올랐다. 산꼭대기라고 부를 수 있는 곳은 아니었고 산등성이의 한쪽 끄트머리에 불과했다. 그들의 동남쪽으로 하이시에라가 길게 뻗어 있었다.

좁은 길 하나가 바위 절벽으로 이어져 있었다. 그들은 등산 내내 바위 절벽을 마주 보고 있었으므로, 절벽 꼭대기에 오른 지금은 목장을 마주 보게 됐다.

하비가 말했다.

"당신 말이 맞았어요. 이곳의 경치는 힘들게 올라온 값을 하는

군요."

그는 건물의 몇 층 높이는 될 것 같은 거대한 바위 절벽에 서서 계곡에서 불어오는 상쾌한 바람을 즐겼다.

상원의원의 목장 전체가 바로 발아래에 펼쳐져 있었다. 그의 시야 여기저기에 거대한 흰 바윗덩어리가 흩어져 있었다. 빙하가 이 지역을 통과할 때 저 바위를 흩어놨겠지. 작은 냇물이 만든 조그만 계곡은 서쪽으로 수 킬로미터 이어져 있었다. 그쪽으로도 방갈로 크기의 흰 바윗덩어리가 점점이 흩어져 있었고 언덕도 있었다. 언덕 너머 저지대로 샌호아킨 평원이 펼쳐져 있었다. 흐린 안개가 껴 있었지만 캘리포니아 중앙계곡 서쪽 지역의 넓은 평원까지 식별이 가능했다.

모린이 말했다.

"여기가 실버밸리예요. 여기까지가 우리 목장이고, 저 너머는 조지 크리스토퍼가 소유한 목장이에요. 예전에 나는 조지 크리스토퍼와 결혼할 뻔했었죠."

그녀는 말을 멈추고 웃었다. 하비는 찌릿한 질투심을 느꼈다. 내가 왜 이러지? 하비가 물었다.

"왜 웃는 거요?"

모린이 말했다.

"청혼했을 때 우리는 둘 다 열네 살이었거든요. 벌써 십육 년 전이에요. 아버지가 그때 처음 상원의원으로 당선돼서 우리는 워싱턴으로 이사 가게 됐죠. 조지와 나는, 내가 여기 남기 위해 음모를 꾸미려고 했어요."

"하지만 안 꾸몄군요."

"네, 그렇죠. 그때 시도라도 해볼 걸 그랬다는 생각을 가끔 해요. 특히 여기 서 있을 때면 말이죠."

그녀는 조금 과장되게 팔을 펼쳤다. 하비는 시야를 돌렸다. 봉우리 너머 봉우리가 계속 이어지다가 하이시에라의 넓은 산맥 속으로 흐리게 뒤섞였다. 저 거대한 산은 어떤 인간의 손길도 닿지 않고 누구도 등반한 적 없어 보였다. 물론 그것은 환상일 뿐이다. 하이시에라의 존 뮤어 등산로 같은 곳에서는 신발 끈을 매려고 몸을 숙였다가 다른 등산객들에게 짓밟힐지도 모른다.

그들이 서 있는 거대한 절벽 끝은 마치 발굽처럼 갈라져 있었다. 절벽의 바위 사이의 틈은 폭이 일 미터도 안 됐지만 바닥이 보이지 않을 정도로 깊었고, 바위는 바깥쪽을 향해 기울어져 있어, 하비는 근처에 갈 엄두도 내지 못했다. 하지만 그 근처를 거닐던 모린은 별 거리낌 없이 바위틈을 펄쩍 건너뛰었다. 건너 선 곳은 폭이 불과 육십 센티미터의 좁은 바위 위였다. 앞으로는 구십 미터 높이의 절벽을 두고, 뒤로는 깊이를 알 수 없는 바위틈을 두고, 그녀는 만족스러운 표정으로 주변을 둘러봤다.

하비는 어정쩡한 미소를 지으면서 머뭇거렸다. 그녀는 잠시 어리둥절한 표정으로 하비를 쳐다보다가, 그제야 눈치를 챘다. 그녀는 큰 바위로 돌아왔다.

"미안해요. 혹시 고소공포증이 있나요?"

하비가 끄떡였다.

"조금 그래요."

"내가 그런 짓을 하면 안 되는데 그랬어요. 걱정했어요?"

"만약 무슨 일이 생긴다면, 저기서 어떻게 빠져나올지를 생각했어요. 내가 저 바위 틈새를 건너갈 수 있을까."

"별로 즐거울 것 같지는 않네요. 같이 목장을 내려다봐요. 여기서 한눈에 보이니까요."

그리고 그들은 한참 이야기를 나눴다. 특별히 중요한 이야기는 없었지만 아주 유쾌했다. 이보다 더 좋았던 시간이 있었던가?

모린이 말했다.

"이제 내려갈 시간이네요."

"올라왔던 길보다 조금 쉬운 길이 있나요?"

모린이 대답했다.

"잘 모르겠어요. 한 번 찾아보죠."

그녀는 바위 맞은편 왼쪽 길로 앞장섰다. 그들은 낮은 관목 덤불을 헤치고 염소들이 다니는 좁은 길을 따라 걸었다. 여기저기에 염소와 양의 똥이 쌓여 있었다. 확실히 모르겠지만 사슴 똥도 있겠지? 등산로치고 바닥이 너무 딱딱하다.

"사람이 한 번도 온 적이 없는 길 같소."

하비가 숨죽여 말했지만 모린은 듣지 못했다. 그들은 좁은 길을 걸었다. 가파른 내리막길 양편에는 염소 똥 이외에는 아무것도 없었고, 잠시 후 시야에서 목장도 사라졌다.

그들의 뒤에서 소리가 났다. 하비는 뒤를 돌아봤다가 깜짝 놀랐다. 내리막길로 말 한 마리가 내려오고 있었기 때문이다. 말위에는 기수도 있었다. 조그만 금발머리 소녀였는데, 열 살이 조금 넘어 보였다. 그녀는 안장도 없이 말을 타고 있었는데 말에 착 달라붙은 모습은 마치 거대한 동물의 일부, 말하자면 어린 켄타우로스 같았다. 여자아이가 말했다.

"안녕하세요?"

"안녕, 앨리스. 하비, 이 아이는 앨리스 콕스예요. 이 목장을 관리하는 콕스 가족의 딸이죠. 앨리스, 여기서 뭘 하고 있니?"

"아까 올라가시는 걸 봤거든요."

그녀의 목소리는 작고 톤이 높았지만, 새되게 날카롭지는 않았다. 모린은 하비를 따라잡고 가볍게 눈을 찡긋 했다. 그도 가볍게 고개를 끄떡였다. 모린이 말했다.

"우리는 지금 용감한 탐험대가 된 기분이었단다."

"네. 여기 올라왔을 때 나도 굉장히 곤란했던 적이 많아요. 이 큰 말을 타고 올라오지 않았을 때는 말이에요."

하비의 눈앞에 보이는 내리막은 아주 경사가 급해서, 말이 내려갈 수 없을 것 같았다. 하비는 앨리스에게 말과 함께 내려갈 수 있겠느냐고 물었다. 앨리스는 말에서 내리면서 가볍게 고개를 끄떡였다. 그녀는 말이 발을 짚어야 할 곳을 가리켰고, 말은 앨리스의 지시를 완벽하게 알아듣는 것 같았다. 앨리스가 물었다.

"상원의원님은 곧 오시나요?"

모린이 대답했다.

"그래, 내일 아침에 오신단다."

"난 상원의원님과 이야기하면 정말 좋아요. 학교 친구들도 모두 상원의원님을 만나고 싶어 하거든요. 텔레비전에도 많이 나오

234

시고요."

모린이 말했다.

"앨리스, 이 분은 텔레비전 프로그램을 제작하신단다."

앨리스가 하비를 존경심을 담아서 다시 봤다. 그녀는 잠시 조용히 있다가, 질문했다.

"〈스타트렉〉도 좋아하세요?"

"그래. 하지만 〈스타트렉〉을 제작하지는 않는단다."

하비는 미끄럽고 경사가 급한 곳에 발을 디딘 후 아래로 주르륵 미끄러져 내려갔다. 말이 이런 길까지 내려올 수 있을까?

앨리스가 말했다.

"내가 제일 좋아하는 프로그램이 〈스타트렉〉이에요. 자, 토미. 괜찮아. 여기를 짚어. 여기. 옳지. 나 텔레비전에 방영할 이야기를 쓴 적 있어요. 비행접시가 접근하고, 그래서 우리가 달아나서 동굴에 숨는 이야기에요. 정말 재미있어요."

"정말 그렇겠구나."

하비가 대답했다. 그가 모린을 바라보자 모린이 다시 미소를 지었다.

"저 아이는 정말 뭐든지 할 수 있을 것 같군요."

하비가 중얼거리자 모린이 고개를 끄떡였다.

그들은 마른 땅을 밟고 관목 덤불까지 한 번에 주르륵 미끄러져 내려갔다. 목장이 다시 시야에 들어왔지만 여전히 한참 멀었다. 이런 급경사에서 실수로 넘어지면, 한참 굴러 떨어지면서 어디 한 군데는 부러질 것 같다. 하비는 앨리스가 뒤에서 따라오는 모습을 쳐다봤다. 더 이상 앨리스나 그녀의 말에 대해서 걱정할 필요는 없겠군. 하비는 자기 자신에게 집중하기로 했다.

모린이 물었다.

"넌 여기에 혼자 올라온 적 많니?"

앨리스가 말했다.

"물론이죠."

하비가 물었다.

"누가 걱정하시지는 않고?"

"예. 길을 잘 알거든요. 내가 두어 번 길을 잃었던 적도 있는데, 그때마다 토미가 집에 가는 길을 알려줬어요."

모린이 말했다.

"말이 아주 똑똑하구나."

"그럼요. 이 말은 내 거예요."

하비가 보기에도 좋은 말 같았다. 거세하지 않은 종마였다. 그는 잠시 모린이 뒤를 따라잡기를 기다렸다. 남자의 자존심 때문에 길을 앞장서고 있었지만, 사실 길잡이 역할은 앨리스가 해야 맞을 것이다.

"참 좋은 곳이오. 이곳에서 걱정할 일이라고는 길 잃어버리는 것밖에 없을 테니까. 아니, 길을 잃으면 말이 데려다 주겠지. 이런 이야기를 해도 앨리스는 무슨 말인지 못 알아들을 거요. 지난주에 저 아이 또래의 여자애, 그러니까 열한 살이었는데, 우리 집에서 불과 팔백 미터밖에 안 떨어진 할리우드힐스에서 강간을 당했어요."

모린이 말했다.

"아버지의 비서 중 한 명은 작년에 국회의사당 안에서 강간을 당했어요. 문명이라는 것, 참 어처구니없지 않아요?"

하비가 말했다.

"내 아이도 이렇게 교외에서 키우면 좋겠소. 하지만 내 직업이 문제죠. 농사라도 지을까요?"

그는 피식 웃었다.

급경사에 접어들면서 그들은 이야기를 나눌 수가 없었다. 급경사가 끝나자 먼지가 날리는 평지에 도착했다. 아직 목장까지 거리는 좀 되지만, 걷기는 편해졌다. 앨리스는 어느새 말 위에 올라가 있었다. 하비는 대체 앨리스가 어떻게 말을 다루는지 알 수가 없었다. 방금 전까지 그녀는 말의 곁에 서 있었고 그녀의 키는 말 등 높이보다 작았는데, 대체 언제 어떻게 말 위로 올라간 것일까? 앨리스가 쯧쯧 혀를 차자 말이 걷기 시작했다. 그녀는 이 거대한 짐승의 일부 같았다. 그녀는 완벽한 박자로 몸을 흔들며 움직였다. 긴 금발머리가 박자를 맞춰 찰랑였다.

하비가 말했다.

"저 아이는 나중에 크면 정말 미인이 될 거예요. 이곳의 공기 덕택이겠죠? 계곡의 마법이라고 할까."

모린이 말했다.

"나도 가끔 그런 느낌을 받아요."

그들이 집에 돌아왔을 때는 이미 해가 지고 있었다. 모린이 말했다.

"조금 늦었지만, 잠깐 수영할까요?"

"좋소. 그런데 수영복을 안 가져왔는데."

"입을 만한 옷이 있을 거예요."

모린이 집 안으로 들어가서 반바지 한 벌을 들고 나타났다.

"여기서 갈아입으세요."

그녀가 욕실을 가리켰다.

하비가 반바지로 갈아입고 나와 보니 그녀도 이미 옷을 갈아입고 있었다. 반짝이는 흰색의 원피스 수영복을 입고, 한쪽 팔에는 가운을 들고 있었다. 그녀는 가볍게 눈짓을 한 다음 밖으로 달려 나갔다. 하비가 급히 뒤를 따랐다. 석류나무 숲 사이의 길을 따라가자 맑은 냇물과 모래밭이 나왔다. 모린이 그에게 미소를 보낸 후 물속으로 뛰어들었다. 하비가 뒤를 따라 발을 담갔다.

하비가 소리쳤다.

"우와, 정말 차갑군요! 얼음물 같소!"

모린이 그의 가슴팍에 물을 튕겼다.

"얼른 들어와요, 해치지 않아요."

하비는 망설이면서 물속으로 발을 옮겼다. 강둑에서 안쪽으로 물살이 움직였고, 바닥은 돌밭이라서 울퉁불퉁했다. 그는 힘겹게 발을 디디면서 그녀를 따라 바위 사이에서 물이 쏟아지는 곳으로 갔다. 물살은 두 사람 모두 쓸어갈 것처럼 쏟아졌다. 가슴까지 오는 깊이였다. 그가 말했다.

"정말 몸이 금방 시원해졌네요."

그들은 못 안에서 가볍게 헤엄을 쳤다. 조그만 송어가 수면 주

위에서 돌아다니고 있었다. 더 큰 물고기는 보이지 않았다. 이 냇물, 조그만 폭포, 그리고 그 아래의 작은 못은 송어들에게 최고의 장소일 것이다. 강둑에는 모두 나무가 울창했지만, 이빨이 빠진 것처럼 나무가 없는 지점이 두 곳 있었다. 플라이낚시를 좋아하는 사람이 낚시를 던지려고 나무를 잘라낸 것 같았다.

모린이 외쳤다.

"이제 너무 추워요. 수영 다 했어요?"

"사실 십 분 전에 다 했소."

그들은 커다란 흰색 바위 위로 기어올랐다. 물방울이 흘러내려 바위에 부드러운 곡선을 그렸다. 석양이 하비의 차가워진 몸을 기분 좋게 비췄다. 그리고 바위는 햇빛을 머금어 여전히 따뜻했다. 그가 말했다.

"이런 것이 정말 절실하게 필요했소."

모린은 드러누웠다 빙글 돌아 팔꿈치로 턱을 괴며 엎드렸다.

"뭐가 필요했다는 거죠? 차가운 물? 고소공포증 느끼기? 아니면 다리가 떨어질 정도로 등산하기?"

"그 모든 것이오. 그리고 오늘은 인터뷰고 뭐고 안 할 거요. 그것도 내게 꼭 필요하지. 당신 아버지가 오늘 오지 못해서 정말 기쁘군요. 내일부터 나는, 짜잔! 다시 하비 랜들로 돌아갈 거예요."

그녀는 다시 슬랙스로 갈아입었다. 하비가 밖으로 나오자, 그녀가 또 술을 내놓았다. 그녀가 물었다.

"여기서 저녁 먹을래요?"

"음…… 밖으로 나가서 내가 저녁을 사도 될 텐데요?"

그녀가 미소를 지었다.

"아직 스프링필드와 포터빌의 야생의 밤을 겪어보지 못했죠? 여기가 더 나을 거예요. 그리고 나는 요리하기를 좋아해요. 원하신다면 당신이 치우는 걸 도와주면 되죠."

"물론이오."

"그리고 요리할 거리가 많지도 않아요."

모린은 냉장고에서 스테이크용 고기를 꺼냈다.

"전자레인지와 냉동식품. 일품요리를 만나는 문명화된 방법이지요."

"그 물건은 아폴로보다 버튼이 더 많이 달린 것 같소."

"그렇지는 않아요. 난 아폴로를 타봤거든요. 아, 당신도 타봤죠? 아닌가요?"

하비가 대답했다.

"나는 모형만 보고, 실물은 못 봤소. 기회가 된다면 나도 궤도에 올라가서 혜성을 관측하고 싶소. 대기의 방해를 받지 않는 곳에서."

모린은 대답하지 않았다. 하비는 스카치를 한 모금 마셨다. 배가 무척 고팠다. 모린은 냉장고에서 냉동식 중국 야채요리를 꺼내 조리했다. 저녁 식사를 마치고 그들은 마당의 넓은 안락의자에 앉아, 넓은 팔걸이에 머그잔을 올려두고 커피를 마셨다. 공기가 싸늘했기 때문에 그들은 겉옷을 입었다. 그리고 꿈을 꾸듯 나른하게 이야기를 나눴다. 모린이 알고 있는 우주비행사들에 대해. 루이스 캐럴의 수학 연구에 대해. 워싱턴의 사교 사회와 정치에 대해. 모린은 갑자기 벌떡 일어나더니 집 안으로 들어가서 전등을 모두 끄고, 감각에 의지해서 되돌아왔다.

믿기 힘들 만큼 어두웠다. 하비가 물었다.

"갑자기 왜?"

어딘지 모를 곳에서 목소리가 들려왔다.

"몇 분 후면 알게 될 거예요."

하비는 그녀가 의자에 앉는 소리를 들었다. 하늘에는 달은 없었고 오직 별만 반짝였다. 하비는 모린의 말이 무슨 뜻인지 깨달았다. 어느 사이 플레이아데스성단이 산 위로 올라와 있었다. 하늘의 별은 맹렬할 정도로 환했다. 은하수는 불을 뿜는 듯했다. 그런데 바로 눈앞의 커피 컵도 보이지 않을 만큼 깜깜하다니!

모린이 말했다.

"도시 사람들 중에는 평생 이런 광경을 못 보는 사람도 있죠."

"맞아요. 고마워요."

그녀가 웃었다.

"구름이 낄 수도 있었어요. 그러니까 순전히 내 덕분은 아닌 거죠."

"만약 사람들에게…… 아니, 아무것도 아니오. 무슨 말이냐 하면, 만약 투표권을 가진 사람들 모두에게 이 광경을 보여준다면 어떨까 생각했소. 사람들은 신문 가판대에서 항상 사진 속의 별을 보며, 은하계나 블랙홀에 대한 기사를 읽죠. 하지만 그들을 여기로 내려와서 이 모습을 보여주면 그때서야 느끼겠죠. 바로 여기에 있었구나. 이것이 진짜구나. 우리는 저곳으로 가야만 하는구나."

모린이 그의 손을 잡자, 그는 살짝 흠칫했다. 그녀가 말했다.

"그렇지는 않을 거예요. 만약 그 말이 맞는다면, 농촌 사람들이 모든 우주 프로젝트를 적극 지원하게요?"

"하지만 만약 이런 광경을 한 번도 본 적 없는 사람이라면……아니오. 당신 말이 맞을 거요."

하비는 아직도 서로 손을 꼭 쥐고 있는 것을 의식했다. 하지만 거기서 멈출 것이다. 뭔가를 더 할 생각은 없다. 아무 위험이 없는 주제를 골라야 한다.

"은하제국을 좋아해요?"

"나도 몰라요. 은하제국이 뭔가요?"

하비는 몸을 구부린 후 손가락으로 하늘을 가리켰다. 어둠에 눈이 약간 적응되어 손가락 정도는 보였다. 은하수가 짙고 환하게 빛을 내고 있는 곳, 궁수자리 내부, 그곳이 은하계의 축이다.

"저곳이 고대 은하제국에서 가장 활발한 곳입니다. 소설『파운데이션』에 나오는 이야기지요. 별들이 밀집되어 있고, 은하제국의 수도인 트랜터와 허브월드도 거기 있어요. 하지만 위험이 없지는 않소. 가끔씩 태양이 한꺼번에 폭발하거든요. 다행히 방사선은 아직 여기 도착하지 못했죠."

"지구는 안전하지 않나요?"

"안전하죠. 하지만 이제 머지않아 대규모 핵전쟁이 일어날지 모르죠."

"차라리 묻지 말걸 그랬네요. 그런데 그런 이야기는 어디서 들었나요?"

"예전에는 과학소설 잡지를 즐겨 읽었소. 스무 살이 넘어서부터는 바빠서 못 읽었지만요. 봅시다. 지구에 본거지를 둔 제국들은 그다지 크지 않아요. 그러나 천억 개의 태양 중 작은 한 조각이라도 차지한다면. 그건 은하계의 나선팔 하나도 채우지 못하지만, 여전히 어마어마한 제국이지요."

그는 말을 멈췄다. 하늘은 믿기 힘들 만큼이나 선명했다. 궁수자리에서부터 외계인 뮬의 전투 모함이 진격해올 것 같은 느낌이었다.

"모린, 이 별자리들은 정말 현실 같소."

그녀는 웃었다.

그는 이제 그녀의 얼굴을 어렴풋이나마 알아볼 수 있었다. 하비는 그녀 의자의 널찍한 팔걸이 위에 몸을 얹으며 그녀에게 키스했다. 모린이 한쪽으로 비켜 자리를 내주자, 하비는 모린의 의자로 파고들었다. 의자에는 두 사람이 간신히 올라갈 수 있었다. 위험한 주제에 대한 대화는 없었다. 하비가 떨어져 나와야 할 시점이었다. 하지만 하비는 그렇게 하지 않았다. 오늘의 나는 내가 아니다, 그러니 하고 싶은 대로 하자. 내일이면 짜잔! 하비 랜들로 돌아올 것이다. 집 안은 아주 깜깜했다. 모린은 기억과 감각에 의지해 그를 어느 침실로 이끌었다. 그들은 서로의 옷을 벗겼다. 벗어낸 옷은 마치 우주 밖으로 사라지는 것 같았다. 그녀의 피부는 따뜻했다, 아니 뜨거웠다. 하비는 그녀의 얼굴을 보고 싶다는 생각을 잠시 했다. 아주 잠시 말이다.

하비가 잠에서 깨었을 때 흐린 빛이 보였다. 등이 추웠다. 그
들은 침대 위에서 서로 얽혀 있었다. 모린은 가벼운 미소를 띠고
조용히, 깊이 잠들어 있었다.

하비는 추웠다. 모린도 춥겠지? 깨워야 하나? 머리가 느리게
돌기 시작하면서 좀 나은 방법을 찾았다. 그는 얽힌 몸을 조심스
럽게 풀었다. 그녀는 깨지 않았다. 그는 다른 쪽 침대에서 이불
을 벗겨내 잠든 그녀에게 덮어줬다. 다시 이불 속으로 들어가 그
녀와 함께 있고 싶었다. 그는 일 분가량 꼼짝하지 않고 그녀를 바
라봤다.

나는 모린과 결혼한 사이가 아니다.

"짜잔."

하비는 혼잣말을 했다. 그는 실수로 빠뜨리는 것이 없도록 옷
가지를 팔에 가득 껴안고 살금살금 방에서 빠져나왔다. 그는 추
워서 파르르 떨었다. 아무 문이나 열었더니 마침 다른 침실이 나
왔다. 그는 침실 의자 위에 옷가지를 던져놓고 다시 침대 안으로
기어들어갔다.

*
**

죽지 않았다. 대신 변형했다! 혜성은 고통 속에서 빛나고 있었다. 찢긴
살갗에서 나온 궤적은 수백만 킬로미터에 달했고, 기묘한 화학 물질이 혜

성의 진행 반대 방향의 광채를 향해 흩뿌려졌다. 아마 그 화학 물질 중 일부 분자는 나중에 다른 혜성의 얼어붙은 표면에 흡착될 것이다.

지구의 망원경으로는 번쩍이는 태양에 겹친 혜성을 볼 수 없다. 혜성의 정확한 궤도는 아직도 불확실하다.

반사된 태양광이 혜성 꼬리의 광채를 만들었다. 코마에서 반짝이는 것이 단순히 햇빛의 반사광이 아니었다. 절대 영도 가까운 저온 속에서 안정 상태를 유지하던 화학 물질이 햇빛에 타오르는 것이었다. 코마는 부글거리며 변화했다.

핵은 날마다 조금씩 작아졌다. 얼음과 먼지의 혼합물로 구성된 표면으로 암모니아가 분출했다. 수소는 이미 오래전 끓어 나왔다. 부피는 수축했고, 밀도는 높아졌다. 이제 가스가 계속 끓다가, 얼음으로 고정된 거대한 바위를 피해 코마 방향으로 분출될 것이다. 그러면 거대한 덩어리는 분출 반대 방향으로 조금 이동하거나 회전할 것이다. 그래서 햄너-브라운의 궤도는 시시각각 조금씩 변하고 있었다.

6월: 첫 번째

주께서 호령과 천사장의 소리와 하나님의 나팔 소리로 친히 하늘로부터 강림하시니, 그리스도 안에서 죽은 자들이 먼저 일어나고 그 후에 우리 살아남은 자들도 그들과 함께 구름 속으로 끌어 올려 공중에서 주를 영접하게하시리니 그리하여 우리가 항상 주와 함께 있으리라.

– 사도 바울, 데살로니가전서 4장

토템 기둥은 엄청난 붕괴를 일으키고 있었다. 그리고 토템 기둥 꼭대기의 아주 좁은 공간 안에는 릭 델란티가 등을 대고 누워서 희미한 미소를 짓고 있었다. 그러나 목소리에는 조금의 웃음기도 없었다. 릭의 목소리에는 조니 베이커와 마찬가지로 긴장이 담겨 있었다. 조니는 조심스러운 일을 하는 사람 특유의 살짝 찡그린 표정을 지었다.

"내부 전원으로 변경."

"내부 전원 확인. 녹색 불 점등."

"T 마이너스 15분, 카운트 시작."

조니와 눈이 마주칠 때마다 릭은 벌벌 떠는 듯한 미소를 지어보였다. 그 모습을 볼 때마다 조니도 미소를 지었다. 이미 한 번 우주를 다녀왔기 때문에 거만을 떨 만큼의 여유가 있었다. 발사까지 십오 분이 남았고, 발견된 결함은 없었다. 아폴로호의 발사를 정지시킬 가능성이 있는 결함 목록을 손으로 작성한다면 아마 한 사람이 평생 써도 마치지 못할 것이다.

릭은 계속 미소 짓고 있었다. 그는 선발된 것이 꿈만 같았다. 그는 기초 훈련을 받고 시뮬레이터를 경험한 뒤 플로리다에도 다녀왔다. 이틀 전 플로리다에서 롤, 루프, 이멜만반전 및 플로리다와 바하마 해상을 향한 수직낙하 비행까지 곡예비행을 골고루 마쳤다. 발사 이틀 전에 곡예비행을 하면서 긴장을 완화시키는 것은 우주비행사들의 확고한 전통이었다. 곡예비행은 예비 우주비행사의 긴장은 완화시켰지만 대신 지상 요원의 긴장은 극도로 증가했다. 갖은 노력으로 준비를 마친 조종사가 훈련용 제트기와 함께 곤죽으로 짓이겨질까봐 노심초사해야 하기 때문이다.

"T 마이너스 1분, 카운트 계속."

마지막 시간은 긴박하고 정신없었다. 우주복을 입고 엉성하게 움직이는 릭을 지상 요원이 엘리베이터에 태워 아폴로 캡슐에 탑승시키는 것이 준비의 마지막이었다. 그리고 지금 릭은 등을 대고 누워서 무릎을 머리보다 높이 둔 후, 결함이 발생하기를 기다리고 있었다. 하지만 아직 결함은 발생하지 않았고, 어쩌면 정말 결함이 끝까지 발생하지 않을 것 같다. 정말로!

"5. 4. 3. 2. 1. 점화. 1차 시동."

"간다!"

"발사를 시작합니다."

발사체가 천둥과 열화 속에서 솟아올랐다. 공식 방문객만 십만 명 이상일 듯했다. 뉴스 기사, 언론인 출입증을 받아낸 과학

소설 작가, 우주비행사의 가족, VIP, 그들의 친구…….

모린 젤리슨이 말했다.

"이제 그가 날아오른다!"

그녀의 아버지가 이상하다는 듯 말했다.

"보통 우주선을 부를 때 '그녀'라고 하지 않나?"

모린이 말했다.

"네, 그런 것 같아요."

왜 이제 다시는 조니를 볼 수 없다는 생각이 들까?

모린의 뒤에 앉은 부통령은 그녀의 귀에 들릴 정도로 크게 중얼거리고 있었다.

"가라, 가라, 새처럼 날아라!"

그러다가 그는 주변 사람들이 자신의 말을 듣는 것을 깨닫고, 어깨를 한 번 으쓱하더니 크게 소리를 질렀다.

"날아가라고, 친구!"

그의 목소리가 관람객들의 마음속 어딘가를 자극했다. 요란한 소리를 내는 위력적인 로켓, 그 로켓을 만들기 위해서는 엄청난 과학 지식이 필요하다. 나이 든 관람객들에게 우주선이란 유년 시절에 만화책에서만 실현 가능한 일이었다. 젊은이들은 왜 노인들이 우주선 발사에 그토록 열광하는지 이해하지 못했다. 우주선은 현실에 존재하는, 당연히 작동해야 하는 물체인데 말이다.

아폴로 내부의 조니와 릭은 모두 활짝 웃고 있었다. 몇 기압의 힘에 얼굴 근육이 뺨 위로 밀려올라간 썩은 시체 같은 웃음 말이다. 마침내 첫 번째 추진체의 분사가 끝나서 분리되었고, 2번 추진체에서 다시 같은 일이 반복되고, 3번 추진체가 마지막 압력을 가한 후 압력이 끝이 났다. 이제 무중력 상태가 됐지만 릭은 여전히 미소를 짓고 있었다.

음성이 들려왔다.

"아폴로, 여기는 휴스턴. 현재 상태 양호해 보인다."

"로저, 휴스턴."

릭은 조니를 돌아보며 말했다.

"자, 이제 뭘 할까요, 장군님?"

조니는 만족의 미소를 지었다. 그는 발사가 결정된 직후 일 계급 특진했다. 소련의 우주비행사와 동일한 직급이 되도록.

대통령은 조니에게 별을 부착해주면서 말했었다.

"조건이 있네."

조니가 대답했다.

"네, 대통령 각하?"

"소련인 파트너를 이름으로 놀리면 안 되네. 유혹을 참도록."

"네, 대통령 각하!"

하지만 유혹을 참기 쉽지 않을 것 같았다.

표트르 자코브는 소련어로 이중의 의미는 없다. 휴스턴에서 오리엔테이션으로 표트르 준장 동지를 만났는데 그는 영어를 아주 잘했다. 다른 한 사람, 귀여운 여자는 소련에 가서 만났다. 그녀는 미국에는 오지 못했다. 공식적인 이유는 매우 바쁘기 때문이라고 했다.

"빨간색 깡통을 찾아낼 차례지. 릭 중령, 우주가 훌륭하지 잃은가?"

"그렇습니다."

릭이 동의했다.

그는 눈을 둥그렇게 뜨고 있었다. 이미 시뮬레이터 속에서 여러 번 보았고, 기록 영상을 관람했고, 다른 비행사들에게 충분히 듣기도 했다. 무중력 체험을 위한 수중 훈련도 받았다. 하지만 지금 그 모든 것은 아무 의미도 없었다. 그는 모든 것을 온몸으로 체험하고 있다.

눈앞의 우주는 완벽하게 검었고 별빛이 반짝였지만, 발아래의 지구는 햇빛을 받아 환했다. 대서양의 섬이 스쳐지나가고 구름 덮인 아프리카의 해안선이 다가왔다. 그것은 마치 솜 조각이 달라붙은 지도를 보는 느낌이었다.

잠시 후에는 북쪽의 스페인과 지중해가 보였다. 이어서 진한 녹색의 이집트 나대지가 보이고, 구불구불한 나일 강이 보였다. 잠시 후 그들은 석양 속으로 들어갔고, 인디아의 신화 같은 도시의 불빛이 펼쳐졌다.

어두운 수마트라 섬을 지나갈 무렵 릭은 레이더 화면에서 반짝이는 신호를 확인했다.

"해머랩이 저기 있습니다!"

"로저."

조니가 응답했다.

그는 도플러 속도계를 바라봤다. 그들은 느린 속도로 소유즈 캡슐을 향해 이동하는 중이었다. 새벽빛이 들어오는 태평양을 지날 때쯤 그들은 캡슐 가까이 접근했다. 휴스턴의 컴퓨터에서 예측한 정보와 똑같았다. 그들은 잠시 기다렸다. 마침내 조니가 말했다.

"작동 준비. 우리 집이 저기 있다."

조니는 지상 통신 버튼을 눌렀다.

"휴스턴, 여기는 아폴로다. 해머랩이 가시권에 있다. 도킹을 추진하겠다."

"아폴로, 여기는 휴스턴. 방금 가시권에 들어온 물체가 뭐라고 했나? 회신 바람."

조니가 대답했다.

"해머랩이다."

그는 릭을 바라보며 웃었다. 그 비행선의 공식 명칭은 스페이스랩 2호다. 하지만 누구도 그런 이름으로 부르지 않는다.

두 캡슐은 빠르게 접근했다. 물론 초당 7,6킬로미터씩 움직이는 기계에 탑승한 우주비행사들 입장에서는 느리게 느껴졌다.

이제 움직일 때가 됐다. 릭이 조작 버튼을 누르자 아폴로에서 제트가 분출하며 목표 지점에 접근했다. 목표는 해머랩, 아주 거대한 깡통이었다. 길이 십이 미터, 지름 삼 미터, 옆면에 창문이 달리고, 하나의 기밀식 출입구가 달렸으며, 양 끝에 도킹용 해치가 부착되어 있었다.

"저렴한 스페이스랩이지."

조니가 중얼거렸다.

"회진 중이다. 1회진은 4분 8초다."

우선 해머랩과 완전히 동일하게 움직여야 한다. 아폴로의 고도용 제트엔진을 정확한 패턴으로 분사해서 목표물과 같은 속도로 회전하고, 목표물에 접근해서 기회를 기다려야 한다. 아폴로의 대형 도킹 장치가 해머랩의 도킹용 해치의 홈과 맞을 때까지.

그렇게 회전하는 사이 다시 어둠이 찾아왔다. 릭은 일 킬로미터도 움직이지 않은 것 같은데 실제로는 얼마나 많이 이동했는지를 그제야 깨달았다. 새삼 신기했다. 지난 50분 동안 그들은 전혀 의식하지 못하는 사이에 이만 이천 킬로미터를 이동했다.

새벽 무렵 릭은 기회를 한 번 놓쳐 투덜거렸다. 그는 긴장을 풀면서 다시 한 번 두 비행선의 접점이 맞는 순간을 기다렸다. 두 기계의 접점의 중앙선이 마주 보는 순간, 릭은 비행선을 빠르게 전진시켰다. 강하게!

릭이 흥겹게 소리를 질렀다.

"처녀막을 뚫었다!"

조니가 말했다.

"휴스턴, 여기는 아폴로. 우리는 도킹에 성공했다. 반복한다. 도킹에 성공했다."

지상에서 건조한 목소리의 응답이 돌아왔다.

"우리도 알고 있다. 릭 중령의 마이크가 켜져 있으니 말이다."

릭이 깜짝 놀랐다.

"이런, 실수!"

"아폴로, 여기는 휴스턴. 파트너가 접근 중이다. 소유즈 호가 가시권에 있다. 반복한다. 소유즈 호가 가시권에 있다."

"로저, 휴스턴."

조니가 릭을 돌아봤다.

"자, 이제 동체를 안정시켜. 나는 친애하는 소련의 형제자매와 이야기 좀 나눌 테니. 소유즈, 소유즈, 여기는 아폴로. 오버."

남자의 목소리가 울렸다.

"아폴로, 여기는 소유즈."

표트르의 영어는 문법이 정확했고 외국인 억양도 거의 없었다. 영국식이 아니라 미국식 영어였다.

"아폴로, 통신감도 아주 양호하다. 도킹 작업은 성공했나? 응답 바람. 오버."

"해머랩과 도킹 성공했다, 접근해도 안전하다. 오버."

"아폴로, 여기는 소유즈. '해머랩'이 뭔가? 스페이스랩 2호기를 의미하는가? 응답 바람. 오버."

조니가 대답했다.

"그렇지."

릭은 연료를 너무 많이 소모했다는 사실을 깨달았다. 물론 거기까지 알아차릴 지상요원은 없을 것이다. 그리고 현재까지는 휴스턴 기지에서 설계했던 프로그램의 오차 범위에서 넉넉히 안쪽에 있다. 하지만 릭은 사소한 것까지 신경이 쓰였다.

마침내 동체는 안정됐다. 아폴로의 한쪽 끝은 해머랩의 도킹 포트에 깊숙이 꽂혀 고정되었다. 두 대의 우주선은 모두 안정적이었고, 더 이상 흔들리거나 회전하지도 않았다. 아폴로는 초속 7,6킬로미디로 이동했고, 조니의 릭은 매 90분마다 지구를 한 바퀴 돌아 출발점으로 왔다.

릭이 말했다.

"준비 완료됐습니다. 이제 저쪽에서 도킹할 차례입니다."

"로저."

조니는 대답과 함께 카메라 시스템을 가동시켰다. 도킹 장치에 부착된 케이블을 통해 사진 영상이 선명하게 전송됐다.

소유즈가 해머랩을 향해 접근하고 있었다. 그것은 예상보다 훨씬 거대했고, 예상보다 훨씬 가까운 곳에 있었다. 소유즈는 궤도 안에서 조금 흔들리면서 움직였다. 소유즈는 아폴로보다 훨씬 거대했다. 소련은 우주 프로젝트 때마다 항상 거대한 군용 추진체를 이용했다. 별도의 특수 장비를 개발하는 나사와 다른 접근이었다.

릭이 말했다.

"저 육중한 어머님이 점심 도시락을 깜빡하지 말고 챙겼어야 할 텐데. 안 그러면 아주 배가 고플 겁니다."

조니가 화면에서 눈을 떼지 않고 말했다.

"그럼!"

소유즈는 해머랩 관측 프로젝트에서 필수적인 역할을 맡고 있었다. 대부분의 소모품을 소유즈에 탑재한 것이었다. 해머랩에는 장비와 필름, 실험도구가 탑재되어 있지만, 식품, 물, 산소는 불과 며칠 분량밖에 없었다. 햄너-브라운 혜성의 접근 때까지 버티려면 소유즈가 필요했다.

"어떻게든 가져왔겠지."

조니가 말했다.

그는 미소를 지으면서 화면을, 이어서 소련 우주선의 이동 현장을 지켜봤다. 릭도 그의 시선을 따라갔다. 인내심이 많이 필요한, 고통스러운 일이었다.

소유즈는 조류에 밀려다니는 죽은 고래 같았다. 그것은 카메라 쪽으로 거칠게 전진하다가 거칠게 뒤로 후퇴했다. 옆면에 충돌할 뻔한 적도 있다. 소유즈는 제대로 조준하지 못하고 몇 번이나 전진과 후퇴를 반복했다.

조니가 중얼거렸다.

"저게 최고 조종사들의 솜씨라는 건가?"

"저도 그렇게 잘한 것 같지는 않습니다만……."

"헛소리. 자네는 목표물이 회전 중이었어. 지금 우리는 주차된 자동차처럼 얌전하지."

조니는 소유즈를 잠시 더 쳐다보다가 고개를 저었다.

"물론 조종사들의 잘못은 아니야. 문제는 제어 시스템이지. 아폴로에는 컴퓨터가 탑재되어 있지만, 소유즈에는 없어. 하지만 아무튼 지독하게 부끄러운 것은 사실이겠지."

릭의 얼굴에 주름이 졌다.

"저 꼴을 얼마나 더 쳐다볼 수 있을지 모르겠습니다."

두 사람 모두에게 괴로운 시간이었다. 그들은 손가락이 오그라들었고 몸이 근질근질했다. 운전 교습 강사들이 겪는 긴장감이 이런 게 아닐까.

조니가 밀했다.

"저들이 도시락을 운반 중이었지. 만약 저 사람들이 포기하면 어떻게 되는 거지?"

그들은 다시 지구의 밤이 된 지역으로 진입했다. 이제 밝은 지역으로 진입해야 소련 우주선이 다시 접근할 것이다. 소련과의 통신은 공식적인 내용만 하도록 제한되어 있었다.

릭이 말했다.

"배가 많이 고파질지도 모르겠네."

"조용히 해."

"네! 알겠습니다! 장군 각하!"

"좆 까."

"우주복을 입은 상태라서 깔 수 없습니다! 각하!"

그들은 다시 바깥을 주시하기 시작했다. 마침내 표트르가 통신을 보냈다.

"우리는 연료를 지나치게 사용했다. 플랜 B를 요청한다."

"수신했다, 소유즈. 플랜 B 진행을 위해 소유즈는 대기 바람."

조니가 눈에 띄게 안심하는 표정으로 릭에게 눈을 찡긋했다.

"저 공산당 녀석들에게 미국 사나이의 실력을 보여주자고."

플랜 B는 공식적으로는 비상시를 대비하는 것이지만, 미국의 기획자들은 대부분 플랜 B가 필요할 것이라고 예측하고 있었다. 그래서 플랜 B는 조종사의 정규 훈련 과정에 포함되어 있었다. 대서양 건너편의 크렘린에서는 플랜 B가 필요하지 않기를 희망했겠지만 그들도 필요성을 무시하지 않았다. 플랜 B는 간단했다. 소유즈가 정지 상태로 대기하고, 아폴로와 해머랩의 결합체가 도킹을 위해 움직이는 것이다.

거대한 깡통이 부착된 우주비행선이 움직이기 시작했다. 플랜 B는 착륙하는 비행기를 받아주기 위해 항공모함이 이동하는 상황과 비슷했다. 하지만 아폴로에는 최고의 장비들이 탑재되어 있었다. 지구에서 가장 정교한 컴퓨터 시스템, 수천 시간의 경력을 가진 최고 전문가들의 노하우가 담긴 제어장치, 정밀기계만 전문적으로 제작한 연구소 십여 곳이 참여한 기계장치 등…….

조니가 지상통제소에 보고했다.

"휴스턴, 휴스턴, 플랜 B 진행 중."

릭이 생각했다. 빌어먹을, 이제 전 세계가 나를 쳐다보고, 내 말을 듣고 있겠지. 내가 만약 이걸 망친다면…… 그건 생각할 수도 없다.

조니가 말했다.

"긴장 풀고."

자기가 직접 하겠다고는 안 하는군. 좋아, 내가 간다! 시뮬레이터에서 하던 것과 똑같다!

릭은 실제로 그렇게 했다. 한 번 전면으로 추진 후 아주 가까이 접근한 다음, 긴장하며 미량의 제트를 조금씩 분사하면서 두 대의 비행선을 동시에 조금씩 움직였다. 곧 물리적 접촉이 느껴졌다. 동시에 계기판에 녹색 불이 켜졌다.

릭이 말했다.

"결합 실시!"

조니가 호출했다.

"소유즈, 결합 완료했다. 도킹 상황 확인 바람."

"아폴로, 우리 쪽도 작업 완료했다."

조니가 혼잣말하듯 말했다.

"마지막에 붙은 사람이 술래!"

그들은 대형 깡통 속에서 둥둥 떠다니면서 예의바른 악수를 교환했다. 역사적 순간이었다. 지상의 해설자가 열심히 떠들었다. 하지만 조니는 어떤 역사적인 말도 떠올릴 수 없었다.

할 일이 너무 많았다.

1975년도에 아폴로와 소유즈가 결합했을 때는 전시성 악수를 나눴지만, 지금은 그럴 상황이 아니었다. 이번에는 실제 진행할 임무가 있었다. 아무리 운이 좋아도 다 마치기 힘들 만큼, 털이 곤두설 만큼 업무량이 엄청났다.

그렇지만 조니는 웃음을 터뜨리고 싶었다. 웃음의 의미를 구질구질하게 설명할 필요가 없는 상황이었다면 그냥 마음껏 웃었을 것이다. 조니는 그들 네 사람의 모습이 너무도 잘생기고 멋있어서, 스스로의 모습에 만족한 웃음을 짓고 싶었다.

그들 모두의 모습은 정말 훌륭했다. 신이 축복한 사람들. 우리 같은 사람들은 어디에도 없다. 레오닐라 알렉산드로브나 말리크는 음울하면서도 아름다웠다. 그녀에게는 위압적 자신감이 느껴졌다. 여자 황제 역할도 소화할 수 있을 것이다. 한편으로 부드러우면서 단단한 근육은 발레단의 주연 역할도 어울릴 것 같았다. 그녀는 차갑고 아름다웠다. 무정한 미인. 하지만 비밀스럽게 연약할 것이다. 발레영화 〈빨간 구두〉의 모이라 시어러처럼 말이다. 그런데 그녀가 다른 사람에게도 표트르에게 대하는 것처럼 차갑고 정중할까?

표트르 이바노비치 자코브 준장, 인민 영웅. 그게 어떤 계급이지? 아무튼 비행사 단체 사진으로 촬영하기에 정말 어울리는 사람이다. 잘생겼고, 근육질이고, 눈이 차갑다. 그 모습은 조니 자신과도 닮았다.

그리고 릭 델란티. 그의 외모는 무하마드 알리와 아주 흡사하게 닮은, 잘생긴 얼굴이었다.

우리 네 사람. 마치 스포츠 선수처럼 건강한 육체에, 사진으로 촬영하면 아주 잘 어울리는 얼굴이다. NBS 방송국의 하비라는 친구가 우리 단체 사진 한 장을 못 찍어서 아주 아쉽겠군. 하지만 나중에 언젠가 사진 찍을 기회가 있겠지.

그들은 서로 이상한 각도로 떠다니고 허공에서 조우하고 미풍에도 흔들리며 바보같이 웃었다. 심지어 우주 경험이 있는 조니와 표트르도 기분이 들떠 있었다. 릭과 레오닐라는 천국에 온 것같았다. 그들은 허공을 허우적거리며 이동했고, 관측 창 건너편의 지구와 별을 멍하니 쳐다봤다.

릭이 물었다.

"도시락은 가져왔습니까?"

레오닐라가 미소 지으며 대답했다. 그녀의 미소는 차가웠다.

"물론이죠. 맛있을 거예요. 하지만 표트르 동지가 깜짝 선물로 발표할 거니, 그때까지는 비밀입니다."

조니가 말했다.

"우선 먹을 장소부터 정해야 합니다."

해머랩은 장비로 꽉 차 있었다. 가로대에 전자장비들이 고정되어 있었고, 스티로폼과 노란색 나일론 끈으로 포장한 덩어리가 여기저기 쌓여 있었다. 플라스틱 상자, 공구 상자, 촬영 도구, 필름 보관통, 현미경, 조립하지 않은 망원경, 납땜 장치 등의 각종 도구들이었다. 그리고 각 물건의 보관 위치를 표시한 도해가 몇 장 있었다. 조니와 릭은 눈을 감고 손만 뻗어도 물건을 찾을 만큼 훈련했지만 말이다. 그러나 아무튼 공간은 빈틈없이 빽빽했고 무질서했다.

레오닐라가 말했다.

"소유즈에서 먹어도 됩니다. 그곳도 비좁아요, 하지만 여기보다는……."

그녀는 별 의미 없는 손짓을 했다.

표트르가 말했다.

"이 상황을 사실 예상하지는 못했습니다. 아무튼 우리는 바이쿤야르 지상기지와 통신을 했고, 태양광 패널을 설치하기 전까지 몇 시간 동안은 내부 작업을 해야 할 것 같습니다. 하지만 먼저 식사부터 하죠."

릭이 물었다.

"예상하지 못한 상황이 무슨 의미입니까?"

표트르가 보라는 듯 손을 흔들었다.

"이 상황 말입니다."

조니가 웃었다.

"계획적으로 준비할 시간이 없다 보니 마구 쌓아올린 겁니다. 하지만 이 물건들은 모두 혜성 관측을 위해 특별 제작한 것들이오. 절반 수준으로 경량화시킨……."

릭이 말했다.

"그리고 가격은 아홉 배로 비싸죠."

레오닐라 말리크가 말했다.

"우리 도움은 애초부터 별 필요 없었겠군요."

표트르가 그녀를 차갑게 쳐다봤다. 표트르는 뭐라고 말을 하려다가 입을 닫았다. 그녀의 말은 사실이었으며, 모두가 알고 있는 것이었다.

릭이 말했다.

"젠장, 아무튼 너무 쑤셔 넣어서 정신없단 말입니다. 자, 식사합시다."

레오닐라가 물었다.

"멀미하는 분은 없나요? 중력이 갑자기 바뀌어서……."

조니가 웃었다.

"저 친구? 무쇠 귀를 가진 당나귀 같은 친구요. 롤러코스터 위에서도 점심을 먹는 사람이죠. 나는 조금 멀미가 있소. 하지만 예전의 경험상, 금방 사라지더군요."

표트르가 말했다.

"지금 식사를 해야 합니다. 어두운 지대에 있을 때 식사를 마치고 밝을 때 태양꽹 패널 설치 작업을 해야 하니까 말입니다. 그리고, 나도 또한 소유즈에서 식사하자고 제안하겠소. 공간이 더 넓으니까 말이오. 깜짝 놀랄 선물도 있습니다. 바로 캐비어입니다! 제대로 접시에 담아 먹으면 좋겠지만, 튜브에 담긴 것도 괜찮아요."

조니가 말했다.

"캐비어?"

레오닐라가 말했다.

"영양이 아주 높죠. 그리고 조만간 운하 공사가 완료되면 볼가 강과 카스피 해에서는 철갑상어를 키우기가 더 좋아지겠죠. 캐비어가 입에 맞으면 좋겠군요."

조니가 말했다.

"물론 좋아합니다."

"자, 갑시다."

표트르가 그들을 이끌고 소유즈로 건너갔다.

릭이 식사를 주저하듯 머뭇거리는 것을 알아챈 사람은 아무도 없었다.

❧

릭과 조니는 우주 바깥으로 나왔다. 그들은 아주 얇은 선 하나를 통해 해머랩과 연결되어 있었다. 그들은 우주의 진공 속에 있었다. 환한 햇빛과 세상에서 가장 어두운 그림자가 모두 그들의 곁에 있었다.

예전의 스카이랩에는 태양광 패널이 부착된 날개가 있었다.

그 날개는 원래 자동으로 펼쳐져야 했지만 제대로 작동하지 않았기 때문에, 조니가 직접 기어나가서 수동으로 수리해야 했다.

해머랩은 설계 자체가 달랐다. 날개가 본체 안쪽으로 접혀 있어 사람이 수동으로 펼쳐야 했다. 조니와 릭이 직접 근력을 써야 했다.

태양광 패널은 반드시 필요했다. 태양광 패널이 없으면 해머랩은 아예 작동하지 않았다. 사람이 생존 가능한 온도를 유지하는 것도 불가능했다.

우주는 춥거나 덥지 않다. 우주에는 온도 자체가 존재하지 않는다. 온도 유지에 필요한 대기가 존재하지 않기 때문에, 태양열을 흡수했다가 배출할 수 없는 것이다. 문제는 인체에서 생성되는 열이다. 폐쇄형 우주복이든 우주 캡슐이든 완전히 밀폐된 환경에서는 인간은 생존할 수가 없다. 인체는 같은 단위 면적의 태양 표면보다 더 많은 열을 생성한다. 물론 태양은 인체보다 면적이 훨씬 넓지만 말이다.

그래서 전기를 생산하기 위해 태양광 패널이 필요했다. 그 과정에는 육체노동이 필요했다. 그들은 거대한 패널을 이동시켰다. 우주에는 중량이 존재하지 않지만 부피는 존재했다. 커다란 우주복 때문에 움직이는 것 자체가 쉽지 않았지만, 마침내 작업을 마쳤다. 부서진 곳도 없고 빡빡한 곳도 없었다. 이 시스템은 최대한 단순하게, 사람들의 능력에 의지하도록 설계됐다.

조니가 말했다.

"드디어 끝났군. 산소도 조금 남았으니, 삼시 경지를 즐기세."

릭은 마이크에 대고 말했다.

"좋습니다."

조니는 릭의 말투를 좋아하지 않았다. 너무 숨을 헉헉거리는데, 그 헉헉거리는 숨소리가 규칙적이지도 않다. 하지만 굳이 지적하지는 않았다.

릭이 다시 헉헉대며 말했다.

"마지막 날개는 펼치지 못할 줄 알았어요."

조니가 말했다.

"하지만 결국 펼쳤지. 만약 펼치지 못한다면 우리가 수리해야 했어. 속에 뭐가 들었는지 모를 놈을 수리해야 했다고. 다행히 이번에는 작업 도구도 탑재했지. 도구만 있다면 인간이 못할 일은 없어."

"그럼요. 케이크 한 조각 먹는 만큼 쉽죠."

"맞아. 이제는 걱정할 일이 없지. 국제적 긴장이나, 쿠바인 납치범이나, 초속 팔십 킬로미터로 접근하는 더러운 얼음덩이만 빼면 말이야."

"그거 안심입니다. 어! 조니, 남아프리카가 보여요. 국경선이 어디 있는지 구별할 수가 없군요. 국경선이 없어요. 조니, 나 철학적 깨달음에 접근한 것 같아요."

"위도와 경도도 볼 수 없지. 하지만 보이지 않는다고 중요하지 않다는 뜻은 아냐."

"음."

"그래서, 우주에서 국경선이 보이지 않는다는 점을 모든 사람들이 중요하게 생각한다면, 앞으로 무슨 일이 생기겠나?"

릭이 웃었다.

"모든 사람들이 국경에 폭 일 킬로미터의 형광 오렌지색 국경선을 칠할 겁니다. 그러면 대학생 놈들이 환경 파괴라고 소리를 질러대고……."

"그리고 학생들이 처음 말을 꺼냈던 자네를 비난하겠지. 자, 들어가자."

6월: 간주

혜성의 몸체와 직접 충돌을 한다면 무슨 일이 벌어질까? 혜성의 몸체는 얼마나 거대할까? 혜성의 몸체는 두 부분으로 구성되어 있다. 고체인 핵과, 고체를 둘러싼 코마. 걱정해야 할 부분은 핵이다. 물론 혜성의 크기는 매우 다양하다. 어떤 자료는 혜성의 핵 평균 지름이 1.9킬로미터라고 한다. 하지만 거대한 혜성의 경우, 핵의 지름이 수천 킬로미터까지 이를 것이다. 그리고 어떤 혜성이든 지구와 직접 충돌한다면 강력한 충격이 발생할 것이다.

— 다니엘 코헨, 『어떻게 세계가 종말할 것인가』

"재난이 있을 지어다, 백성들이여! 지구의 황폐함이 혐오스럽지 않습니까? 도시의 사악함을, 도시의 공기에 퍼져 있는 악취를 느끼지 못했습니까? 당신 자신은 이 지구를, 신의 성스러운 사원을 더럽히지 않았습니까? 말라기서 말씀을 봉독하겠습니다. '만군의 여호와가 이르노라 보라 용광로 불같은 날이 이르리니 교만한 자와 악을 행하는 자는 다 지푸라기 같을 것이라 그 이르는 날에 그들을 살라 그 뿌리와 가지를 남기지 아니할 것이로되. 내 이름을 경외하는 너희에게는 공의로운 해가 떠올라서 치료하는 광선을 비추리니.' 신도 여러분, 머지않아 신의 해머가 사악하고 교만한 자들을 징벌할 것이며, 겸손한 자들을 우대할 것입니다. 회개하십시오. 아직 시간이 있습니다. 강대한 신의 해머는 어떤 인간도 피할 수 없습니다. 회개하십시오. 더 늦기 전에. 아직은 시간이 있습니다."

"감사합니다, 아미티지 목사님. 헨리 아미티지 목사의 '때가 오도다'를 청취하셨습니다."

❦

마크는 마개가 달린 시약병에 사케를 데웠다. 그는 데운 술을 작은 잔에 따르고, 시약병에 다시 사케를 붓고 마개를 막아서 난로 위의 끓는 물에 집어넣었다. 마크가 말했다.

"내 책상에 화분 두 개가 있었어. 하나는 고무로 만든 마리화나인데 잎사귀 밑에 '카나비스 사티바*라는 스탬프가 찍혀 있어. 다른 하나는 '아랄리아 엘레간티시마'인데, 마리화나와 매우 비슷한 가짜라고 생각하면 돼."

그는 술이 담긴 잔 하나를 조안나에게, 다른 하나를 릴리스에게 건넸다.

"어느 날 팀장이 본사에서 온 높은 분과 함께 사무실에 왔더군. 그날은 아무 말도 없었는데, 다음 날 팀장이 그러는 거야. '그거 치워'."

그는 프랭크 스토너에게 세 번째 잔을 건네고, 자신의 잔을 따라서 의자 팔걸이에 올렸다.

"무슨 소리냐고 했더니, 그가 그러더군. '내가 무식해 보이지?

---

* 대마의 학명.

나도 그 화분이 뭔지 알거든.' 팀장이 히스테리를 부리고 다른 사람을 불러왔지. 다른 사람들도 그 짓을 반복하더군. 사람들이 전부 그 화분이 뭔지 안다는 거야."

프랭크는 소파 위에서 팔다리를 쩍 벌리고 반쯤 누워 있었다. 그의 한 손은 조안나 맥퍼슨의 위에 있었고, 다른 한 손은 릴리스 해서웨이의 허리를 안고 있었다. 릴리스는 키가 프랭크와 비슷한 백칠십오 센티미터였으나, 조안나는 덩치가 아담해서 어깨가 프랭크의 두꺼운 팔에 딱 맞는 크기였다. 프랭크가 물었다.

"언제 적 이야기야?"

"이 년 전이야. 그리고 두 달 후에 해고됐지."

프랭크가 웃었다.

"그 흥미로웠던 다수결의 오류 때문에?"

"아냐. 가짜 마리화나 때문은 아니었어. 그냥 몇 사람을 해고 시켜야 하는 상황이었나 봐. 그 후로는…… 글쎄. 가장 꾸준히 일한 것이 하비와 하고 있는 일이겠네."

마크는 앞으로 몸을 숙였다. 그의 눈이 반짝였다.

"거리 인터뷰는 재미있었어. 자기도 모르게 진심을 말할까봐 입을 열지 않는 육군 대령도 있었고, 해머의 충돌만 손꼽아 기다리는 레슬러도 있었어. 그런 상황이 오면 힘센 남자가 세계를 지배할 테니까. 그렇지 않을까?"

그는 릴리스를 보며 웃었다. 눈부신 금발머리와 사랑스럽게 통통한 얼굴, 큰 가슴. 처음 만났을 때 그녀는 인터체인지라는 스트립 바에서 댄서로 일하고 있었다.

프랭크는 술을 많이 마시지 않았다. 마크는 프랭크와 상관없이 한 모금에 컵을 비웠다. 빨리 마시지 않으면 식기 때문이다. 그리고 말했다.

"심지어 폭주족도 인터뷰했어. 하지만 그 친구들은 그렇게 심각하게 받아들이지 않던데."

조안나가 웃었다.

"지구 종말이라. 길에는 차가 없고, 짭새도 없어. 폭주족 친구들은 아주 신날 것 같은데."

"그렇게 이야기할 수는 없지."

"하지만 사실일지도 몰라."

프랭크가 말했다. 그와 마크는 '더트 트랙', 오토바이 경주장에서 상금을 두고 경합을 벌이며 처음 만났다.

"우리 바이커들은 차가 다닐 수 없는 곳을 갈 수 있어. 연료를 많이 사용하지도 않아. 늘 여럿이서 뭉쳐 다니고, 싸움을 두려워하지도 않아. 만약 누군가가 연료만 챙겨둔다면……. 이봐, 그런데 충돌 확률이 얼마나 돼?"

마크가 손을 흔드느라 컵을 깰 뻔했다.

"아주 낮아. 천문학자들이 그렇게 주장하지. 샤프 박사는 우리가 혜성 꼬리를 지날 거라고 하더군. 제대로 충돌하지는 않는다는 이야기야."

조안나가 설명했다.

"샤프 박사는 인터뷰에 나왔던 천문학자 중 하나야."

그녀는 일어나서 컵에 사케를 다시 채웠다.

그러자 마크가 말을 이었다.

"그래, 그리고 다른 사람과 아주 다르게 이상한 행동을 하지. 텔레비전 한번 봐. 자, 여러분! 핫 퍼지 선데이가 이번 주 화요일에 떨어지게 됩니다. 알고는 있었습니까?"

그는 아주 능청스럽게 샤프의 목소리를 흉내 냈다. 조안나가 낄낄거렸다.

한 시간 후, 릴리스는 출근한다며 나갔다. 사케는 빠르게 줄었다. 마크는 기분이 좋았다. 무릎 위에 앉힌 조안나는 깃털처럼 가벼웠다. 그와 프랭크는 계속 이야기를 나눴다.

마크는 조안나와 동거한 지 약 이 년이 됐다. 그는 자신이 일부일처제를 믿는 여자와 동거하는 것이 신기했다. 이제 그의 생활 방식은 완전히 바뀌었는데, 나쁠 것 없었다. 다른 여자와 감히 잠자리를 하지도 않았고, 싸움을 하지도 않았다. 그러면서도 여전히 재미있는 사람들을 만나고 있었다. 이 모든 생활이 사라질까봐 두려웠다.

프랭크가 말했다.

"다시 몸매를 회복하려면 시간이 한참 걸리겠는데."

"뭐라고?"

마크는 그들이 나눴던 이야기를 떠올렸다. 아, 그래. 몇 년 전에 그들은 더트 트랙에서 겨뤘다. 지금 마크에게 더트 트랙은 관객으로서 즐기는 스포츠일 뿐이다. 마크는 여전히 근육이 우락부락하지만, 한편 맥주 덕택에 부드러운 뱃살이 잔뜩 생겼다. 마크는 아랫배를 쳐다보며 말했다.

"맞아, 조안나가 내 배 속에 애기를 만들었어."

조안나가 말했다.

"정정당당한 승부였어. 동전 던지기에서 네가 졌잖아."

"이젠 여기저기 떠돌아다니기에는 너무 늙은 것 같아. 하비에게 정규직을 시켜달라고 해야 할까봐."

그는 멀쩡한 근육을 과시하듯 조안나를 번쩍 안아 일으켰다. 그리고 부엌에서 남아 있는 사케를 가져왔다.

마크가 말했다.

"해머가 충돌하면 어떻게 해야 할까?"

프랭크가 말했다.

"충돌 지점에서 멀리 떨어진 곳에 있어야지."

그는 잠시 생각하다가 몇 초 후 다시 말했다.

"해변에 있지 마. 해안 근처에도 있지 마. 넷 중 셋은 바다에 떨어질 거야. 맥주 좀 줘."

"그래."

"등고선 표시된 캘리포니아 지도 있지?"

그런 지도가 분명 어딘가 있다. 마크는 지도를 찾기 시작했다.

프랭크가 말했다.

"내가 멕시코에서 타던 것과 같은 오토바이가 있으면 좋겠군. 아주 큰 사 행정 혼다 사이클. 예비 부품 구하기도 어렵지 않지."

프랭크는 여러 가능성에 대해 생각하기 시작했다. 그와 조안나와 마크, 세 사람은 알고 지낸 지 꽤 오래됐기 때문에, 굳이 침묵이 어색해서 쓸데없는 말을 할 필요는 없었다.

"폭도나 강도들도 대비해야 해. 비, 해일, 지진, 그런 것들이 경찰과 공공 서비스를 모두 쓸어버릴 거야. 그러니 가솔린과 오토바이 부품은 누가 훔쳐가지 못하도록 도시 외곽의 은밀한 장소에 숨기는 편이 좋겠지."

"총은?"

"베트남에서 분실 처리하고 기념으로 가져온 것이 있어."

"나도 그래."

마크는 지도를 건넸다.

"연료 흡입 파이프도 필요할 거야. 한동안 버려진 차가 많을 테니까."

"흡입 파이프는 늘 들고 다녀."

"이봐, 그러지 말고 혜성이 지나갈 시간에 모이자고."

프랭크는 즉시 대답하지 않았다. 조안나가 말했다.

"아무 일도 일어나지 않는다면, 혜성과 함께하는 근사한 파티가 되는 거지. 릴리스도 함께 부르자고."

프랭크는 단순히 침착하다고 하기에 조금 더 길게 생각했다. 그는 가볍게 약속하지 않았으며, 혜성에 대해 현실적으로 생각해봤다. 마크는 싸움은 잘했지만 장담한 것을 모두 해내는 사람은 아니었으며, 건망증도 심했다. 게다가 이제 맥주 배까지 생겼다. 프랭크가 보기에 그 아랫배는 게으름의 결과물이다. 그렇지만……

"좋아, 그러자. 하지만 여기는 아냐. 침낭 몇 개를 들고 하루 전날 밤에 멀홀랜드로 가자."

마크가 사케 잔을 들어 건배했다.

"좋아. 지진해일이라도 그렇게 높은 곳까지는 안 오겠지. 그리고 필요하다면 도로 밖으로 나갈 수도 있고."

하지만 만약 마크가 프랭크의 생각을 모두 이해했다면 그다지 기쁘지 않았을 것이다. 프랭크는 조안나를 걱정하고 있었던 것이다. 그는 마크가 그녀를 지키지 못할 것이며, 조안나는 여성 해방론자 특유의 자신감에, 쿵푸도 배웠으니 스스로를 지킬 수 있다고 생각하고 있을 것이다.

❧

아일린은 코리건 사장이 책상 모퉁이에서 쳐다보고 있는 것을 삼십 초 이상 눈치 채지 못했다. 그녀는 책상 앞에 꼿꼿이 앉아 타자기 위에 손가락을 얌전히 올려두고 멍하니 벽을 쳐다보다가, 어느 순간 코리건의 존재를 깨달았다.

"깜짝이야!"

코리건이 말했다.

"안녕, 이야기 좀 해도 되겠소?"

"모르겠어요, 사장님."

"한 달쯤 전, 당신이 사랑에 빠졌다고 생각했지. 종종 그런 촉촉한 표정으로 들어오고, 가끔씩 죽은 듯 지쳐서 실실 웃고. 그래서 업무 능률도 떨어질 줄 알았더니 그렇지는 않더군요."

"그건 사랑이었어요."

그녀가 미소를 지었다.

"남자의 이름은 팀 햄너였어요. 벼락부자였죠. 그 사람이 나에게 청혼했어요. 어젯밤에요."

코리건이 그다지 좋아하지 않는 투로 말했다.

"그러면, 이제 당신이 없으면 회사가 망할지 어떨지 질문을 던져야겠군."

"물론 처음에는 그 문제부터 생각했어요."

아일린이 말했다. 그녀의 표정에 수심이 가득해서, 코리건은 그 표정을 어떻게 받아들여야 할지 알 수 없었다.

"직업병이로군. 당신은 그를 사랑하는 거요?"

그가 사무적으로 물었다.

"음…… 네. 하지만, 바보 같은 결론을 내렸어요. 내가 내린 결론이라고 꼭 마음에 드는 건 아니죠."

그리고 그녀는 미친 듯 맹렬하게 타자기를 두드리기 시작했고, 코리건은 기세에 눌려 자기 책상으로 돌아갔다.

아일린은 팀에게 세 번 전화한 끝에 통화에 성공했다. 그녀는 전화가 연결되자 바로 말했다.

"팀? 미안해요, 내 대답은 '아니오'예요."

긴 침묵이 흘렀다.

팀이 말했다.

"좋아요. 이유를 말해줘요."

"노력해 볼게요. 그 이유는…… 이제까지 내가 살아온 삶이 모두 어리석어 보일까봐 두려워요."

"난 그럴 것 같지 않은데."

"우리가 만나기 직전에 나는 코리건 배관자재회사의 부사장이 됐어요."

"이미 말했었지. 자, 들어보시오. 만약 독립성을 잃기 두렵다면, 내가 미리 당신의 움츠린 어깨 위에 십만 달러를 올려두겠소. 그러면 얼마든지 독립적으로 행동할 수 있잖소."

"그렇게 말할 줄 알았어요. 어떻게 알았는지는 모르겠지만…… 그런 문제가 아니에요. 내 문제예요. 난 내가 원하는 것보다 더 많이 바뀌었어요. 나는 지금의 나를 만들었고, 그 결과에 계속 자부심을 느끼고 싶어요."

"직장을 계속 다니고 싶다는 거요?"

팀은 그 말을 꺼내기 힘들었던 것 같았다. 그는 나를 이해하지 못할 것이다.

"알겠소."

아일린은 아침마다 기사가 딸린 리무진을 타고 코리건 배관자재회사에 출근하는 자신의 모습을 상상했다. 웃음이 나왔다. 그리고 모든 것이 엉망이 됐다.

❧

콜린은 싸구려 소설을 읽고 있었다. 그녀의 머리에는 헤어 롤이 감겨 있었다. 그녀는 스테레오 녹음기의 스위치를 누르더니 가끔 리듬에 맞춰 안락의자 곁의 테이블을 톡톡 두들겼다.

프레드는 그녀가 무엇을 듣는지 안타깝도록 궁금했다. 무엇을 읽는지는 알고 있었다. 제목을 정확히 읽을 수는 없지만 표지 그림에 길게 흘러내리는 옷을 입은 여자가 창 하나에만 불이 켜진 성을 배경으로 서 있었다. 내용은 짐작할 만했다.

그리고 헤어 롤을 감은 것도 별로 신경 쓰이지 않았다. 헤어 롤을 감은 모습은 나름 귀여웠다.

즐거움의 절반은 기대감 때문이었다. 조만간, 조만간 만날 것이다.

가끔 죄의식이 밀려왔다. 그럴 때마다 프레드 로렌은 미친 듯한 유혹에 사로잡힌다. 콜린을 해치기 전에 이 망원경을 부수고 나 자신도 부숴버리자. 하지만 그럴 필요가 없다. 그건 정말 제정신이 아닌 행동이다. 앞으로 한 달 후에는 아무튼 모두가 죽을 것이므로 그녀에게 상해를 가해도 큰 문제가 없다. 그리고 그것은 사랑을 위한 것이다.

사랑을 위해. 프레드는 망원경에 보이는 여자를 동경했다. 그의 손은 망원경의 초점 조절용 나사를 부드럽게 돌렸다. 손가락이 부르르 떨렸다. 한 달. 너무 짧은 시간이다.

6월: 두 번째

장군, 당신에게는 전략이 없소! 당신은 일종의 발작적인 행동을 하고 있을
뿐이오!

– 로버트 S. 맥나마라 국방장관, 1961년

미국의 정책은 바뀌지 않았습니다. 적국에 대한 핵무기 공격이 최종적으로
승인되는 순간 우리 전략 특수부대는 적에게 감당 불가능한 피해를 안길 것
입니다.

– 펜타곤 대변인, 1975년

메이슨 제퍼슨 로튼 하사는 SAC* 소속인 것을 자랑스러워했
다. 줄을 바짝 세운 전투복, 목에 맨 푸른 스카프, 그리고 흰색
장갑, 엉덩이에 걸친 38구경 권총. 모든 것이 자랑스러웠다.

오마하는 늦은 오후였다. 그날은 아주 더웠다. 메이슨은 다
시 시계를 봤고, 바로 그 순간 KC–135기가 하늘에서 나타나 활
주로에 접근했다. 비행기는 메이슨이 대기하던 지점으로 착륙했
다. 처음 내린 사람은 오푸트에서 상시 근무 중인 대령이었다.
메이슨은 그의 얼굴을 알아봤다. 그 옆에 선 사람은 보안요원에
게 받은 사진 속 인물과 일치했다.

---

* 전략공군지휘소

그들이 지프를 타고 접근하자 메이슨이 말했다.

"신분증을 보여주십시오."

대령은 말없이 카드를 내밀었다. 젤리슨 상원의원은 인상을 찌푸렸다.

"방금 나는 장군 전용기에서 자네의 상관인 대령과 함께 내렸는데……."

메이슨이 말했다.

"네, 그렇습니다. 하지만 신분증을 확인해야 합니다."

젤리슨은 재미있다는 듯 고개를 끄떡이고 안주머니에서 가죽 지갑을 꺼냈다. 하사관은 아까보다 더욱 뻣뻣한 경계심을 내보였다. 젤리슨은 씩 웃으면서 자신의 공군 예비역 장성 신분증을 보여줬다. 이걸 봤으니 정신이 번쩍 들겠지.

메이슨은 다른 기색을 보이지 않았다. 다른 장교 하나가 젤리슨의 가방을 가져와 지프 뒤에 싣자 차가 출발했다. 그들은 특수 장비를 갖춘 루킹글라스, 즉 지상 핵지휘소가 무력화될 때를 대비한 항공지휘소 전용 항공기들을 지나쳐 활주로를 달렸다. 루킹글라스는 여기에 세 대가 있고, 나머지 한 대는 항상 공중에 있었다. 거기는 전략공군지휘소의 지휘관 및 참모들이 탑승해 있다.

2차 세계대전이 끝나는 시점에 미국 중심부의 오마하에 SAC 본부가 구축됐다. 지휘소 건물 자체는 지하 4층이었으며 콘크리트와 무쇠로 강도를 높였다. 이 지하 건물은 세상 무엇이든 견딜 수 있도록 지어졌다. ICBM과 수소폭탄이 나오기 전까지는 그랬다. 이제는 옛날이야기다. 만약 큰 놈에 제대로 명중된다면 지하기지는 붕괴될 것이다. 하지만 루킹글라스를 지상으로 끌어내리지 않는 이상은 SAC의 지휘체계는 붕괴되지 않는다. 루킹글라스의 이동 경로는 조종사 이외에는 아무도 알지 못했다.

메이슨은 커다란 벽돌 건물로 상원의원을 안내했다. 그는 밤브리지 장군의 사무실 입구에서 돌아섰다.

상원의원은 사무실에 들어섰다. 사무실에서, 그리고 가죽이 덧대진 가구에서는 지나간 시대의 분위기가 풍겼다. 대형 책상도 마찬가지였다. 벽에는 선반이 박혀 있고 그 위에 미 공군 비행기 모형이 놓여 있었다. 2차 대전 당시의 엄청난 프로펠러와 제트엔진을 장착한 B-36, B-52, 가지각색의 미사일들이었다. 이 사무실 안에서 그 모형들 이외에 현대적인 물건은 전화기뿐이었다.

전화기는 검정색, 붉은색, 금색, 세 대였다. 붉은색과 금색 전화기는 휴대 가능한 형태로, 지금은 책상 곁의 테이블에 놓여 있었다. 이 전화기들은 밤브리지 장군이 가는 곳을 따라 다녔다. 그의 차, 그의 집, 그의 침실, 그의 화장실 등 금색 전화는 항상 네 번 울리기 전에 받아야 한다. 앞으로도 SAC 사령관으로 근무하는 한 그렇게 해야 한다. 대통령과 직통 전화이기 때문이다. 붉은색 전화는 밤브리지가 SAC로 지시를 내릴 때 사용한다. 이 전화기를 통해 그는 역사 상 모든 군대가 사용했던 화력을 합한 것보다 더 거대한 화력을 방출시킬 수 있다.

토머스 밤브리지 사령관은 젤리슨 상원의원에게 자리를 권했다. 활주로 전체를 조망할 수 있는 거대한 유리창이 있는 곳이었나. 밤브리시는 좀처럼 책상 뒤에 앉아서 이야기를 하지 않는다.

누가 뭔가를 잘못했을 때면 책상 뒤에 앉는데, 예전의 어느 장군은 밤브리지의 책상 앞에서 오 분간 서 있다가 기절해서 실려 나갔다는 이야기도 있다.

"도대체 무슨 일로 여기까지 오신 겁니까?"

밤브리지가 물었다.

"전화로 할 수 없는 이야기라는 게 대체 뭐요?"

젤리슨이 물었다.

"사령관님 전화기는 얼마나 안전합니까?"

밤브리지가 어깨를 으쓱했다.

"우리가 할 수 있는 만큼 안전합니다."

"사령관님 전화기는 안전하겠죠. 부하들이 계속 확인할 테니. 하지만 내 전화기는 확실히 안전하지 않소. 내가 여기 온 공식적 이유는 예산안 검토를 위한 배경지식의 수집입니다."

"알겠소. 한잔하겠소?"

"위스키 있습니까?"

"물론이오."

밤브리지가 책상 뒤의 캐비닛에서 병과 술잔을 꺼냈다.

"시가도 하시겠소? 품질이 괜찮습니다."

젤리슨이 물었다.

"하바나 제품이오?"

밤브리지가 끄떡였다.

"캐나다에서 구했소. 미국제 시가는 도무지 익숙해지지 않아서. 쿠바 놈들은 개자식들이지만, 시가 하나는 인정해줘야겠소."

그는 커피 테이블에 위스키를 가져다 놓고 잔을 채웠다.

"좋습니다. 그러면 이제 비공식적인 진짜 이유를 말해주시오."

젤리슨이 말했다.

"해머 때문이오."

밤브리지 장군이 어이없는 표정을 지었다.

"그게 어쨌다는 거요?"

"해머가 아주 근접하고 있소."

밤브리지가 고개를 끄떡였다.

"우리에게도 제법 똑똑한 수학자와 고성능 컴퓨터가 있소. 잘 아시겠지만."

"그래서 어떤 준비를 하고 있습니까?"

"하지 않소. 대통령 지시 사항이오."

그는 금색 전화를 가리켰다.

"무슨 일이 생기지도 않겠지만, 소련을 자극해서는 안 된다고 하더군."

밤브리지가 얼굴을 찡그렸다.

"그 개자식들을 자극하면 안 된답니다. 그놈들은 아프리카에서 우리 친구들을 죽이고 있는데, 우정을 해칠 우려가 있으니 그들을 자극하면 안 된다는 거요."

젤리슨이 말했다.

"이해하기 힘든 세상이오."

"그러게 말이오. 자, 당신이 원하는 건 뭐요?"

"밤브리지 장군, 혜성이 근접하고 있소. 아주 가까이 말이오.

대통령께서 이 말을 정확히 이해하지 못한 것 같소."

밤브리지가 물고 있던 시가를 내려놓고 담배 끄트머리의 씹던 부분을 바라봤다.

"대통령은 우리에게 큰 관심이 없소. 좋은 점도 있지. 덕택에 SAC를 독자적으로 운영할 수 있으니 말이오. 하지만 좋든 나쁘든 그는 대통령이며, 직속상관입니다. 그리고, 우스울지 모르지만, 나는 명령에 복종해야 하는 사람이오."

젤리슨이 대답했다.

"헌법에 대한 맹세가 우선이죠. 당신, 웨스트포인트 사관학교 출신 아니오? 의무, 영예, 조국. 그 순서잖습니까."

"그래서요?"

"혜성은 정말 아주 가까이 올 겁니다. 정말로. 그리고 혜성은 공군의 모든 조기 경보 레이더를 완전히 망가뜨릴 거요."

밤브리지가 말했다.

"나도 들은 이야기요, 상원의원님. 잘난 척하고 싶지 않지만, 할머니에게 계란 줍는 법을 가르치려는 건 아니죠?"

그는 책상으로 가더니 붉은 표지의 보고서 하나를 꺼내서 책상에 내려놨다.

"공격이 아닌데 공격이라고 감지하고, 진짜 공격은 알아차리지 못할 거라고 하더군. 물론이오. 승리할 수 있다고 확신하는 순간 그들은 지체 없이 우리를 공격할 거요. 하지만 공군 정보국의 보고로는 현재까지 아주 잠잠하다고 하더군요."

밤브리지는 보고서를 한 장 한 장 넘겼다. 그러면서 낮고 음침

한 목소리로 말했다.

"물론, 우리가 그들의 접근을 보지 못한다는 것은, 그들도 우리를 볼 수 없다는 뜻이지."

"그런 생각은 하지 마시오!"

"생각했다는 죄로 군법회의에 회부되지는 않지."

"난 심각합니다, 밤브리지 사령관. 나는 혜성이 아슬아슬하게 비켜가는 상황을 걱정하는 것이 아니오. 내 걱정은……."

밤브리지가 머리를 꺾었다.

"세상에! 내 부하들 중에는 그것이 충돌한다고 말한 사람은 아무도 없었소!"

"내 직원들도 마찬가지요. 하지만 이제 확률은 수백 분의 일이오. 원래 몇십 억 분의 일이었다가 수천 분의 일로, 이제 수백 분의 일이 됐소. 두려운 일이죠."

"그렇소. 그래서 내게 바라는 것이 뭡니까? 대통령은 내게 경각심을 촉발시키지 말도록 명령했습니다."

"대통령이 그런 명령을 내려서는 안 됩니다. 당신은 병력을 지키기 위해 어떤 수단도 동원할 권리가 있음을 선언했습니다. 무엇이든 발사할 수 있고요."

"주여."

밤브리지는 창밖을 바라봤다. 루킹글라스 한 대가 이륙하고 있었다. 지금 비행 중인 비행기와 교대하려는 것 같았다.

"내게 대통령의 명령을 거부하라고 말한 겁니까?"

"내 말대로 한다면 의회에 좋은 친구가 생긴다고 말한 거요.

어쩌면 현재의 직장을 잃을 수도 있겠지만, 그건 아주 최악의 상황일 뿐이오."

젤리슨의 목소리가 아주 낮고 다급해졌다.

"밤브리지 사령관, 당신은 내가 이 상황을 좋아한다고 생각합니까? 이 빌어먹을 혜성이 지구와 충돌할지 어떨지는 나도 잘 모르겠소. 하지만 만약 그런 상황이 왔는데 전혀 준비가 되지 않았다…… 무슨 일이 일어날지는 신만이 아시겠지요."

밤브리지는 상황을 상상해봤다. 혜성이 소련의 외곽 어딘가에 충돌한다면, 그들은 미국의 기습 공격이라고 믿을 것이다. 아니, 외곽이 아니라 모스크바에 충돌한다면! 밤브리지가 말했다.

"하지만 만약 우리가 경계 태세에 들어간다면 소련도 즉시 알게 될 것입니다. 혜성 충돌을 우리의 공격이라고 믿게 만들 이유를 주는 셈이오."

"물론입니다. 그리고 만약 아무 비상대비도 하지 않는다면, 그들은 이것을 황금 기회라고 생각하지 않겠소? 해머가 충돌하면 워싱턴은 사라집니다. 워싱턴과, 뉴욕과, 동부 해안의 대부분의 도시가 모두 사라집니다."

밤브리지가 말했다.

"제기랄. 그 상황에 전쟁까지 하면 아주 확실하겠군. 해머가 정말 충돌한다면 굳이 핵미사일을 쏘지 않더라도 충분히 어수선할 거요. 만약 혜성이 미국에 충돌한다면, 소련은 마무리를 지으려고 하겠죠. 내가 그들이라면 그러겠다는 말입니다."

"하지만 그 반대 상황이 왔을 때 당신이 그렇게 하지는……."

밤브리지가 말했다.

"그러지 않겠죠. 그런 지시를 받을 일도 없고, 지시를 받더라도 내가 그러지는 않을 겁니다."

장군은 벽에 장식된 미사일 모형을 응시했다.

"내가 할 수 있는 일은, 가장 뛰어난 사람을 모두 정위치에서 근무시키는 것이오. 최고 정예요원은 지하 기지에 근무시키고, 나는 루킹글라스에 탑승할 겁니다. 하지만 내가 과연 미사일 공격과 혜성 충돌을 구분할 수 있을까요?"

젤리슨이 말했다.

"충분히 알 겁니다."

❀

바깥은 밤이지만 환했다. 아폴로 캡슐 안에서 릭 델란티는 의자 위에 누워 있었다. 그는 자세가 뻣뻣했고, 주먹을 꽉 쥐고 눈을 감고 있었다.

"알았어요, 제기랄. 사실은 처음부터 멀미가 났어요. 하지만 휴스턴에는 말하지 마요. 그들이 해줄 수 있는 건 아무것도 없으니까."

"이런 멍청이, 자네는 곧 탈진할 거야. 그건 불명예가 아냐. 우주 멀미는 누구든 겪는 거라니까."

"한 주일 내내 앓지는 않잖습니까?"

"자네가 더 잘 알걸? 임무 내내 멀미를 겪었던 사람도 있어.

하지만 적절히 도움을 받은 덕택에 자네만큼 심하지는 않았지. 내가 레오닐라 박사를 데려오겠네."

"싫습니다!"

"데려온다니까! 남자의 자존심 따위를 챙길 때가 아냐."

"그게 아닌 걸 아시잖습니까."

릭의 목소리에 힘이 없었다.

"그녀가 그 사실을 보고할 거고, 그러면……."

"그러면 아무 일도 없지. 네가 배 속에 든 걸 토했다고 해서 임무를 중단할 리는 없어."

"확실합니까?"

"당연하지. 내가 공식 요청하지 않는 이상 그들이 중단시킬 수 없어. 난 아무것도 요청하지 않을 거고. 다만……."

릭이 말했다.

"다만, 그렇게 될 리가 없다는 겁니다. 그게 바로 문제죠. 만약 나 때문에 프로젝트가 중단된다면, 제기랄. 차라리 처음부터 다른 사람이 선발되는 편이 나았을 텐데. 하지만 나는 끝까지 해낼 겁니다."

"왜?"

"왜냐하면 나는……."

"유색인종 신사라서?"

"흑인이니까요. 까맣다는 말을 기억하려고 애썼습니다."

그는 웃으려고 애썼다.

"좋아요. 여자 의사선생을 불러줘요. 도움이 되겠죠. 멀미약이라도 한 알?"

"제일 좋은 건 눈을 감는 거야."

"지금 그렇게 하고 있어요. 정말 도움이 되네요."

릭이 말했다. 그의 목소리가 씁쓸했다.

"당나귀 같은 무쇠 귀의 소유자가 우주멀미라니. 정상이 아냐."

그는 조니가 사라진 것을 알아차리고 급히 근무복의 단추를 채웠다.

근무복의 공식 명칭은 '지속 가능한 임무 수행복'이었지만, 사람들은 대개 그 옷을 '긴팔 내복'이라고 불렀다. '한 벌 내복'이라고 부르는 사람도 있었다. 우주인이 잘 차려입을 때의 복장이었다. 매우 실용적인 옷이었지만, 릭은 불안을 감추지 못했다. 여자, 특히 백인 여자에게 내복 차림을 보이는 것은 전혀 익숙하지 않았다.

릭이 중얼거렸다.

"젠장, 텍사스의 구식 사나이들이 이 상황을 보면 아주 미쳐버리겠군."

"도대체 왜 즉시 이야기를 하지 않았나요?"

그녀의 날카롭고 전문가다운 목소리가 릭의 상념을 날려버렸다. 그녀는 캡슐 안으로 들어오더니 릭의 내복에 부착된 코드 하나를 빼내 체온계에 꽂았다. 코드의 반대쪽 끝은 내복 안쪽에서 릭의 몸으로 연결되어 있었다. 모든 우주비행사들이 항문을 매우 부끄러워했기 때문에 만들어진 방식이다.

레오닐라가 말했다.

"아무것도 안 먹었나요?"

그녀는 체온계를 읽으면서 뭔가 메모를 했다.

"배 속이 계속 울렁거려서요."

"그럼 탈수 상태이겠군요. 먼저 이 캡슐을 먼저 씹으세요. 아니, 삼키지 말고, 씹어 먹어요."

릭이 캡슐을 씹었다.

"이런 젠장, 도대체 이게 뭐요? 정말 고약한……."

"삼켜요. 이제 이 분 후 영양 음료를 마셔 봐요. 지금은 수분과 영양이 필요해요. 늘 아픈데 보고하지 않고 참아왔나요?"

"아뇨! 그냥 나아질 줄 알았습니다."

"모든 우주 비행에서 승무원의 삼 분의 일 정도는 어느 정도 우주 멀미를 겪어요. 확률적으로 우리 중 한 사람은 멀미를 겪는 것이 정상이에요. 자, 이걸 마셔요. 천천히."

릭은 음료를 마셨다. 걸쭉한 오렌지 맛 액체였다.

"이건 좀 낫군."

레오닐라가 말했다.

"미국산 오렌지로 만든 거예요. 내가 과당과 비타민 복합제를 첨가했어요. 지금은 어때요? 아니, 날 쳐다보지 마요. 이 약이 흡수돼야 하니 눈 감으세요."

"지금은 많이 나쁘지 않군요."

"좋습니다."

"하지만 눈을 감고 있으면 내가 쓸모없는 사람이 되잖소! 그리고 나는……."

레오닐라가 말했다.

"당신은 수분을 섭취해야 하고, 생존해야 해요. 그래야 다른 사람들이 여기에 있을 수 있어요."

릭의 팔에 차가운 것이 닿았다.

"이건……."

"수면 주사예요. 긴장 풀어요. 이제 몇 시간 잠을 잘 거예요. 그 동안 정맥주사를 놓을 거예요. 깨어나면 다른 약을 쓸 수 있겠죠. 잘 자요."

레오닐라는 다시 연구실이 있는 해머랩으로 돌아갔다. 연구 장비를 올바른 위치로 옮기고, 스티로폼 포장은 대부분 우주로 방출한 덕택에 약간 공간이 생겼다.

조니와 표트르가 물었다.

"괜찮습니까?"

"안 좋아요. 그의 신체가 최소 24시간은 물을 흡수하지 못한 것 같아요. 더 될 수도 있죠. 체온은 38.8도예요. 아주 심각한 탈수입니다."

조니가 물었다.

"그러면 어떻게 하죠?"

"방금 약을 먹고서 마신 음료는 모두 흡수될 거예요. 거의 1리터 가까이 음료를 마시고도 전혀 부대껴 하지 않더군요. 그가 왜 이제까지 숨긴 거죠?"

조니가 말했다.

"그는 우주에 나온 최초의 흑인이잖소. 최후의 흑인이 되고 싶지 않았나 봅니다."

"성공에 대한 강박관념을 가진 것이 그 혼자뿐인가요? 그가 우주 공간의 첫 번째 흑인인 것은 맞아요. 하지만 인종 간 차이는 성별 간 차이에 비해 아주 미미해요. 나는 우주 공간의 두 번째 여성이에요. 첫 번째 여성은 실패했죠."

표트르가 말했다.

"관측 시작 시간이오. 레오닐라, 나를 도와주시오. 아니면 환자를 돌봐주든지 말이오."

장비를 적절히 잘 배치했지만 여전히 해머랩은 협소했다. 조니와 표트르는 당직 근무와 수면을 모두 해머랩에서 해결했다. 세 사람이 네 사람 몫의 일을 해야 했기 때문에 수면 시간은 충분하지 않았다.

그리고 햄너-브라운이 접근했다. 꼬리가 먼저 그들을 향해 직선으로 다가왔다. 매우 옅은 기체층이 뿜어져 지구와 달과 해머랩 주변을 감쌌다. 그들은 매 시간 관측했고, 매일 우주에서 샘플을 채취했다. 우주의 진공을 병에 담아 지구로 돌아가면, 아주 예민한 장비들이 혜성 꼬리에 포함된 몇 개의 분자를 찾아낼 것이다.

처음에는 거의 아무것도 관측할 수 없더니, 차츰 혜성 방향을 바라보면 혜성 꼬리가 보였다. 그것은 우주를 가로질러 수천만 킬로미터를 뒤덮었다. 혜성이 점점 더 접근함에 따라, 나중에는 어떤 방향에서든 혜성 꼬리를 볼 수 있게 됐다.

혜성을 관측하지 않는 시간에는 태양을 관측했고, 여유 시간에는 십여 가지의 다른 실험을 진행했다. 결정학結晶學, 박막 필름 연구 등에 나머지 시간이 모두 활용됐다.

그래서 그들은 늘 바빴다.

그들에게 프라이버시라고 부를 만한 것이 많지는 않았지만, 아주 없지도 않았다. 상호 협의에 의해 화장실 용무는 해머랩 캡슐이 아닌 각자의 우주선의 설비를 이용했다. 조니와 릭 입장에서는 아주 간단했다. 남성 탑승자들에게 딱 맞는 튜브와 소변 흡입 탱크가 있었다. 그들이 용무를 본 내용물은 매번 우주로 배출됐다.

조니는 화장실 시스템을 이용하다가, 릭의 시선을 알아챘다.

"이봐, 자네는 수면제를 맞았으니 잠들어 있어야 한다고. 내가 오줌 누는 것을 쳐다보지 말고."

"별로 관심도 없어요, 조니. 그런데 레오닐라는 용무를 어떻게 해결할까요. 우주에서."

"그걸 모른다는 사실을 잊기 위해 얼마나 노력했는데. 가서 한 번 물어볼까?"

"좋습니다. 물어보고 오세요. 아주 간단한 일이기는 한데, 내가 물어보고 싶지는 않거든요."

"나도 그래."

조니는 밸브를 열었다. 소변이 아폴로에서 우주를 향해 뿜어졌다. 얼어붙은 소변 방울이 우주선 주변에 구름을 형성했다. 마치 새로운 별무리의 탄생 같았다. 그 구름은 금세 소멸됐다.

"젠장, 대체 왜 나한테 그 문제를 다시 궁금하게 만든 거지?"

"저 혼자 문제 있는 사람이 되고 싶지 않아서입니다."

"몸 상태는 어떤가?"

"훨씬 낫습니다."

이틀이 지나자 릭의 상태는 훨씬 나아졌지만, 조니는 여전히 궁금증의 해답을 얻지 못했다. 막 우주 진공의 샘플을 채취하고 돌아와 표트르와 둘만 있을 때 조니가 물었다.

"도저히 참을 수가 없소."

소련인이 대답했다.

"뭐라고요?"

"굉장히 신경 쓰이는 일이 하나 있소. 레오닐라는 대체 무중력 상태에서 어떻게 소변을 봅니까?"

"그런 걸 알고 싶소?"

"그렇습니다. 한가한 호기심이 아닙니다. 미국이 우주로 여성을 보내지 못한 이유 중 하나는 설계자가 모두 남성이라 여성용 위생 설비를 어떻게 만드는지 몰랐기 때문입니다. 어떤 사람은 체내 삽입형 도관을 제안했는데, 그건 아프겠죠?"

표트르는 아무 대답도 하지 않았다. 조니가 다시 질문했다.

"그래서 말인데, 그녀는 어떻게 하고 있습니까?"

"국가 기밀입니다. 죄송합니다."

표트르가 대답했다. 그는 전혀 농담을 하는 표정이 아니었다.

"다시 태양 관측을 시작할 시간입니다. 망원경 이용을 도와주겠습니까?"

"물론입니다."

조니는 차라리 나중에 레오닐라에게 물어보겠다고 생각했다. 지구에 도착하기 전에 기회가 있을 것이다. 그는 소련인을 곁눈질했다. 어쩌면 표트르 본인도 모를 것이다.

조니가 물었다.

"좀 나아졌나?"

릭이 말했다.

"많이 좋아졌습니다. 휴스턴에서는 알고 있나요?"

조니가 말했다.

"나는 보고하지 않았네. 어쩌면 바이쿤야르를 통해 알고 있을 수도 있겠지. 표트르가 본부에 비밀로 했을 것 같지는 않아. 하지만 바이쿤야르 지상기지에서 일부러 휴스턴에 이야기했을 것 같지도 않지."

릭이 말했다.

"아, 정말 짜증납니다."

"분명 그렇지. 하지만 자네는 방금 나와 함께 날개를 펼쳤지 않나. 정말 중요한 상황이 되면 무슨 일이든 할 수 있다는 사실을 증명한 거지. 심한 멀미를 앓는 상태에서도 그런 일을 했으니, 자네는 철인이 맞아. 이제 내일부터는 함께 일을 하지."

"넵. 그런데 신경 쓰이던 문제는 해결했습니까?"

조니가 이께를 으쓱했다.

"아니. 표트르에게 물어봤더니 '국가 기밀'이라고 그러더군. 국가 기밀이라니, 내 똥구멍이다."

"어쩌면 우리가 알아낼 수도 있겠죠. 카메라가 여러 대 있으니……."

"그래. 보고서에 쓰기도 좋을 거야. 두 명의 미국 공군 고급 장교가 여자 화장실에 몰래 카메라를 설치했다고 말이지. 음, 관측 시간이다. 올라가서 표트르 준장 동지를 깨워야겠군. 곧 보세."

조니는 아폴로 캡슐에서 빠져나가 해머랩으로 들어갔다. 해머랩은 아주 조용했다. 레오닐라는 소유즈에서 잠들어 있고, 릭은 아폴로에 있었다. 표트르는 아마 잠시 해머랩에서 낮잠을 자고 있을 것이다.

조니는 소련인의 숙소로 유영해 갔다. 망원경과 카메라와 실험대와 엑스선 감지장치의 미로 속에서 표트르가 나일론 줄을 붙들고 둥둥 떠 있었다. 그는 격벽의 건너편을 훔쳐보며 미소를 짓다가, 조니를 보는 순간 얼굴에 띤 미소를 지웠다.

누군가를 훔쳐보고 있었나 보지. 그리고 현행범으로 포착된 것이다.

국가 기밀이라니, 내 똥구멍이다.

6월: 세 번째

그때에 유대에 있는 자들은 산으로 도망할지어다.

– 마태복음 24장 16절

하비가 시청 간부 사무실로 들어가려고 하자 시청의 신입 접객 직원이 가로막았다. 하비는 그냥 시키는 대로 했다. 다른 사람들이 입장하지 않고 기다리고 있기도 했고, 촬영 스태프도 조금 있어야 모일 것이다. 하비가 약속보다 일찍 도착한 것이다.

하비는 자리에 앉아서 평소처럼 주변 사람 관찰하기 놀이를 시작했다. 대부분의 방문객은 분명 사업가나 정치인으로 보였고, 그들은 부시장 및 행정 참모를 만나려고 대기하고 있을 것이다. 그런데 조금 다른 사람이 하나 있었다. 이십 대 초반인지 후반인지 구분하기 어려운 여자였다. 그녀는 청바지를 입고 꽃무늬 블라우스를 입고 있었는데, 싸구려 메이커가 아니라 값비싼 제품이었다. 그 여자는 하비를 똑바로 쳐다보고 있었고, 눈이 마주쳐도 시선을 피하지 않았다. 하비는 어깨를 으쓱한 후 대기실을 가로질러 가서 그녀의 곁에 앉으며 물었다.

"내 얼굴이 신기하게 생겼소?"

"당신이 누군지 알아봤어요. 텔레비전 다큐멘터리 감독이시죠? 이름도 일 분 안에 기억해낼 거예요."

"그래 보시오."

하비가 말했다.

그러자 그녀가 다른 곳을 쳐다봤다. 하지만 곧 그녀는 반쯤 미소를 지으며 다시 돌아봤다.

"기억을 못했어요. 이름이 뭐예요?"

"먼저 말하시오."

"마베 비숍이에요."

그녀의 억양은 완전히 미국 태생이었다.

하비는 기억을 더듬었다.

"아하, NGO인 피플 로비 소속이죠?"

"맞아요."

그녀는 아까와 똑같은 표정이었다. 대개는 방송국 다큐멘터리 진행자가 이름을 기억하면 기뻐하는데 말이다.

"아직 당신 이름을 말해주지 않았어요."

하비는 조금 놀라서 대답했다.

"하비 랜들이오."

"자, 그럼 이제 내가 깜짝 놀랄 차례네요. '아하', 당신은 혜성 다큐멘터리 진행자죠?"

"맞아요. 볼 만하던가요?"

"끔찍해요. 위험하고, 멍청해요."

"아주 노골적이군요. 이유를 말해줄 수 있겠소?"

"물론이죠. 당신은 오천만 명의 멍청이들을 겁주고 있어요."

"난 그러지 않았……."

"사람들은 물론 두려워해야 해요. 하지만 혜성 때문이 아니에요. 혜성! 하늘의 신호! 악마의 징후! 중세의 헛소리잖아요! 지구에는 걱정해야 할 일이 얼마나 많은데!"

그녀의 어조는 강했고, 씁쓸했다.

"그러면 사람들이 뭘 두려워해야 한다는 거요?"

하비가 말했다. 실제로 궁금하지는 않았는데 자기도 모르게 대꾸한 것이다. 하비는 자신의 대꾸를 매우 후회했다. 방송 진행자로서의 자동적 반응이었지만 이제부터 그녀가 짜증나도록 설교를 시작할 것이다. 그녀의 설명이 시작됐다.

"스프레이 깡통이 대기를 망치고, 오존층을 파괴하고, 암을 유발하고 있어요. 샌호아킨밸리의 새로운 원자력발전소가 방사성 폐기물을 만들면 그것들은 앞으로 50만 년도 넘게 유지될 거예요. 대형 캐딜락과 링컨 승용차들은 메가톤 단위의 가솔린을 태워 없애고 있어요. 우리가 두려워해야 하는 것들은 바로 이런 것들이에요. 그리고 뭔가 실행에 옮겨야 해요. 혜성 따위를 두려워하느라 지하 창고에 숨는 대신에 말이에요."

하비가 말했다.

"논점은 명확하군요. 당신이 말한 것들 중에 내가 동의할 수 있는 것은 별로 없지만……."

"동의를 못해요? 어떤 부분에서요?"

그녀의 목소리에는 증오가 묻어 있었고, 공격을 위한 만반의 준비가 갖춰져 있었다.

젠장, 젠장. 하비는 생각했다. 그는 언론인으로서 지켜야 할 객관성을 단단히 접어 마음속 깊이 처박아버리고, 하고 싶은 말을 그대로 쏟아냈다.

"어떤 부분이냐고? 사람들이 커다란 자동차에서 가솔린을 태워 없애는 이유는, 전기 자동차를 이용할 만큼의 충분한 전기를 얻지 못하기 때문이오. 충분한 전기를 얻지 못하는 이유는 화석연료 발전 시설에서 너무 많은 유해물질이 나와 공기를 오염시키기 때문이고, 이 문제를 해결해줄 원자력발전소 건설은 멍청이들의 방해 때문에 계속 지연되기 때문이오."

하비가 일어섰다.

"그리고 '스프레이 깡통'과 '오존'이라는 말을 한 번만 더 하면, 당신이 어디 숨든 끝까지 쫓아가서 무릎에 토해놓고 말겠소."

"뭐라고요?"

하비가 접객 직원에게 돌아갔다.

"공보비서관에게 하비 랜들이 밖에서 기다리고 있다고 말해주시오."

그는 명령조로 말했다. 접객 직원이 경계하는 표정으로 그를 쳐다보며 인터폰을 눌렀다. 뒤에서 어설픈 여자 환경론자가 식식거리는 소리가 들렸다. 그 소리를 듣자 하비는 만족스러웠다. 하비는 간부 사무실로 연결되는 문 앞에서 잠시 기다렸다. 잠시 후 벨이 울렸다. 접객 직원이 말했다.

"안으로 들어가시지요. 기다리시게 해서 죄송합니다."

"이제야 무사통과군."

하비가 중얼거렸다. 안으로 들어서자 긴 복도가 나왔다. 복도 양편에는 사무실이 줄지어 있었다. 그 사무실 중 하나에서 서른 인지 쉰인지 나이를 짐작하기 어려운 동양인이 나왔다.

"안녕하시오, 하비. 그 썩을 년이 당신을 얼마나 기다리게 한 거요?"

"얼마 안 기다렸소. 요즘 잘 지냅니까, 존?"

"잘 지냅니다. 시장님이 계획보다 길게 회의를 했어요. 지역사 회 개발 관련 회의였소. 잠시만 더 기다릴 수 있나요?"

"별 상관없소. 촬영 담당자들은 어차피 좀 이따가 올 거니까."

"그들은 벌써 왔어요."

비서관이 말했다. 그는 벤틀리 앨런 시장과 관련된 정치적인 사안도 관리했지만 주로 홍보나 연설 등 대외 관계를 담당했다.

"전용 엘리베이터를 사용하도록 해줬습니다."

"고맙습니다."

"하. 회의가 끝이 났군요. 촬영 담당자들을 부르기 전에 먼저 시장님을 만나 뵈시죠."

그는 하비를 데리고 안으로 들어갔다.

사무실은 두 개가 있었다. 입구에는 먼저 화려하게 장식된 대 형 사무실이 있었다. 여기에는 비싼 가구와 두꺼운 카펫이 깔려 있었다. 벽에 깃발이 걸려 있고, 여기저기 트로피, 상패, 인증서 등이 걸려 있었다. 화려한 대형 사무실을 지나자 작은 사무실 하나가 나왔다. 그 사무실은 책상은 오히려 훨씬 더 컸고, 책상 위에 서류와 보고서와 책, IBM 컴퓨터 출력물, 업무 연락 등이 쌓여 있었다. 빨간 별이 커다랗게 그려진 서류도 있었다. 별이 두개 붙은 서류, 세 개 붙은 서류도 있었다. 하비가 안으로 들어섰을 때 시장은 별 세 개가 달린 메모를 읽으려던 중이었다.

로스앤젤레스의 두 번째 흑인 시장, 벤틀리 앨런은 건장한 체구였다. 그는 항상 승리자의 모습을 유지하고 있었다. 큰 키, 균형 잡힌 체구, 부유한 전문가처럼 잘 차려입은 옷. 정계에 입문하기 전에 그는 실제로 부유했다. 그는 자신의 흑인 혈통과 교육 배경을 의식적으로 전면에 내보이며, 대화 중에 절대 남을 이기려고 하지 않았다. 그는 굳이 정치를 '직업'으로 유지할 필요가 없는 사람이었다. 정확히 말해 그는 안식년을 맞이한 부유한 사립대학 교직원이었다.

"하비 랜들, 다큐멘터리 제작자 맞죠?"

앨런이 물었다. 그는 메모를 '처리완료' 선반에 얹으며 말했다.

공보 담당관이 대신 대답했다.

"시장님, 아닙니다, 이번에는 저녁 뉴스 촬영입니다."

시장이 말했다.

"내가 뉴스에 나올 만한 거리가 뭐요?"

하비가 말했다.

"다큐멘터리에서 파생된 이야기입니다. 지역 뉴스뿐 아니라 미국 전체에서 방영될 뉴스입니다. 햄너-브라운 혜성이 지구와 충돌하지 않는 바로 그날, 공공기관의 수장들이 뭘 하고 있는지에 대한 방송이오."

공보 담당관이 말했다.

"미국 전체에 방송된다고요?"

"그렇습니다."

공보 담당관이 다시 물었다.

"왜 그런 방송을 찍죠? 외부의 압력이 있었나요? 워싱턴 펜실베이니아 애비뉴의 하얀 집이라든지……."

하비가 인정했다.

"아마 있었을 거요."

시장이 말했다.

"그리고 '그분'께서는 긍정적 분위기 형성을 원하시겠지. 핫 퍼지 선데이가 다가오는 그날을 차분하고 냉정하게 보내도록."

하비가 자동으로 대답했다.

"바로 다음 주 화요일이오. 맞습니다."

시장의 눈에 장난기가 반짝였다.

"내가 두려움에 떨면서 비명을 지르면 어떻게 되는 거요? 아니면, 더 좋은 생각이 있소. '자, 흑인 형제여, 이제 우리의 시간이 왔다! 백인의 도시에 불을 질러라! 모든 것을 가져라. 더 좋은 시간은 오지 않을 것이다!' 이렇게 외치면?"

하비가 말했다.

"그러면 이제 전국의 모든 사람들이 전국 뉴스에 출연하게 되겠죠."

시장이 물었다.

"그런 충동을 느껴본 일 없나요? 엄청난 짓, 일자리에서 해고 당해 새로 일자리를 찾아 뛰어다니게 될 것을 알면서도, 그 짓을 저지르고 싶은 충동을 저항하지 못하는 때 말이오. 예를 들면 대학 총장 부인의 드레스에 마티니를 붓는다든가. 아, 그건 내가 해봤던 일이오. 순전히 사고였지요. 덕택에 지금 시장이 되기는 했습니다만."

하비는 진짜로 심각하게 걱정하는 표정을 지었고, 앨런 시장은 장난 섞인 미소를 지었다.

"걱정 마시오, 하비, 나는 지금의 직업을 좋아해요. 동부에 있는 좀 더 큰 사무실에 앉아보고 싶은 생각도 있고."

그의 목소리가 낮아졌다. 앨런이 최초의 흑인 대통령에 대한 욕심을 가진 것은 대단히 비밀이 아니었다. 앞으로 십 년쯤 후에는 그것이 가능할 것이라고 믿는 정치인도 있었다.

"자, 말 잘 듣는 어린이가 되겠소. 모든 시 공무원들은 정상 근무할 것이며, 나 또한 여기 이 자리에 있겠다고 말하겠습니다. 문자 그대로 여기 이 자리에. 시 공무원들은 자기 자리에."

앨런 시장은 화려한 사무실을 가리키며 말했다.

"시의 고위 공무원들도 모두 본보기가 되도록 정위치시키죠. 컬러텔레비전을 준비하겠다는 말은 할지 안 할지 모르겠소. 그렇게 대단한 쇼를 보지 못하고 놓치는 것은 아쉬우니 말이오."

하비가 말했다.

"평소처럼 근무하지만 유성의 쇼가 본격적으로 벌어질 때는 잠깐 업무를 정지하겠다는 거군요."

시장이 끄떡였다.

"그렇습니다."

앨런 시장이 조금 심각한 표정을 지었다.

"하지만 개인적으로는, 조금 걱정이 됩니다. 너무 많은 사람들이 자리를 뜨고 있소. 도시의 거의 모든 U-하울의 포장이사 트레일러가 이미 임대가 끝났소. 그리고 경찰관과 소방관의 휴가 신청이 밀려들고 있어요. 물론 승인하지 않았죠. 핫 퍼지 선데이 당일에는 모든 휴가를 금지시켰습니다."

하비가 물었다.

"약탈이 우려됩니까?"

"공개적으로 그렇게 말할 수는 없지만, 사실 우려하고 있습니다. 이미 비어버린 집, 아니면 곧 비게 될 집들은 약탈과 강도가 예상됩니다. 하지만 우리가 어떻게든 해결할 겁니다. 촬영 준비는 끝이 났나요? 이제 진행하는 것이 좋겠습니다. 삼십 분 후 민방위대장과 회의가 있으니까요."

그들은 자리에서 일어나 바깥 사무실로 나갔다.

비벌리글렌 지역은 차가 막히지 않았다. 목요일 저녁치고 교통량이 매우 적었다. 하비는 활짝 웃으며 차를 몰았다. 제대로 된 이야기를 얻었어. 전혀 노력을 기울이지 않고 제대로 된 이야기를 얻었어.

수백만 명의 사람들이 세계 종말을 믿고 있다. 그것이 전부가 아니다. 다른 수백만의 사람들은 종말을 원하고 있었다. 그들의 태도가 그렇다. 현재 자신의 직업을 증오하면서 '단순한' 삶에 대한 향수를 보이는 사람들. 자발적으로 농부가 되거나 시골의 삶을 택하지는 못하지만 만약 모두가 그래야 한다면 기꺼이 받아들이겠다는 사람들.

앞뒤가 맞는 태도는 아니지만 하비 랜들로서는 그다지 신경에 거슬리지 않았다.

이 이야기들을 어떻게 엮을까? '지구 종말의 다음 날'. 책 제목으로 아주 훌륭하다. 물론 수천 명의 소설가들이 경쟁적으로 책을 낼 것이다. '작은 겁쟁이들', '지구가 멸망하지 않은 날', '바위여, 나를 숨겨다오'. 그런 유의 책들을 내겠지.

그러고 보면 이미 많은 라디오 방송국은 24시간 내내 종교적인 노래를 방송했고, 세계 종말을 말하는 설교자들은 성수기를 누리고 있었다. 또, '혜성 감시단'도 있다. 혜성 감시단은 흰 망토를 두르고 혜성이 멀리 떠나기를 기도하는 사교 집단이다. 그들은 대중의 관심을 끌기 위해 엉뚱한 짓을 했다. 단체의 지도자 중절반은 교통 방해나 중계방송 중인 야구 경기장 난입 등으로 체포됐다가 보석으로 석방됐다. 하지만 이제 보석은 중단됐다. 법정은 다음 주 수요일까지는 혜성 감시단에 대한 보석을 중지하도록 지시했다.

그래, 책을 쓰면 될 것 같다. 써야만 한다. 이제까지 책을 쓰겠다고 생각했던 적은 없다. 하지만 나는 글을 잘 쓰고, 자료 조사도 충분히 했다. 다른 작가들보다 훨씬 앞서 있다. '지구 종말의 다음 날'이라는 제목으로 책을 내자. 아니다. 좋지 않다. 일단 너무 길다. 전달력이 약하다. 책 제목은 '해머 열병'이라고 하자. 굉장한 대중적 인기를 끌 것이다. 그리고 출간 직후에 방송을 시작하는 거다. 그리고 돈을 벌게 될 것이다. 꽤 많이 벌 것이다. 쌓여 있는 청구서를 해결하고, 아이를 하버드 대학에 보낼 학비를 장만하고……

해머 열병. 딱 좋은 제목이다.

문제는 딱 한 가지다. 이 상황의 심각성이다. 거의 전쟁 공포증 수준이다.

어디서든 볼 수 있다. 커피, 차, 밀가루, 설탕, 비축 가능한 모든 생필품의 공급이 부족했다. 동결건조식품도 동났다. 의복 매장에는 비옷이 소진됐다. 11월이나 되어야 비를 볼 수 있을 남부 캘리포니아인데. 야외용 스포츠복과 하이킹 부츠도 이미 구할 수 없다. 양복, 와이셔츠, 넥타이는 아무도 구입하지 않았다.

한편 총도 잘 팔렸다. 비벌리힐스나 샌퍼난도밸리 등지에는 더 이상 총을 구할 수 없었다. 총탄도 마찬가지였다.

아웃도어 매장에는 하이킹 부츠와 등산용 비상식품, 낚싯대 등 모든 것이 품절이었다. 제물낚시보다 바늘낚시가 더 많이 팔렸다. 제물낚시는 아직 구할 수 있는데, 인도에서 수입한 저가품은 모두 팔렸고 미국제 고가품만 조금 남았다. 텐트나 침낭은 남지 않았다.

심지어 구명조끼도 모두 팔렸다! 그 소식을 듣고 하비는 웃었다. 그는 지진해일을 직접 본 적은 없지만 책에서 읽은 적이 있다. 크라카토아 화산 폭발로 발생한 지진해일은 네덜란드 군함 한 척을 수 킬로미터 내륙에 있는 높이 육십 미터의 언덕에 던졌다고 했다.

지난 몇 주 동안 '생존 도구 패키지'가 우편 판매됐다. 물론 지금은 해머가 근접했기 때문에 더 이상 주문을 받지 않았다. 혹시 그 업체들이 애초에 제품을 배송할 생각이 없지는 않았을까? 한 번 확인해볼 일이다. 제품을 파는 회사는 네 곳이었다. 가격은 오십 달러에서부터 만 육천 달러에 이르렀으며, 식품이나 기타 모든 것이 하나의 패키지에 포함되어 있었다. 식품은 장기 보존 가능하고 대체로 균형 잡힌 식품이었다. 모든 교인들에게 일 년치 음식을 상비하라고 지시한 종교가 뭐였지? 1960년대부터 그랬던 것 같은데. 꼭 기억해뒀다가, '그날'이 지난 후 인터뷰해봐야겠다.

저렴한 생존 도구 패키지에는 식품만 들어 있다. 가격이 오르면 구성품이 늘어났다. 만 육천 달러의 패키지에는 도요타의 사륜구동 랜드크루저, 보온 내의, 전기톱, 침낭, 부탄 가스레인지와 가스통, 고무보트, 기타 웬만한 물건이 모두 포함되어 있었다. 어떤 패키지는 '서바이벌 클럽' 회원권을 제공했다. 로키 산맥 어딘가의 피난처에 자리를 예약해준다는 것이다. 회사별로 각각 상이한 품목을 판매했지만, 총을 파는 곳은 없었다. 리 하비 오스왈드 덕택이다. 총기류 우편판매 금지법은 사람을 구하는 것으로 귀결될까, 죽이는 것으로 귀결될까? 해머 충돌 여부에 따라 다른 결론이 내려질 것이다. 생존 도구 패키지를 판매하는 네 곳의 회사는 구매자가 어디에 살든 똑같은 제품을 판매했다. 산악이든 해변이든 고원지대든 말이다. 하비는 웃었다. 모든 위험은

◆

구매자가 부담한다는 거지? 게다가 가격은 형편없는 바가지다. 신이시여, 이 필멸의 존재들의 멍청함이란.

교통량은 미미했다. 하비는 이미 멀홀랜드에 도착했다. 샌퍼난도밸리가 발아래에 펼쳐졌다. 오늘은 바람이 강했고 스모그는 없었다. 계곡은 몇 킬로미터나 펼쳐졌다. 계곡을 따라 집들이 끝없이 이어졌다. 부촌, 빈촌, 건설 중인 석조 건물, 오래된 목조 건물, 웅장한 몬터레이 양식의 건물, 낡은 건물, 이 계곡 전체가 오렌지 과수원이던 시절부터 존재하던 건물. 그리고 이 모든 건물은 홍수가 일어나면 침수될 지역에 있다.

계곡 중심부를 가로지르는 고속도로는 지금은 별로 교통량이 없었다. 모든 저지대는 지난 나흘 내내 나가는 차선에 차량이 훨씬 많았다. 승용차, 트럭, 인생의 잡동사니가 잔뜩 쌓인 임대 트레일러 등이 저지대에서 고지대를 향해, 또는 샌호아킨밸리 너머를 향해 이동했다. 로스앤젤레스 저지대 전역의 많은 상점들은 한 주, 한 달, 또는 영원히 휴업했다. 남아 있는 상점도 손님이 없어 영업을 못하는 상태였다. 해머 열병이다.

하비는 키득거렸다. 직장에서 퇴근해서 제대로 집으로 오는 사람도 있다. 그러나 해머 열병에 걸린 사람은 어디든 있다.

해머 열병 덕택에 전국의 산악 리조트들은 성수기를 맞이했다. 그리고 소비자들의 신용카드 구매율이 높아졌다. 정부에서 우려를 표시할 정도로 신용카드 사용률이 높아진 상태다. 사람들은 신용기드로 생존용 도구를 구입했다. 고용률이 높아지고 경제가 살아나고 물가도 올라가려나? 모든 것이 혜성 때문이다.

이 모든 것이 어마어마한 이야깃거리가 될 것이다. 저 망할 혜성이 충돌하지만 않는다면. 그러면 나는 뜬다. 만약 해머가 충돌한다면, 아무도 내 이야기에 관심을 가지지 않겠지. 텔레비전도 없고, 프로그램도 없고, 아무것도 없을 테니.

하비는 고개를 저었다. 뒷좌석에 쌓아둔 물건을 본 순간 그의 얼굴이 굳어졌다. 그는 해머 열병과 타협했다. 사격 경기기용 22구경 권총. 손잡이가 나무로 제작된 물건이었다. 그 정도면 정확도가 쓸 만하게 높으면서도 누군가가 '이봐, 하비 랜들도 해머 열병에 걸렸어'라고 비웃음을 당하지는 않을 것이다.

그는 머릿속에서 필요한 물건들을 생각해봤다. 산탄총은 가지고 있다. 등산장비는 자신의 것밖에 없다. 로레타가 쓸 물건은 없다. 로레타가 배낭을 멘 모습을 상상하면 우스꽝스럽다. 예전에 그녀를 데리고 등산을 가려고 했던 적이 한 번 있다. 그때의 등산화를 아직 가지고 있을까? 아마 없을 것이다. 로레타는 미용실에서 팔 킬로미터 이상 떨어진 곳에 존재할 수 없다.

그리고 하비는 그녀를 사랑한다. 하비는 스스로 다짐했다. 원할 때면 언제든 거친 아웃도어 사나이로 변신했다가, 다시 평소의 고상한 모습으로 돌아올 수 있다. 그는 자신도 모르게 낭떠러지의 바위에 서서 긴 붉은 머리를 휘날리던 모린 젤리슨을 떠올렸다가, 그 모습을 의식 아래의 깊숙한 곳으로 밀어 넣었다.

이제 내가 뭘 준비해야 할까? 하비는 생각에 잠겼다. 시간이 많이 남지 않았다. 그래, 타협하면 된다. 논리를 만들면 된다. 생필품들. 통조림들. 그런 것들은 물가 상승을 대비하는 거다. 만약 재앙이 닥치면 도움이 되겠지만 재앙이 그냥 지나가더라도 언젠가 먹으면 된다. 그리고 생수. 아니다. 그런 것은 구할 수 없다. 이미 동났다. 이번 주에 운 좋게 찾을 수 있다면 웃돈을 얹어서라도 살 것이다.

하비는 집의 진입로로 접어들어 급히 브레이크를 밟았다. 로레타가 스테이션왜건에서 짐을 내려 집 안으로 나르는 중이었다. 하비는 반사적으로 차에서 내려 그녀를 돕다가, 자신이 나르는 짐이 모두 냉동식품인 것을 깨달았다. 그가 물었다.

"이게 다 뭐요?"

로레타는 짐을 부엌 테이블에 올려놓으면서 가볍게 숨을 헐떡였다.

"화내지 마요, 하비. 이럴 수밖에 없었어요. 사람들이 모두 다 혜성이 충돌한다고 말했다고요. 그래서 혹시 몰라 음식을 조금 샀어요."

"냉동식품이군."

"그래요. 통조림은 동났어요. 냉동실에 다 들어가야 할 텐데."

그녀는 짐 꾸러미를 쳐다보며 말했다.

"잘 모르겠어요. 어쩌면 한동안 냉동식품만 먹고 살아야 할지도 모르겠어요."

허허. 냉동식품이라. 오, 신이여. 그녀는 해머가 충돌해도 전기가 공급된다고 생각하고 있을까? 물론 그렇겠지. 하비는 아무 말도 하지 않았다. 그녀는 좋은 뜻으로 한 일이다. 그리고 로레타가 쓸모없는 물건을 사느라 애쓰는 동안, 본인은 안절부절못했을 뿐 아무 일도 하지 않았다. 둘 모두 결과는 똑같다. 돈을 얼마나 썼는지만 빼고. 만약 혜성이 충돌하지 않는다면 그녀는 헛돈을 쓴 것이다. 하지만 돈은 이미 썼다. 만약 혜성이 충돌한다면, 그때는 돈은 더 이상 중요하지 않다. 결론은…….

"잘 했소."

하비가 말했다. 그는 그녀에게 입맞춤을 하고 나머지 짐을 가지러 나갔다.

"하비."

마당에 나가자 고르디가 그를 불렀다.

"여어, 고르디."

하비가 인사를 했다. 그는 울타리로 걸어갔다.

고르디 밴스가 맥주 캔을 건넸다.

"자네 맥주도 가져왔네. 차 몰고 올라오는 것을 봤거든."

"고맙네. 뭐 할 말이라도 있나?"

그는 고르디가 할 말이 있기를 바랐다. 지난 몇 주간 고르디는 제정신이 아닌 것 같았다. 무슨 일인지는 모르지만 큰 걱정이 있는 것은 분명했다. 그리고 고르디는 하비가 눈치 채고 있다는 사실은 몰랐다. 고르디가 물었다.

"다음 주 화요일에 어디로 갈 건가?"

하비가 어깨를 으쓱했다.

"LA 어딘가에 있겠지. 방송국 사람들과 함께."

고르디가 말했다.

"근무를 한다는 거군. 등산할 생각은 없나? 날씨가 좋을 것 같은데. 나는 다음 주에 휴가를 냈는데."

하비가 말했다.

"아깝군. 난 안 돼."

"왜 안 되지? 세상이 멸망하는데 정말 여기 붙어 있을 건가?"

하비가 얼른 말했다.

"세상은 멸망하지 않을 거라네."

그는 고르디의 눈빛이 반짝이는 것을 봤다.

"그리고 내가 결근했는데 해머가 충돌하지 않았다면, 내 세상은 확실히 멸망하는 거야. 나는 못 가, 고르디. 어디든 가고 싶지만 그럴 형편이 아니야."

"그럴 줄 알았지. 그럼 아들 좀 빌려주게."

"뭐라고?"

고르디가 말했다.

"말이 되잖나. 혜성이 충돌했다고 치면, 앤디는 고산지대에 있으니까 생존 기회가 높아지는 거야. 혜성이 충돌하지 않는다고 쳐도, LA의 공해를 피해 등산하는 걸 말릴 이유가 없잖아. 안 그래?"

"아주 명확하군. 하지만, 어디로 갈 건가? 내 말은, 만약 일이 터진다면 자네와 앤디를 찾으러 어디로 가면 되나?"

고르디의 얼굴이 심각해졌다.

"혜성이 충돌했을 때 LA에 있다면 생존 확률이 얼마나 될지는 자네가 더 잘 알겠지?"

"물론. 아주 작거나 없겠지."

"그렇다면…… 나는 자네가 원하는 곳으로 가 있겠네. 퀘이킹

아스펜 외곽 지대가 좋겠군. 날씨가 나쁘면 쉽게 하산할 만큼 낮지만, 무슨 일이 터져도 괜찮을 만큼 높은 곳이지. 물론 충분히 높다는 보장은 못해. 운도 따라야 하고."

"그렇지. 앤디에게는 물어봤나?"

"자네 허락만 받으면 돼."

"다른 사람은 누가 가나?"

"나와 아이들 일곱. 마리는 자선단체 업무 때문에 갈 수 없어."

하비는 고르디에게 부러운 것이 딱 한 가지 있었다. 그의 부인인 마리가 등산을 다닌다는 점이었다. 반면 그녀는 도시적인 삶에는 그다지 익숙하지 않았다.

"그러니 여자들이 참여하지 않는 보이스카우트의 룰이 적용될 거라네. 하비, 자네도 그 지역 잘 알지? 안전한 장소일 거야."

하비는 고개를 끄떡였다. 그곳은 괜찮은 등산로다.

"좋아."

그는 맥주를 거의 다 마셨다. 그리고 갑자기 물었다.

"자네, 요즘 괜찮나?"

고르디의 얼굴이 미묘하게 변했다. 표정 변화를 숨기려고 애쓰는 것 같았다.

"물론이지. 안 괜찮을 일이 뭐가 있겠나?"

"요즘 좀 안 좋아 보이는데."

"일 때문이겠지. 과로 때문에…… 이번에 등산을 하면 좋아지겠지."

하비가 대답했다.

"알겠네."

기분 좋은 샤워였다. 하비는 뜨거운 물에 목을 적시면서 생각에 잠겼다. 너무 늦었다. 합리적이고 침착한 사람들은 확률이 수백 분의 일, 어쩌면 수천 분의 일에 불과하다고 말했다. 겁에 질린 사람들은 이미 물건을 사 모아 고지대로 피난 가고 있다. 침착한 사람 중에는 고르디 밴스 같은 사람도 있다. 몇 달 전부터 준비한 등산을 혜성 때문에 망칠 수 없다고 말하는데, 아무튼 충돌 시점에는 고지대에 올라가 있을 것이다.

그리고 양 극단의 사이에 위치한 사람들이 있다. 수천만 명은 될 것이다. 하비는 그들 중 하나다. 지금의 상태가 어떤가. 겁을 먹은 시점이 너무 늦었기 때문에, 혜성이 스쳐 지나가기를 기다리는 것 말고는 할 수 있는 게 없다. 앞으로 5일 후 햄너−브라운 혜성이 지구 너머의 차갑고 낯선 우주로 사라질 것이다.

아니면 그렇지 않을 것이다.

하비는 쏟아지는 물줄기 속에서 독백을 했다.

'뭔가가 있을 거야. 내가 할 수 있는 일이. 내게 필요한 것이 뭐지? 그 저주받은 더러운 얼음덩이가 문명을 박살내고 방송 산업도 끝내버린다면? 그래, 원초적인 상태가 되겠지. 먹고, 자고, 싸우고, 마시고, 뛰고. 맞나?'

맞다.

하비는 금요일에 휴가를 썼다. 병가를 내려고 전화했는데, 운

나쁘게 마크가 전화를 받았다. 마크는 놀리듯 유쾌하게 말했다.

"해머 열병에 걸렸죠, 하비?"

"시끄러."

"나도 계획을 세웠어요. 친구 두 명을 만나 안전한 장소로 갈 겁니다. 미리 이야기한다는 것이 깜빡했군요. 핫 퍼지 선데이가 충돌하는 다음 주 화요일에, 이 주변에는 있지 않으려고요. 가는 길에 당신 집에 들를까요? 몇 시쯤 들르면……"

하비는 대답을 하지 않고 전화를 끊어버렸다.

하비는 쇼핑센터로 갔다. 그는 신중하게 구매할 물건을 결정하고, 결제는 신용카드 아니면 수표로만 했다.

먼저 슈퍼마켓에서 12킬로그램짜리 쇠고기 사태 덩어리를 여섯 개 구입하고, 선반에 쌓인 비타민의 절반과 향신료 절반, 그리고 꽤 많은 베이킹소다를 구입했다.

슈퍼마켓에 인접한 건강식품 상점에 들러서 비타민과 향료를 추가 구입했다. 그리고 꽤 많은 소금과 후추, 그리고 대형 후추 분쇄기 세 개를 샀다.

그 옆 상점에서는 좋은 식칼 세트를 샀다. 새 칼이 필요하다고 생각한 지 일 년은 지났다. 그리고 숫돌과 수동 칼갈이도 샀다.

여러 해 동안 갖고 싶었던 공구 세트도 이번을 기회삼아 구입하기로 했다. 공구 상점에 들어간 길에 그는 다른 여러 잡동사니를 샀다. 쇠파이프 사이에 끼워 넣을 수 있는 플라스틱 배관 부품. 만약 비상 상황이 터지면 쓸모가 있을 것이고, 그렇지 않더라도 집수리에 쓸모가 있을 것이다. 야외용 스토브는 이미 다 팔렸으나, 점원은 하비를 알아보더니 요구하기도 전에 수동충전 손전등 네 개와 최신 콜맨 휴대용 가스등 두 개, 그리고 가스등에 사용하는 연료 15리터를 가져다 줬다. 그리고 하비에게 가볍게 눈짓을 했다.

주류 판매점에서는 눈에 보이는 모든 고급술을 구입했다. 보드카와 버번과 스카치 몇 리터, 그랑 마니에르, 드람뷰이, 그리고 다른 여러 고급술도 구입했다. 그는 짐 모두를 차에 싣고, 그 다음에는 페리에 생수병을 구입했다. 신용카드로 값을 지불했는데, 이번 점원도 그를 알아보는 눈치였다.

"파티 한 번 거하게 하겠군."

그는 애견 키플링에게 말했다. 개는 꼬리를 좌석에 탁탁 치고 있었다. 개는 하비를 따라다니는 것을 좋아했지만 그럴 기회가 자주 있지 않았다. 개는 자신의 주인이 이 가게 저 가게를 옮겨 다니는 것을 가만히 지켜봤다.

하비는 약국으로 가서 수면제와 비타민, 요오드, 상처치료약, 마지막 남은 붕대 등을 샀다. 일용품 점에서 개 사료를 더 샀고, 드럭스토어에서 비누, 샴푸, 치약, 새 칫솔, 피부용 크림, 화상치료용 칼라민 로션, 선탠 로션 등을 구입했다.

하비가 물었다.

"어디서 그만둬야 하지?"

개가 그의 얼굴을 핥았다.

"어디선가 그만둬야 해. 세상에. 지금까지 문명의 혜택에 대해 자세히 생각도 안 해봤어. 하지만 정말 없으면 생존할 수 없을 것 같은 물건이 너무 많아."

하비는 구입한 물건을 집으로 운반한 후, 트래블—올을 맡겨
둔 정비소에 들러 차를 끌고 돌아왔다. 만약 하비가 오랜 단골이
아니었다면 오일 교환, 윤활유 작업, 기타 장거리 여행 전의 정
밀 점검을 단시간에 받을 수 없었을 것이다. 정비소는 긴급 정비
요청이 이미 수십 대나 밀려 있었고, 이미 지난 한 주일간 새로운
수리 접수를 받지 않는 상태였다.

그는 정비를 마친 트래블—올을 끌고 나와, 연료탱크에 가스를
가득 채우고 보조 연료탱크까지 채웠다. 그러기 위해서 주유소를
세 곳이나 찾아가야 했다. LA 저지대에는 현재 비공식적인 가솔
린 배급제도가 실행되고 있었다.

점심 식사 후에는 피를 만져야 했다. 12킬로그램의 쇠고기 덩
어리를 얇게 써는 일이었다. 얇게! 새로 산 식칼이 도움이 됐지
만, 저녁쯤에는 팔이 벌벌 떨렸다. 작업은 간신히 끝났다. 하비
는 로레타에게 말했다.

"앞으로 사흘 정도 오븐을 내가 써야겠어."

로레타가 단정적으로 말했다.

"혜성이 충돌하는 거죠. 나도 알고 있어요."

"아니. 확률은 몇백 분의 일, 몇천 분의 일밖에 안 돼."

"그러면 이건 다 뭐예요?"

그녀가 물었다. 허를 찌르는 질문이다.

"부엌이 온통 생고기 조각이잖아요."

하비가 말했다.

"혹시나 하는 거지. 그리고 이건 저장식품이야. 당장 안 쓰더라도 앤디가 등산을 갈 때 쓸 수 있지."

그는 다시 작업을 시작했다.

인디언 방식의 육포 제조는 쉬운 방법이 아니다. 인디언들은 약한 직화 또는 여름의 태양을 이용했는데, 품질 관리가 잘 되지 않는다. 현대식 오븐에 온도를 100도에서 120도로 맞추고 얇은 고기 조각을 스물네 시간 두면 가장 좋다. 고기를 익혀서는 안 되며 건조시켜야 한다. 잘 만들어진 육포는 뼈처럼 단단해서 모서리로 사람을 찔러 죽일 수 있다. 그 정도가 되면 거의 영원히 상하지 않는다.

육포는 인간의 생명을 유지시킬 식사로 제약이 많다. 비타민을 함께 복용하면 도움이 되겠지만, 여전히 식사로서 지루하다. 그래서? 만약 해머가 충돌하면, 음식이 지루한 것 말고도 더 직접적으로 목숨을 위협하는 것들이 많을 것이다.

탄수화물 섭취 및 포만감을 얻을 음식으로는 남부식 옥수수죽인 그리츠가 있다. 비벌리힐스의 다른 사람들은 그리츠를 생각하지 못한 것 같다. 아직도 상점에 인스턴트 그리츠가 남아 있고, 또 밀가루나 오트밀은 구할 수 없어도 옥수수가루는 구할 수 있었다.

쇠고기에서 나온 지방에는 약간의 설탕과 소금, 후추, 우스터소스를 넣이 인디언식 저장식인 페미컨을 만들어서 살짝 익혔다. 익는 과정에서 흘러나온 지방은 나중에 다시 페미컨을 만들거나 베이컨을 보관하기 위해 따로 모아뒀다. 지방을 입혀 공기 노출을 차단한 베이컨은 변질되지 않고 오래 보관할 수 있으니까 말이다.

이 정도면 음식은 충분하다. 이제 물을 확보할 차례다. 그는 수영장으로 나갔다. 어젯밤부터 배수를 시작했기 때문에 물은 완전히 빠졌다. 그는 수조에 물을 채우기 시작했다. 이번에는 소독용 염소를 넣지 않고 물을 가득 채운 뒤 뚜껑을 덮어 흙먼지가 들어가지 않도록 보관할 것이다. 이 정도면 꽤 오래 마시겠지. 이제 주전자에 넣을 내용물은 확보가 됐다.

그리고…… 그는 차고 주변에서 오래된 플라스틱 병을 주워 모았다. 그중 몇 통은 소독용 염소가 들어 있었던 것 같은데 아직도 냄새가 났다. 완벽해. 그는 통을 헹구지 않고 물을 채웠다. 이제 수영장의 물을 다 쓰고 나더라도 플라스틱 병에 들어 있는 물을 소독제로 사용해서 물을 더 구할 수 있다.

먹고, 마시고, 그 다음은 뭐지? 잠을 자야 한다. 자는 문제는 쉽다. 하비는 물건을 함부로 버리지 않기 때문에, 캠핑용 침낭 말고도 극지대 주둔군 전용 침낭, 여름용 침낭과 침구, 앤디가 버렸던 침낭, 심지어 예전에 로레타가 딱 한 번 등산 갔을 때 샀던 침낭도 가지고 있었다. 그는 그것들을 모두 꺼내 빨랫줄에 널었다. 태양열. 자연의 여러 에너지 중 가장 단순하면서 효율적인 것이 태양열이다. 빨래를 말릴 때는 전기나 가스 건조기보다 더 좋다. 수많은 환경보호주의자들은 태양열 대신 건조기를 사용하겠지만. 환경 보호에 대해 설교하느라 너무 바빠서겠지. 그런데 내가 왜 이렇게 치사하게 굴지?

왜냐하면 나는 열병에 걸렸기 때문이다. 해머 열병. 아내도 그 사실을 알고 있다. 로레타는 내가 미쳤다고 생각할 것이다. 그리고 사실 나는 그녀를 두렵게 하고 있다. 그녀는 내가 충돌을 믿는다고 확신하고 있다.

해머 충돌에 대한 대비를 할수록 충돌은 기정사실화 된다. 심지어 나 스스로도 겁을 먹기 시작했다. 내가 쓸 책, '해머 열병'을 기억해야 한다.

"그렇게 걱정스럽게 보지 마. 연구 중인 것뿐이니까."

그녀가 맥주를 가져왔다.

"무슨 연구요?"

"해머 열병에 대해서. 책을 한 권 쓰려고 해. 혜성이 지난 후에. 이미 대부분의 준비 작업이 끝났어. 베스트셀러가 될 거야."

"책을 내면 근사하겠네요. 사람들은 작가를 우러러 보니까요."

그래, 그 말이 맞지. 대부분의 경우에 말이야. 좋아. 이제는 먹고, 마시고, 잠자는 준비는 해결했다. 싸울 준비와 도망갈 준비만 남았다.

싸움. 그건 별로 좋지 않다. 하비는 자신의 총 솜씨를 별로 믿지 않았다. 산탄총이든 권총이든 마찬가지다. 어떤 총이든 자신감이 생기지 않았다. 다른 자들이 얼마나 좋은 무기를 준비할지, 그들의 무기 다루는 솜씨가 얼마나 훌륭할지를 생각하면 더욱 그렇다. 하비는 베트남에서 전쟁을 겪었지만 그때 그는 군인이 아닌 종군기자였다.

하지만 뇌물은 있다. 술과 향신료를 이용하면 난관을 헤쳐갈 수 있을 것이다. 그 물건을 향후 몇 년만 보관하면, 그것들은 누군가를 위한 사치품으로서 문자 그대로 값을 헤아릴 수 없는 물건이 될 것이다. 지난 수세기 동안 유럽의 후추 가격은 같은 무게의 금과 같았다. 앞으로도 후추를 은닉해 둘 생각을 한 사람은 그다지 많지 않을 것이다.

하비는 자신의 아이디어가 마음에 들었다.

그래. 이제 남은 것은 달아날 준비뿐이다. 트래블—올은 최고의 상태다. 필요하다면 차 위에 오토바이를 실을 수도 있다. 아직 생각하지 못한 것이 있는지는 일요일에 확인하면 된다.

하비는 지쳤지만 충족감을 느꼈다. 아직 완벽하지는 않았지만, 스스로에게 준비가 됐다고 말할 정도는 됐다. 다른 대부분의 사람들보다는 훨씬 나은 상태다. 로레타는 그를 기다렸다가 근육통 로션을 꺼내 줬다. 그녀는 여러 질문으로 그를 괴롭히지 않고, 다정하게 문지르기만 했다. 그러다가 더 이상의 육체 접촉을 좋아하지 않는다고 생각하고, 그가 잠이 들게 놔뒀다.

그는 잠에 빠져들면서, 자신이 그녀를 사랑하고 있다고 다시 한 번 다짐했다.

6월: 네 번째

인간의 모든 달걀을 보관하기에 지구라는 바구니는 너무도 작고 연약하다.

— 로버트 A. 하인라인

아래쪽 지구는 밤이었다. 해머랩에서는 90분마다 낮과 밤이 바뀌었다. 바깥의 빛과 어둠으로는 시간을 잴 수 없고 오직 시계로만 측정 가능하다.

시야의 한 구석에서 유럽 도시의 불빛이 반짝였지만, 시야의 대부분을 차지하는 대서양은 검은 하늘에 덮여 있었다. 그리고 검은 우주 건너편 어딘가에 햄너-브라운의 핵과 코마가 있을 것이다. 다른 쪽으로는 안개처럼 엷은 막 사이로 별이 반짝였다.

혜성의 꼬리는 지구를 동그랗게 감싸고, 모든 수평선과 지평선 위에서 녹색, 오렌지색, 푸른색 광채를 번쩍였다. 반대편에는 물결이 직각으로 부딪힌 듯한 격자무늬의 색조 속에서 반달이 광채를 반짝였다. 마치 로켓 추진체가 뿜는 불꽃의 한가운데에 있는 다이아몬드 모양의 광점 같았다. 누구든 이 광경은 쉽게 싫증내지 못할 것이다.

우주비행사들의 저녁 식사시간이 되었다. 릭은 창밖의 광채에 관심을 뺏긴 채 억지로 꾸역꾸역 음식을 먹었다. 우주에서는 언제나 그렇듯 모두들 체중이 줄었다. 그중에도 릭은 이미 4킬로그램이 줄었기 때문에, 보충이 필요했다. 그나저나 무중력 상태에서 체중계를 만든 것은 정말 천재적인 업적이다.

릭이 광고를 흉내 내며 장난스럽게 말했다.

"건강을 유지할 수만 있다면. 뭐든 먹어야지. 와우! 토하지 않는 게 어디야."

미국 텔레비전 광고를 본 일이 없는 소련 조종사들이 의아한 표정으로 릭을 바라봤다. 조니는 릭의 행동을 무시했다.

태양이 한 귀퉁이에서 빛을 내기 시작했다. 릭은 잠시 눈을 감았다가 뜬 후, 푸르고 흰 새벽의 광채가 점점 커지는 것을 바라봤다. 어제 인도양 위에 바다 괴물처럼 생긴 거대한 허리케인 구름이 형성됐는데, 지금도 그 모습 그대로였다. 태풍 힐다라고 했다. 좌측으로는 에베레스트 산과 히말라야 봉우리들이 보였다.

"영원히 싫증나지 않을 광경이오."

레오닐라가 관측 창에 서서 말했다.

"맞아요. 하지만 정말 약해 보여요. 마치 엄지손가락으로 문지르면 수백 킬로미터의 파괴 흔적이 남을 것 같은…… 불편한 느낌이군요."

조니가 말했다.

"그 생각 잊지 마세요. 지구는 약합니다."

"혜성을 걱정하는 건가요?"

레오닐라의 표정은 읽기 어려웠다. 소련인의 표정과 몸짓은 미국인과 달랐다.

조니가 말했다.

"혜성뿐만이 아닙니다. 우주에 대해 알면 알수록 우리가 약한 것을 알게 됩니다. 가까운 신성新星이 지구상의 모든 생명체를 멸균하듯 없앨지도 모르오. 그러면 박테리아만 살아남겠지. 태양이 갑자기 타오르거나, 갑자기 식을지도 모르오. 우리 은하계가 활동성인 시퍼트은하로 변해, 대폭발과 함께 모든 것을 죽일지도 모르죠."

레오닐라가 흥미를 보였다.

"앞으로 33,000년 동안은 걱정할 필요 없어요. 아시다시피, 광속을 감안하면요."

조니가 어깨를 으쓱했다.

"그 일이 32,900년 전에 일어났을 수도 있죠. 아니면 우리 스스로가 멸망을 초래할 수도 있죠. 화학 폐기물로 바다를 오염시킨다거나 열 공해가……."

릭이 말했다.

"그건 아니죠. 열 공해는 어쩌면 우리를 빙하기로부터 구해줄 유일한 힘일지도 모릅니다. 어떤 학자 말로는 이미 몇백 년 전부터 새로운 빙하기가 시작됐다고 하던데. 그리고 석탄과 석유는 이미 고갈되고 있어요."

"시끄러워! 자네는 입 다물고 있게."

표트르가 말했다.

"핵전쟁, 초대형 유성의 충돌, 초음속 여객기의 오존층 파괴. 대체 우리는 지금 여기서 뭘 하는 겁니까?"

조니가 말했다.

"지구는 더 이상 안전한 곳이 아니오."

레오닐라가 말했다.

"지구는 거대해요. 보이는 것처럼 예민하지 않을 수도 있어요. 하지만 인간의 천재성은…… 가끔 난 그게 두려워요."

조니가 어느 사이 심각해졌다.

"해답은 한 가지뿐입니다. 지구에서 나가는 것이오. 다른 행성에 식민지를 개척해야 합니다. 이곳뿐 아니라, 다른 태양계로 가야 합니다. 아주 거대한 우주선을 만들어서 행성보다 빠르게 움직여야 합니다. 우리가 가진 계란을 여러 바구니에 나눠 담아야 해요. 그러면 아주 멍청하고 광적인 자들 때문에 인류가 미처 존경받는 존재가 되기도 전에 절멸할 가능성을 줄일 수 있죠."

표트르가 말했다.

"존경받는다는 것이 뭔지 잘 모르겠고, 당신과 나는 의견이 같지는 않은 것 같소. 하지만 만약 당신이 미국 대통령으로 출마한다면 적극 지원하겠습니다. 지지연설도 하겠소. 투표권을 얻지는 못하겠지만."

조니가 말했다.

"그럴 거요."

그는 우주비행사 출신으로 상원의원이 된 존 글렌을 떠올렸다.

"다시 일 이야기나 합시다. 오늘 아침은 누가 샘플을 채취할 겁니까?"

햄너-브라운의 핵은 30시간 거리 바깥에 있었다. 망원경 상에서 보이는 것은 조그만 물질들이 약간의 간격을 두고 모여 있는 모습이었다. JPL의 과학자들은 그 발견에 흥분했지만, 조니를 비롯한 비행사들의 작업은 훨씬 어려워졌다. 우선 도플러 속도계로 고체의 이동 속도를 파악하기가 어려웠다. 모든 고체 물질의 주변에 혜성 입자가 가득한데다가 광압을 받은 먼지와 가스가 엄청난 속도로 흘러 다녔기 때문이다. 거대한 고체는 대략 초속 팔십 킬로미터로 지구에 접근했지만, 불규칙한 좌우 이동 폭은 파악하기 어려웠다.

조니가 보고했다.

"지금도 직진으로 접근하고 있소."

댄 포레스터의 목소리가 들렸다.

"분명 좌우 이동이 있을 텐데요?"

릭이 말했다.

"네, 하지만 측정 불가능합니다. 박사님. 우리는 최선의 자료를 보내고 있습니다. 최선이라고요!"

포레스터의 목소리가 즉시 사과조로 바뀌었다.

"미안합니다. 최선을 다 하는 것은 알고 있어요. 더 나은 관측 자료가 없이는 예측이 어렵다는 말을 했을 뿐이에요."

그리고 우주비행사들은, 포레스터 박사에게 화를 낸 것이 아니라며 다독이느라 5분을 보냈다.

조니가 말했다.

"천재들 때문에 미칠 것 같은 때가 종종 있어."

릭이 말했다.

"그 문제를 해결하는 방법은 쉬워요. 그가 달라는 숫자를 주는 겁니다. 내가 관측했다는데 누가 뭐라고 할 겁니까?"

조니가 말했다.

"멋대로 한 번 해봐."

릭이 눈을 굴렸다.

"어디 한 번 해볼까요?"

그는 공중을 유영해서 조니에게 갔다.

"여기, 내가 대충 숫자를 써드릴 테니, 그대로 읽어주기만 하세요."

오전의 관측을 마치고 약간의 휴식을 취했다. 표트르는 짐짓 헛기침을 하더니 말했다.

"질문이 있습니다. 전부터 한 번 묻고 싶었는데, 다른 의도로 받아들이지는 마십시오."

조니는 레오닐라가 소유즈로 들어갈 때 표트르가 해치를 닫았다는 사실을 뒤늦게 깨달았다.

"이야기하시오."

표트르가 두 미국인을 번갈아 쳐다봤다.

"우리나라 신문에는 미국에서는 흑인이 백인에게 복종하고, 백인이 흑인을 지배한다고 되어 있습니다. 하지만 당신 두 사람은 그런 관계가 아닌 것 같습니다. 그래서 직설적으로 물어보자면, 당신들은 평등합니까?"

릭이 대답했다.

"아니, 그럴 리가요. 이분이 계급이 높습니다."

표트르가 물었다.

"계급이 높지 않다면요?"

릭이 과장되게 심각한 표정으로 물었다.

"조니 베이커 준장님, 제가 준장님과 평등합니까?"

"응? 물론이지, 자네는 나와 평등하지. 굳이 물어보는 이유가 뭔가?"

"아시다시피, 민감한 주제라서요."

표트르는 릭의 대답을 진지하게 듣는 표정이 아니었다. 조니가 말했다.

"인종 문제에 대해 진지한 대답을 듣고 싶소?"

"네, 부탁드립니다."

"무중력 상태에서 레오닐라가 어떻게 오줌을 누죠?"

"흠…… 내가…… 전에 보니까."

"뭘 봐요?"

레오닐라가 해치를 열고 꿈지럭거리며 들어오고 있었다.

조니가 말했다.

"그냥 간단한 대화 중이었소. 국가 기밀 같은 무거운 주제는 아니고……."

레오닐라가 세 남자를 살폈다. 조니는 휴대용 컴퓨터에 숫자를 입력 중이었고, 표트르는 휴대용 컴퓨터가 신기하다는 표정으로 조니를 보고 있었다. 릭은 웃음을 참는 듯 숨을 쉬지 못하고 있었다. 그들 모두는 어딘지 거슬리는 '당신한테는 비밀이야'라고 말하는 듯한 미소를 짓고 있었다.

표트르가 말했다.

"좋은 장비를 많이 지급받았군요. 사실 우주에서는 당신들보다 우리가 나은 것이 거의 없습니다."

조니가 급히 말했다.

"이 휴대용 컴퓨터는 나사 지급품이 아니오. 내가 가져왔죠."

"아. 비쌉니까?"

조니가 말했다.

"이백 달러쯤입니다. 루블로 치면 꽤 클 텐데, 사람들이 버는 돈에 비교하면 그렇게 크지는 않습니다. 평범한 사람들의 일주일 급료 정도일 텐데, 이 기계를 써야 하는 사람들의 수입을 생각하면 일주일치 급료보다 적겠죠."

레오닐라가 물었다.

"내게 돈이 있다면 이 물건 하나 구하는 데 얼마나 걸릴까요?"

조니가 말했다.

"오 분쯤 걸릴 겁니다. 저 아래 지구에 있다면 말이오. 지금 여기서 구하려면 조금 더 걸릴 겁니다."

그녀가 킥킥 웃었다.

"지구의 상점을 말하는 거죠. 그 물건을 쌓아둔 상점에 가서 가져 오면 되나요?"

조니가 말했다.

"현찰이 있다면요. 아니면 신용이 좋던가요. 아니, 신용이 썩 안 좋아도 되는 것 같더군요. 왜요? 하나 갖고 싶소? 흠. 당신에게 하나 구해줄 방법을 찾아보죠. 표트르, 당신도 필요합니까?"

"그게 가능하겠소?"

"물론이오. 문제없습니다. 텍사스 인스트루먼트의 홍보부 직원에게 전화를 걸면 됩니다. 홍보용으로 두 개 정도는 주겠죠. 그들의 판매 증진을 돕는 겁니다. 아니면 휴렛패커드 제품이 더 좋겠어요? 부호가 조금 다르지만 속도는 더 빠르고……."

표트르가 말했다.

"바로 그게 이해할 수가 없는 부분입니다. 두 개의 회사, 두 라이벌이 각자 고성능 기기를 만들다니. 그건 낭비입니다."

릭이 말했다.

"낭비로 보일 수 있죠. 하지만 아무 전자제품 대리점이든 데려가서 물건을 사주는 것은 소련에서는 불가능하지만 미국에서는 가능하죠."

조니가 주의를 주었다.

"정치 이야기는 그만하게."

"이건 정치 이야기가 아닙니다."

잠시 어색한 침묵이 흘렀다. 표트르는 UV 카메라의 디지털 판독기를 향해 유영해 갔다. 그는 사랑스럽다는 듯 기계 위에 손을 얹었다.

"정말 정확한 기계들이오. 정말 정교한 기계와 복잡한 진지게

품이오. 미국제 기계를 써본 것은 정말 큰 도움이 됩니다."

그는 해머랩 내부의 카메라, 레이더, 녹음기, 실험이 진행 중인 결정 등을 가리켰다.

"이번 프로젝트 기간 중 당신들의 훌륭한 기계 덕택에 놀랄 만큼 많은 것을 배웠습니다. 지난번의 소유즈 임무 때만큼이나 많은 것을 배웠소."

레오닐라의 목소리에 가시가 돋았다.

"소유즈 때만큼? 훨씬 더 많죠."

그녀의 목소리에 씁쓸함이 담겨 있어서, 세 사람은 모두 놀라서 그녀를 돌아봤다.

"우리는 이 우주선에 함께 탑승하기는 했어요. 승객으로 탑승한 거죠. 우리는 소련이 인간을 우주에 보내고 생존 상태로 귀환시킬 수 있다는 사실을 증명하게 되겠죠. 이번 임무에서 우리가 기여한 것은, 당신 두 사람을 위한 음식과 물과 산소뿐이에요."

릭이 말했다.

"누군가가 도시락은 가져와야 했소. 맛도 정말 좋아요."

"네, 하지만 우리가 가져온 것은 그게 전부죠. 예전에 우리에게도 우주 프로젝트의……."

표트르가 불을 토하듯 빠른 러시아어로 그녀의 말을 막았다. 조니와 릭은 그 말이 너무 빨라서 전혀 알아들을 수 없었지만, 내용은 짐작할 수 있었다. 그녀는 짧고 날카롭게 한 마디를 대답하더니, 다시 영어로 말을 이었다.

"맑시즘의 기본은 객관성이에요. 그렇죠? 이제 객관적으로 생각할 시간이에요. 예전에 우리에게도 우주 프로젝트의 진보 가능성이 있었어요. 세르게이 코롤료프는 역사상 어떤 인간보다 위대한 천재였고, 그는 우리 우주선을 세상 모든 지식을 획득하는 위대한 도구로 개발하려고 했어요. 하지만 크렘린의 미치광이들은 구경거리를 원했죠. 흐루시초프는 미국을 조롱할 서커스를 지시했고, 그래서 우리는 역량 개발 대신 전 지구를 대상으로 어릿광대짓을 택했죠. 그 첫 번째는 궤도에 사람 셋을 한꺼번에 보내는 임무였어요. 이인승 캡슐에서 과학 기자재를 모두 꺼내고, 아주 체구가 작은 사람 하나를 더 탑승시켰죠. 그건 서커스였어요! 그 결과, 우리는 달에 먼저 도착할 수도 있었지만, 아직까지 도착하지 못했어요."

"레오닐라 동지!"

그녀가 어깨를 으쓱했다.

"없는 말을 했나요? 아니, 그렇지 않아요. 아무튼 우리는 훌륭한 구경거리를 만들었고, 신문 헤드라인을 장악했어요. 그 결과, 지금은 소련 최고의 조종사들이 멈춰 있는 대형 표적에 우주선을 도킹시키는 것조차 못해내죠. 그리고 지금 저들은 우리에게 홍보용 상품을 주겠다고, 공짜로 주겠다고 했어요. 소련 최고의 엔지니어들이 만들지도 못하고, 쓰고 싶어도 구할 수도 없는 그런 물건을 말이에요."

조니가 말했다.

"이봐요, 화나게 하려고 그런 것 아니오."

표트르는 러시아어로 마지막 한 마디를 한 후, 구역질나는 표정으로 돌아섰다. 릭은 동정하는 듯 고개를 흔들었다. 갑자기 그녀가 왜 저럴까?

그들은 침묵 속에서 정중함을 유지했고, 레오닐라는 소유즈 우주선으로 돌아갔다. 조니와 릭이 눈빛을 교환했다. 더 이상 말을 나눌 필요가 없었다. 표트르는 구석에서 뭔가를 열심히 하고 있었다. 조니가 말했다.

"솔직하게 물어볼 것이 하나 있소."

"뭐요?"

"그녀를 곤경에 처하게 만들지는 않겠죠? 여기서 나눈 대화를 모두 보고할 필요는 없는 것 아니냐는 겁니다."

표트르가 어깨를 으쓱하며 대답했다.

"물론이오. 우리는 모두 남자이고, 여자들이 28일마다 한 번씩 이성을 잃는다는 것을 알고 있죠. 결혼한 남자가 모르는 것이 뭐가 있겠소."

조니는 다시 릭과 눈빛을 교환했다.

"그렇죠. 틀림없이 그 이유일 거요."

표트르가 말을 이었다.

"조국은 그녀의 부모 노릇을 했소. 그녀는 어렸을 때 부모를 잃었죠. 그녀가 우리나라를 실제보다 발전된 나라로 생각하려는 경향도 놀랄 일이 아니오."

"물론입니다."

릭은 말로는 그렇게 대답했지만 생각은 달랐다. 물론 헛소리지. 만약 그녀가 생리 때마다 문제가 있었다면 우주까지 오지도 못했을 것이다. 그녀 스스로 지상 근무 요원들에게 이야기를 해서 다른 사람을 우주로 보냈지 않았을까? 만약 내가 우주 멀미를 앓을 것을 미리 알았다면 당연히 지상 근무 요원들에게 이야기했겠지. 음, 확신한다. 아니, 정말 그랬을까? 문제가 뭔지는 모르지만, 한동안 레오닐라를 조심스럽게 대하는 것이 현명할 것이다. 그리고 햄너-브라운은 지금 아주 가까이 와 있다.

배리는 전화기를 내려두고 흥분한 표정으로 두리번거렸다. 돌로레스가 막 커피를 가지고 들어오고 있었다. 그가 기뻐하며 소리를 질렀다.

"이번 화요일에 무슨 일이 있는지 알아?"

"혜성이 지구에 충돌하겠죠."

"응? 아니, 난 지금 심각해. 드디어 가동이 시작된다고! 마침내 허가를 다 받았고, 마지막 법정 분쟁도 끝났거든. 샌호아킨 원자력발전소가 마침내 가동을 시작하는 거야."

그가 기대했던 만큼 그녀는 기뻐하지 않았다. 그녀가 물었다.

"그러면 이제 축하 파티를 해야겠군요?"

"아니, 요란하게 굴어서 좋을 일은 없지. 그런데 왜 그러지?"

"왜냐하면 나는 그때 여기 없을 거거든요. 제가 꼭 필요한 상황이 아니라면 말이에요."

그가 인상을 찌푸렸다.

"나야 언제든 당신이 꼭 필요하지."

"내가 없는 상황에 익숙해지는 편이 좋겠어요."

그녀가 말했다. 그녀는 배를 두드렸다. 튀어나오지는 않았지만, 배리는 무슨 뜻인지 알아차렸다.

"아무튼 저는 로스앤젤레스에 의사를 만나러 갈 거예요. 거기며칠 머물면서 어머니도 만나고, 화요일 밤에 돌아올 거예요."

"정말로?"

"네?"

"정말로 아이를 낳을 생각이지?"

"네. 그러려고요."

"그럼 나와 결혼하자."

"고맙지만 사양하겠어요. 예전에도 한 번 노력해 봤잖아요."

"서로 함께 노력한 것은 아니었지."

배리가 말했다. 그는 확신을 담은 목소리를 내려고 노력했지만, 마음속으로는 몰래 안도의 한숨을 내쉬었다. 하지만…….

"아이에게 그래도 괜찮을까? 아버지 없는 아이라는 게……."

그녀가 낄낄거렸다.

"처녀가 애를 가질 리가 없잖아요. 틀림없이 아빠는 있어요. 그게 누군지도 대충 짐작이 되고요."

"젠장, 내 말뜻을 알잖아."

"물론이죠."

그녀는 책상 위에 커피를 내려놓고 달력을 펼쳤다.

"오늘 부지사님과 점심 약속 있어요. 잊지 마세요."

"그 병신자식이 뭐라고 하든 간에 나를 이 큰 기쁨 속에서 건져내지는 못할 거야. 아무튼 부지사에게는 잘 대해줄 거야. 내가 얼마나 잘 대해줄 건지 믿지 못할 거야."

"좋아요."

그녀는 돌아섰다.

배리가 돌로레스를 불러 세웠다.

"이봐, 다시 이야기하자고. 로스앤젤레스에 갔다 와서 말이야. 그 아이는 내 아이니까."

"물론이죠."

그리고 돌로레스는 사라졌다.

"해머가 마을을 휩쓸 거요."

나소르가 웃었다.

"헛소리 하지 마. 우리가 휩쓸어버릴 거야."

나소르 또한 혜성의 접근에 대한 이야기는 대부분 알고 있다. 목사들은 자신이 운영하는 십자가 달린 상점에 엄청난 군중을 모아서 설교를 하고 엄청난 양의 돈을 뜯어내고 있었다. 세계의 종말이 온다, 우리 달콤하신 예수님과 함께 평안을 얻으라, 그리고 돈을 내라……

혜성에게 더 큰 힘을! 혜성은 지금 흰둥이들을 집 밖으로 몰아내고 있다. 나소르는 브렌트우드와 벨에어의 부촌을 천천히 지나가면서, 현관에 우유와 신문이 쌓인 집을 여럿 골라뒀다. 낡은 픽업트럭에 잔디 깎이 기계와 정원용 공구를 싣고 지나가는 흑인 정원사가 쌓여 있는 신문이나 우유를 집어간다고 해서 누가 수상하게 생각하겠는가? 그러면서 나소르는 주소를 기억했고, 다른 강도의 표적이 되지 않도록 쌓여 있는 물건을 모두 치웠다.

그들은 벨에어에서 브렌트우드까지를 잔디 깎이 기계처럼 훑고 지나갔다. 나소르는 여섯 명의 흑인 형제와 함께 계획을 세웠다. 형제들은 계획을 세우거나 명령에 복종하는 것은 익숙하지 않았지만 물건이 좋고 나쁜 것은 알았다. 신의 해머는 그들의 인생에 두 번 찾아오지 않으리라.

어떤 집은 사전 준비가 필요했다. 짭새들이 잠복했을 수도 있기 때문이다. 그 정도 문제는 조금만 계획을 세우면 쉽게 해결할 수 있다. 그들은 심지어 어떤 곳에서는 잔디를 깎으면서 주변을 살피기도 했다. 덕택에 그들은 인근 지역 전체를 돌아다니면서 사람들이 트레일러에 짐을 쑤셔 넣고 떠나는 모습을 봤다. 벨에어는 절반쯤 비었다. 오늘 밤이 손쉽게 주워 먹기 좋을 것이다. 그리고 그 다음에는…… 다시 시청에서 놀 수 있을지도 모른다. 수많은 형제들이 당분간은 빵이 부족하지 않을 것이다.

아직도…… 많은 백인들은 밖으로 도망가고 있었다. 대부분이 부유한 백인들, 머리가 좋은 백인들이다. 시청에 있는 사람들도 걱정을 하고 있는 것 같았다. 그렇다면 정말로 혜성이 충돌할까?

나소르는 신문과 잡지를 쭉 훑어봤다. 그는 글을 읽을 수 있었다. 속도가 조금 느리지만 의미를 정확히 이해할 수 있었다. 그리고 신문에는 그림도 많았다. 저지대에 있으면 안 된다. 수천 미터 높이의 파도가 밀려올 것이다! 그림을 그린 사람은 약간의 상상력을 가미하고 있었다. 그림 속에서 LA 시청은 물에 잠겨 있고, 첨탑만 간신히 물 위로 삐져나와 있었다. 그리고 시청과 법원은 지붕만 삐쭉 나왔다. 모든 경찰이 다 죽어 자빠졌다면 그건 정말 훌륭한 일이다! 하지만 상황이 진행 중일 때는 LA에 있고 싶지 않다.

그 상황이 벌어지지 않을 수도 있다. 그러면 모든 흰둥이들이 집으로 돌아올 것이다. 나소르가 중얼거렸다.

"그들이 놀라지 않을까?"

"뭐라고 했소?"

"흰둥이들 말이다. 그들이 집에 왔다가 깜짝 놀라지 않을까?"

"놀랄 거요. 그런데 여기만 털 필요는 없잖소? 훨씬 더 큰 곳으로 가서 제일 부잣집을 털면……."

"닥쳐."

"알겠소."

"우리는 서로 가까이 있어야 해. 만약 이들 중 하나에 짭새가 잠복해 있다면 무전기로 서로 도움을 청해야 해."

"알았소. 그러겠소."

신의 해머. 그것이 진짜라면 어떻게 할까? 어디로 가야 하지?

남쪽은 안 된다. 정치인들은 검은 피부와 갈색 피부의 통합을 이야기한다. 하지만 그건 헛소리다. 멕시코 놈들은 흑인을 싫어하고, 흑인은 멕시코 놈들을 싫어한다. 멕시코에는 흑인을 살해

해야 가입할 수 있는 폭력조직도 있다. 멕시코 놈들은 거칠다. 남쪽으로 갈수록 멕시코 놈들이 더 많을 것이다.

"오늘 밤에는 총을 챙긴다. 우리가 가진 총을 모두 챙긴다."

운전을 하던 형제가 흠칫했고 트럭이 살짝 흔들렸다.

"문제가 있을 거라고 생각하는 거요?"

"혹시 몰라서 가져갈 뿐이야."

나소르가 말했다. 만약 빌어먹을 혜성이 충돌한다면…… 오늘과 내일은 총과 총알을 챙겨두는 것이 좋겠다. 그리고 음식도 챙겨두는 것이 좋겠다. 형제들의 괜한 오해를 부르지 않으려면, 그일은 직접 하는 편이 좋겠다. 그리고 그것이 충돌한다면, 최소한 높은 곳으로는 이동해야 한다.

❧

경찰 에릭 라슨은 토피카 출신이고 영문학 학사 학위 소유자다. 그는 텔레비전과 영화 극본 작가의 꿈을 안고 로스앤젤레스에 왔다. 그리고 생활을 유지하면서 기회를 노리기 위해 버뱅크 경찰서에서 일했다. 그는 경찰 생활이 가치 있는 경험이라고 생각했다. 유명한 경찰소설 작가인 조셉 웜버도 있지 않은가! 그가 경찰로서 쌓은 경력을 어떻게 활용했는지 보라! 그리고 에릭은 글을 잘 쓸 수 있다. 최소한 그걸 증명해줄 학위가 있다.

그렇게 삼 년이 지났지만 여전히 한 편의 극본도 계약하지 못했다. 그러나 아직도 자신 있었다. 흥미로운 이야깃감이 늘어났

고, 인간 본성이나 엔터테인먼트 산업 특성에 대한 이해도 높아
졌으며, 인간적으로 많이 성장했다. 여자와 동거를 했고, 약혼도
두 번 해봤고, 여성과 평범한 친구로 지내지 못하던 단점도 극복
했다. 여자를 지나치게 우상화하는 경향을 아주 없애지는 못했지
만 말이다.

또 에릭은 경찰의 세계관도 이해했다. 경찰의 눈에 인간은 셋
으로 나뉜다. 경찰, 시민, 쓰레기. 그는 아직 다른 경찰처럼 시민
을 경멸하지 않았다. 시민은 보호 대상이었다. 어쩌면 직업적인
경찰이 아니기 때문에 더 진지한 것인지도 몰랐다――물론 버뱅
크 경찰서에서는 그가 직업적인 경찰이 아니라는 사실은 모르고
있다. 그는 시민으로부터 봉급을 받았고, 언젠가 그도 시민의 일
원이 될 것이다.

그는 사법 시스템을 저주하게 됐지만, 대체할 방법이 없다는
사실을 인정할 만큼의 객관성은 유지했다. '갱생' 가능한 사람은
분명히 있지만, 많지는 않았다. 대부분의 인간쓰레기들은 말 그
대로 쓰레기였다. 그들에게 최선의 처우는 모두를 샌니콜라스 섬
해변에 풀어놓고 서로 해치도록 만드는 것이다.

문제는 영원히 격리할 자와 갱생 가능한 자를 분명하게 구분
하지 못하는 것이다. 그는 종종 다른 경찰과 이 문제에 대해 토
론을 벌였다. 경찰 동료들은 그를 '교수님'이라고 불렀으며, 그의
작가의 꿈과, 그의 일기장을 비웃었다. 하지만 에릭은 대부분의
사람과 친하게 지냈다. 상관은 그에게 수사관으로 진급할 것을
권유했다.

에릭은 혜성에 매혹되었다. 그는 혜성에 대해 읽을 수 있는 모든 것을 읽었다. 이제 혜성이 하늘을 지배할 것이다. 바로 내일이다. 내일 하늘을 지나갈 것이다. 에릭은 파트너와 함께 이상할 정도로 활기찬 버뱅크 거리를 운전했다. 사람들은 바쁘게 움직이고, 트레일러에 짐을 쌓고, 집 안의 짐을 정리했다. 교통량은 엄청나게 많았다.

"혜성이 얼른 지나가버리면 좋겠군."

에릭의 파트너가 말했다. 해리스 수사관은 천생 경찰이었다. 그는 하늘에서 벌어질 찬란한 빛의 쇼에 전혀 관심도 없었다. 정말 아름다운 쇼라면 아마 나중에 텔레비전으로나 볼 것이다. 아무튼 현재로서 혜성은 골칫덩어리였다.

"순찰차 46번 나와라. 좌표 8976, 앨라몬트에서 신고가 들어왔다. 아파트 위층에서 비명 소리가 들렸다고 한다."

"알겠습니다."

에릭이 마이크에 대고 말했다. 해리스는 이미 순찰차를 회전시켰다. 해리스가 말했다.

"가정 폭력은 아냐. 독신자 아파트거든. 아마 어떤 남자가 청혼을 거절당하고서 일을 벌였겠지."

순찰차가 아파트 앞에 멈춰 섰다. 크고 화려한 건물이었으며 수영장과 사우나도 있었다. 입구 양쪽에 고무나무가 서 있었다. 바깥에서 봤을 때, 건물 바깥으로는 블라인드가 쳐진 조그만 개인용 발코니가 있었다. 아마 여자들이 일광욕하기 좋은 장소일 것이다.

로비의 유리 문 뒤에 얇은 비단 잠옷을 입은 여자가 겁에 질린 채 서 있었다.

"314호 같아요. 정말 끔찍해요! 여자가 도와달라고 비명을 지르는데……."

해리스 수사관은 314호 우편함을 잠시 바라봤다.

"이름이 콜린 다르시군요."

그는 경찰봉을 들고 앞장서서 계단을 올랐다. 3층 안쪽 복도에는 짝수 번호의 대문이 줄지어 서 있었다. 복도는 페인트칠이 깨끗했다. 젊은 독신자가 살기에 좋은 장소였다. 홀수 번호의 집에서는 수영장이 내다보일 것이다.

복도는 조용했다. 314호 앞에서도 아무 소리가 들리지 않았다. 에릭이 물었다.

"자, 이제 어떻게 하죠?"

해리스는 어깨를 으쓱하고 다시 문을 쿵쿵 두들겼다. 대답이 없었다. 그가 문을 두들기면서 큰 소리로 말했다.

"경찰입니다."

응답이 없었다. 경찰에 신고했던 여자가 그들을 따라오고 있었다. 에릭이 그녀에게 물었다.

"여자가 안에 있던 것은 확실한가요?"

"맞아요! 비명을 지르고 있었어요."

"건물 관리인은 어디 있나요?"

"없어요. 전화를 걸었는데 아무도 안 받았어요."

에릭과 해리스는 눈빛을 교환했다.

여자가 분한 듯 말했다.

"여자가 도와달라고 소리를 질렀다고요!"

"우리가 해결해야 할 것 같군요."

해리스가 중얼거렸다. 그는 문의 한 옆에 서서 에릭에게 손짓을 했다. 그리고 권총을 꺼냈다.

에릭이 한 발 뒤로 물러섰다가, 발을 번쩍 들어서 잠긴 문을 걷어찼다. 한 번, 다시 한 번. 그러자 문이 왈칵 열렸다. 에릭은 훈련받은 대로 한쪽으로 붙어서 달려 들어갔다.

방은 하나뿐이었다. 침대 위에 뭔가가 있었다. 나중에도 '뭔가' 이상으로 기억할 수 없는 물체였다. 그 뭔가는 이십 대 여인의 모습이라고 부를 수 없는 상태였다. 침대와 거실 바닥에는 피가 흥건했다. 방에서는 쇠 냄새, 그리고 비싼 향수 냄새가 가득했다. 여자는 나체 상태였다. 긴 금발머리는 조심스럽게 베개 위에 정돈되어 있었다. 머리카락에는 피가 뿌려져 있고, 젖꼭지 하나가 없었다. 잘려진 가슴 아래의 구멍에서 피가 배어나왔다. 누군가가 피로 그림을 그렸다. 피로 그린 화살표는 그녀의 검은색 음모를 가리키고 있었다. 거기에는 더 많은 피가 흘러 있었다.

에릭은 숨을 참고 몸을 구부렸다. 그의 파트너가 안으로 들어왔다. 해리스는 침대를 흘깃 보고 시선을 외면했다. 해리스는 방여기저기를 쳐다봤지만 사람은 아무도 없었다. 그는 방 건너편의 벽장을 향해 걸어갔다. 그 순간 벽장 문이 왈칵 열리면서 남자가 튀어나와서 복도 쪽으로 달아났다. 그는 해리스를 피하고 경찰에 신고했던 여자를 향해 달려갔다. 여자가 소리를 질렀다.

에릭이 심호흡을 하고 나서 그 남자를 가로막았다. 남자는 칼을 들고 있었다. 피 묻은 칼이었다. 그는 칼을 치켜들어 에릭을 겨누고, 에릭은 권총으로 남자의 가슴을 겨눴다. 에릭의 손가락이 방아쇠에 걸렸다.

남자가 칼을 내던지고 손을 들었다. 그리고 무릎을 꿇었다. 여전히 말은 한 마디도 하지 않았다.

에릭의 권총 끝이 사내를 쫓아 움직였다. 그의 손가락에 다시 힘이 들어갔다. 조금만 더 힘을 주면 저 자식을…… 안 돼! 나는 경찰이지, 재판관이나 배심원이 아니야.

사내는 애원하듯 손을 머리 위로 들어올렸다. 마치 기도하는 모습 같았다. 에릭이 더 가까이 가서 남자의 눈을 봤다. 그 눈에는 두려움이나 증오가 없었다. 대신에 후회와 만족이 복잡하게 얽힌 이상한 표정이었다. 죽어 있는 여자로 시선이 옮겨갈 때에도 표정은 바뀌지 않았다.

형사와 검시관이 도착하자, 에릭과 해리스는 범죄자를 버뱅크 구치소로 끌고 갔다.

"당신들은 그 자를 절대 건드려서는 안 돼요."

징징대는 듯한 목소리가 끼어들었다. 에릭과 해리스가 용의자에게 질문을 퍼붓자, 아파트에 산다는 변호사 하나가 경찰에게는 심문할 권리가 없다며 끼어든 것이다. 그리고 그 변호사는 용의자에게 침묵을 지키라고 조언했다. 그러자 용의자는 웃음을 터뜨렸다.

에릭과 해리스는 죄수를 경찰차 안으로 밀어 넣었다. 그는 내일 LA 카운티 경찰서로 이송될 것이다. 용의자는 내내 한 마디도 하지 않았다. 그들은 남자의 지갑을 보고 이름을 알아냈다. 프레드 로렌. 범죄 이력도 조회했다. 세 번의 성 범죄, 그중 두 번은 폭력이 수반됨. 보호관찰, 보호관찰, 그다음은 정신질환 치료 후 가석방. 차가 경찰서에 도착하자 에릭은 프레드를 거칠게 차에서 끌어냈다.

남자가 말했다.

"아파요!"

"아프다고, 이 개자식아?"

해리스가 프레드를 밀어냈다. 그리고 그의 옆구리를 반복해서 때렸다.

"아무리 아프더라도, 네가 한 짓만큼……."

해리스는 말을 잇지 못했다.

에릭이 그의 파트너와 죄수 사이를 막아섰다.

"해리스, 저놈은 그럴 가치도 없어요."

"나 당신을 고발하겠소!"

프레드가 소리를 질렀다가, 잠시 후 낄낄거렸다.

"아냐, 그럴 필요 있나? 필요 없지."

에릭이 말했다.

"이제 겁을 먹었군. 구속될 때는 괜찮던 놈이."

그렇지만 그는 지금도 겁먹지 않았다. 해리스가 프레드를 경찰서 안으로 몰아넣자, 그의 얼굴에서 두려움이 사라지고 대신 후회하는 표정이 나타났다. 에릭이 말했다.

"말해 봐. 네가 또 보호감호를 선고받을 것 같아? 일주일 후에 다시 거리로 나올 수 있을까?"

남자가 낄낄거렸다.

"일주일 후에는 거리 따위는 없어. 아무것도 없을 거야!"

"해머 열병이군."

에릭이 중얼거렸다. 이런 자를 전에도 본 적이 있었다. 지구의 종말이 다가오니 범죄를 저지르지 않을 이유가 없다는 것이다. 신문마다 다양한 사례를 보도했지만 이렇게 심한 짓까지는 없었다. 그리고 버뱅크에서도 처음이다.

"이 망할 해머가 빨리 지나가면 좋겠군."

해리스가 말했다. 침대 위의 사체에 대해서는 한 마디도 하지 않았다. 하지만 그가 저지른 짓인 것은 분명하다.

에릭이 말했다.

"아주 긴 밤이 되겠군."

"맞아. 내일 아침에 어디 보자고."

해리스가 반짝이는 하늘을 봤다.

"저놈의 것이 빨리 지나가면 좋겠어."

⚜

고르디 뱅스아 소녀들은 소다 스프링즈에서 야영을 준비했다. 소다 스프링즈는 꽤 괜찮은 야영터인데, 거기에다 놀랄 정도로 사람이 없었다. 적어도 십여 그룹이 더 있을 줄 알았는데, 자신이 데려온 소년 여섯 명 외에는 아무도 없었다. 해머 열병이군. 도로와 문명으로부터 떨어져 여기까지 오고 싶은 사람이 없었나 보다.

그들은 짐을 내려놓았다. 소년들은 샘물을 향해 달려갔다. 두 개의 샘물이 있었다. 하나는 산에서 내려오는 맑고 차가운 물이었다. 또 하나는 천연 탄산수에 루트 비어 파우더를 넣어 만든 음료가 가득 들어 있는 수조였다. 녹이 낀 듯한 색깔에 맛도 지독했는데, 소년들은 맛있는 척하면서 마셨다. 고르디는 굳이 너무 많이 마시지 말라는 잔소리를 할 필요가 없었다. 아이들도 많이 마시지 않았기 때문이었다. 그들은 스베아 휴대용 스토브에 저녁 식사를 지었다. 고르디는 앤디 랜들에게 저녁 식사를 만드는 것을 지휘하도록 했다. 앤디는 이 아이들을 지휘하는 데 익숙해져야 한다. 이제 조만간…….

어린 소년 하나가 말했다.

"하지만 우리 선생님은 정말로 그럴지도 모른다고 했어."

앤디가 말했다.

"바보. 우리 아버지가 JPL에 수십 번 갔다가 왔는데, JPL 슈퍼컴퓨터가 충돌 확률이 없다고 했대. 그리고 팀 아저씨 말로는……."

다른 소년이 말했다.

"팀 아저씨? 팀 햄너?"

"물론이지."

"그 사람이 해머를 찾아낸 거 맞지?"

소년들은 위를 바라봤다. 저녁 하늘에 거대하고 반짝이는 얼룩이 잔뜩 칠해져 있었다. 한 소년이 말했다.

"정말 가까이 있는 것 같다."

산의 황혼이 지나고, 밤이 왔고 별이 떠올랐다. 해머는 밤하늘에서 화려하게 반짝이다가 시에라 산맥 아래로 내려갔다. 아이들은 늦게까지 하늘을 보고 싶어 했지만, 고르디는 아이들을 침낭 속에 들어가 자도록 했다. 하늘에는 오로라가 환하게 반짝였고, 녹색과 붉은색의 오로라 빛 사이로 별이 보였다.

고르디는 자신의 침낭 속으로 들어갔다. 평소와 다름없이 곧 깊은 잠에 빠져들었다가, 두어 시간쯤 후에는 아이들이 잘 자는지 확인하기 위해서 저절로 깨겠지. 나는 정말 양심적인 개새끼야. 우습지만 적당한 표현이었다. 고르디는 웃지 않았다.

고르디는 곧 잠이 들었고, 몇 시간이 지나서 자정 무렵 깨어났다. 그리고 다시 잠들지 못했다. 하늘은 극도로 흥분한 듯했다. 검은 물속에서 빛나는 우유가 흘러 다니는 듯했다. 햄너-브라운이 드리운 긴 꼬리 사이로 별이 반짝였다. 지평선 어딘가에서 빛이 번쩍이는가 했더니 한참 후 천둥이 울렸다. 번쩍이는 빛 속으로 별빛이 모조리 흡수되어 사라진 것 같았다. 고르디는 비몽사몽간에 주변을 한 바퀴 둘러봤다.

엔디 랜들이 깨어 있었다. 6월의 시에라 산맥에는 종종 비가 내렸지만 그들은 텐트를 치지 않았다. 엔디는 얼굴을 침낭 밖에 내놓고 긴 팔로 팔베개를 하고 누워 있었다.

"볼 만하네요."

고르디가 말했다.

"정말 그렇구나."

그는 목소리를 활기차게 하려고 애를 썼다. 나중에라도 앤디가, 고르디 밴스가 우울해 보였다고 말해서는 안 된다.

"자두지 그러니. 내일 멀리 가지는 않겠지만, 등산로가 만만하지는 않을 거야."

"저도 알아요."

"그래."

고르디가 말하고 자리에서 일어섰다.

그는 혼자 있을 만한 장소를 찾아 오르막을 조금 오른 후, 키 큰 잡초 밭에 주저앉았다. 내일 따위는 걱정하지 않는다. 나는 잠을 잘 필요가 없다. 그는 이미 절벽을 골라두었다. 추락…… 치명적 추락이 될 것이다. 그는 실수로 떨어질 것이고, 심하게 다치지만 죽지는 않는 것이 제일 좋겠다. 아이들이 당황할 것이고, 구조대가 와서 그를 병원으로 옮겨갈 것이다. 금융 감독관이 은행의 자금 부족을 발견할 때쯤, 그는 어떻게 되어 있을까? 어쩌면 절름발이가 되어 있을지도. 뛰지도 못하는.

달아나지 못한다는 뜻은 아니다. 그 정도 기회는 있겠지만, 달아나봐야 좋을 것이 없다. 전혀 좋을 것이 없다. 가봐야 어디로 가겠는가? 돈은 이미 사라졌다. 미국인 망명자가 돈 없이 할 수 있는 일은 아무것도 없다. 또, 아이들은 자기 나라에서 자라나야 한다. 고르디는 열두 살 먹은 아들 버트가 곤히 잠든 것을 내려다봤다. 버트는 오늘 힘들었겠지. 하지만 아무 도움 없이 혼자 해냈다.

절벽이다. 고르디는 그 절벽이 있는 위치를 정확하게 기억했다. 등산로는 좁지 않지만, 길모퉁이가 잘 무너지는 곳이다. 모퉁이에 가까이 가기만 한다면…… 이 년 전 그 길을 지나갈 때 분명히 봐뒀다. 그때에도 이런 일을 예감하고 있었던 것일까?

내가 떨어지는 모습을 버트가 보지 못하면 좋겠는데…….

붉은 벨벳 커튼이 하늘에서 펄럭였다. 내 마지막 밤의 화려한 쇼로구나. 그는 하늘을 보려고 애썼지만, 자기도 모르게 계속 절벽 쪽만 보게 되었다.

한순간일 것이다. 아주 조심스럽게 조심스럽지 않은 순간을 만들면, 잠시 후 그는 절벽 바닥에서 목이 부러지거나 그보다 더 심하게 다친 채 누워 있을 것이다. 산을 내려가는 길은 쉽기 때문에 큰 걱정이 들지 않는다. 앤디가 하산할 길을 쉽게 찾아내고 아이들을 지휘할 것이다. 고르디는 지난 이 년간 앤디를 리더로서 훈련시켰다. 물론 이런 상황을 미리 대비한 것은 아니다. 아니, 이런 상황을 미리 대비한 것이 맞다. 그러니까 진짜로 사고가 나는 경우를 대비했다. 세상 일이 돌아가는 것이 우습다.

가느다란 달이 언덕 위로 솟자 주변의 별빛이 하나 둘 사라졌다. 화려한 빛의 향연에 달빛 고유의 으스스한 빛이 더해졌다. 고르디의 눈에는 혜성 꼬리 속의 물결 같은 충격파가 보이는 듯했다. 하지만 그것은 상상일 뿐이다. 저 상공의 우주비행사들은 육안은 아니더라도 장비를 이용해 관측을 하고 있겠지. 상공에서 내려다보면 어떤 느낌일까? 고르디는 짧으나마 한때 비행사였다. 공군 비행 학교에서 성적이 낮아 쫓겨났지만 말이다. 좀 더 열심히 했어야 했는데. 결국 은행가가 되고 말았지.

아이들의 여행을 망치다니, 나쁘다. 하지만 선택의 여지가 없다. 정말로 없다. 이번 사고가 모든 문제를 해결해줄 것이다. 보험금으로 오십만 달러를 받으면 은행 부족분을 정산하고 마리와 버트도 제대로 된 생활을 누릴 수 있다. 대충 삼십만 달러가 남아 여기서 매년 7퍼센트의 이자가 나온다면, 큰돈은 아니지만 아버지가 감옥에 갇히고 생활 수단이 없는 것보다는 훨씬 낫다.

새벽이 다가오자 이미 미쳐 있는 하늘이 광기를 더했다. 하늘에 유독 밝은 부분이 한 곳 있었다. 저기가 혜성의 핵일까? 그 너머는 잘 보이지 않았다. 오로라의 차가운 빛과 그림자가 이동하는 모습은 낮처럼 선명하게 보였다. 새벽녘이 되자 대지가 불타오르듯 했지만 하늘의 빛은 여전했다. 마치 요정 이야기 속의 한 장면 같다. 고르디는 몸을 떨었다.

그는 침낭으로 돌아가 몸을 뉘였다. 그러나 잠깐 자는 것은 별 의미가 없다. 그리 오래 잘 수도 없다.

휴대용 스토브에 연료통이 부착되어 있고, 그 옆에 물이 있었다. 고르디는 팔을 뻗어 그 자그만 가스스토브에 불을 켰다. 함께 야영을 해본 사람이라면 누구나, 그가 침낭 속에서 아침식사 먹는 것을 보며 놀리곤 했다. 고르디는 정말로 입맛이 없었지만,

평소 생활 습관을 바꾸는 것은 위험했다. 그는 냄비에 물을 끓여 핫초코를 만들었다. 깜짝 놀랄 만큼 맛이 좋았다. 핫초코를 먹은 후 그는 오트밀과 세르파식 홍차 한 컵을 마셨다. 황설탕과 버터 한 덩어리를 넣은 진한 홍차 말이다.

소년들이 하나 둘 잠에서 깨었다. 앤디가 버트에게 말하는 소리가 들렸다.

"그러니까 넌 정말 밤새 잠만 잤다는 거야? 밤새도록?"

모닥불은 피우지 않았다. 나무가 충분하지도 않았다. 매년 불을 피울 수 있는 장소는 점점 줄어갔다. 나무에 불을 지펴 음식을 익힐 줄 아는 아이는 이제 별로 없다. 만약 그들끼리 살아야 할 상황이라면 큰 문제가 된다. 하지만 그런 일은 필요하지 않을 것이다. 길을 잃었을 때 가장 좋은 방법은 성냥으로 불을 켜는 것이다. 조만간 소방 감시원이 나타나서 과태료를 부과할 것이기 때문이다. 이제 어디에도 내가 어렸을 때와 같은 깊은 숲은 없다.

좀 자야 하는데…… 마음이 안정되지 않았다. 아무려나. 이제 얼마 남지 않았다. 핫초코나 한 컵 더 마셔야겠다.

그는 물을 더 끓이고, 아이들을 불러봤다.

"자, 모두 모여라! 이제 준비할 시간이다. 가방을 챙기고, 신발 끈을 묶어라. 이제 곧 등산 시작이다."

*
**

혜성의 핵은 빛 속에서 목욕 중이다. 어마어마한 부피의 꼬리와 코마는 햇빛을 흡수해 반사시키고 있다. 일부는 지구로, 일부는 우주로, 또 다른 일부는 내부 혜성의 핵으로.

혜성은 앓고 있다. 핵은 언덕 크기의 덩어리 몇 개로 쪼개졌다. 휘발성 화학물질이 이미 몇 메가톤이나 끓어서 증발했다. 핵의 거대한 덩어리에서 겉으로 드러난 물 얼음은 모두 기화되고, 버석버석한 진흙 껍질이 드러나 있었다.

진흙 껍질 덕택에 핵의 증발은 멈췄다. 이제까지의 다른 혜성들도 폭풍을 뚫고 그와 같은 경로를 거쳤고, 살아남았다. 대부분의 얼음과 고체는 꼬리에 뿌려졌지만, 코마의 상당 부분이 다시 동결될 것이고, 바위조각들이 뭉치고, 정체불명의 얼음 결정이 결합되는 과정을 거쳐 혜성이 다시 커질지도 모른다. 수백만 년에 걸쳐, 어둡고 차가운 외계에서 말이다. 만약 햄너-브라운이 원래의 궤도로 돌아갈 수만 있다면 말이다.

그러나 그 궤도 앞에는 뭔가가 존재하고 있는 것 같다.

2권에서 계속